Coup de foudre à Hawaï

*

Le secret des sables

*

La revanche du prince

RaeANNE THAYNE

Coup de foudre à Hawaï

Traduction française de
MARIE MOREAU

HARLEQUIN

Titre original :
HAWAIIAN HOLIDAY

Ce roman a déjà été publié en 2017

HARPERCOLLINS FRANCE
83-85, boulevard Vincent-Auriol, 75646 PARIS CEDEX 13
Service Lectrices — Tél. : 01 45 82 47 47 - www.harlequin.fr
ISBN 978-2-2804-7579-2 — ISSN 1159-4837

Composé et édité par HarperCollins France.
Imprimé en juin 2022 par CPI Black Print (Barcelone)
en utilisant 100% d'électricité renouvelable.
Dépôt légal : juillet 2022.

FSC
www.fsc.org
MIXTE
Papier issu de sources responsables
FSC® C159065

Pour limiter l'empreinte environnementale de ses livres, HarperCollins France s'engage à n'utiliser que du papier fabriqué à partir de bois provenant de forêts gérées durablement et de manière responsable.

1.

Quand elle eut rassemblé ses jumelles surexcitées de sept ans, trois bagages cabine, deux sacs à dos, un fauteuil roulant, un déambulateur — ainsi que la miniglacière contenant les médicaments contrôlés une minute plus tôt par la sécurité d'O'Hare, l'aéroport de Chicago —, Megan McNeil n'eut plus qu'une envie : trouver un coin tranquille pour faire la sieste.

Sans compter qu'elle n'avait aucune envie de partir.

— On va à Hawaï ! On va à Hawaï ! se mit à scander Sarah.

Grace y alla aussitôt de son petit couplet :

— Et on va se baigner dans l'océan ! Dès qu'on sera arrivées !

Quelques voyageurs sourirent aux jumelles.

— Oui, bientôt, dit Megan en répartissant les dernières affaires dans les sacs : baskets, sweats à capuche, tablette, livres… Nous allons bien nous amuser, je crois ! poursuivit-elle en calant son téléphone dans un coin.

Mais d'abord, il faudrait survivre à ce voyage de neuf heures.

Une fois que tout fut de nouveau casé dans les sacs respectifs, elle suspendit celui de Grace au dossier de son fauteuil roulant, aida Sarah à enfiler son sac à dos, s'empara des autres bagages, avant de vérifier une dernière fois le numéro de la porte d'embarquement. Evidemment, c'était la plus éloignée de l'endroit où elles se trouvaient actuellement…

— On y va ? demanda-t-elle à ses filles avec un sourire.

— C'est moi qui pousse, insista Sarah en se plaçant derrière le fauteuil de sa sœur.

Elle était ravie d'aider, comme chaque fois que Grace avait besoin de son fauteuil pour se déplacer, en raison de son infirmité motrice cérébrale modérée.

— Merci, mon cœur. Il faut repérer la porte 21. Alors, regardez bien, d'accord ?

— Je vais la trouver, maman ! affirma Grace, toujours serviable. Je vais la trouver !

Elles progressèrent lentement parmi le flot de voyageurs, jusqu'à ce qu'elles atteignent la bonne porte. En fait, celle-ci était facilement repérable, grâce aux chemises hawaïennes aux couleurs éclatantes de la plupart des passagers.

— Regardez ! Papa est là ! s'exclama Grace en faisant de grands gestes pour attirer son attention, tandis que Sarah criait son nom à tue-tête.

Nick et Cara étaient entourés de membres de la famille, mais dès qu'il aperçut ses filles, il s'avança vers le trio.

— Voilà mes grandes filles ! Je commençais à m'inquiéter !

Il serra Sarah dans ses bras et l'embrassa sur la joue, puis se pencha pour faire de même avec Grace.

Ensuite, il se tourna vers Megan qu'il prit affectueusement dans ses bras.

— Merci, Megan. Tu ne peux pas imaginer à quel point je te suis reconnaissant de venir avec les jumelles. Cela compte énormément pour Cara et moi.

Après l'avoir embrassé sur les joues, Megan recula en souriant. Il paraissait très en forme. Plus détendu, et mille fois plus heureux qu'au temps de leur éphémère mariage.

— Les filles sont aux anges, répliqua-t-elle. La plage *et* le mariage de leur père, quoi de plus excitant ? A vrai dire, je crois qu'elles n'ont quasiment pas fermé l'œil de la nuit. J'ai dû intervenir et reconduire Sarah dans sa chambre à minuit passé, sinon elles auraient fait la foire jusqu'à l'aube !

Megan se garda d'ajouter que de son côté, elle était loin d'être enchantée par la perspective de se lancer dans un voyage de neuf heures avec des jumelles fatiguées. A vrai dire, elle n'espérait qu'une chose : qu'elles dorment un peu durant le vol.

Avant que Nick ait pu ouvrir la bouche, Cara les avait rejoints. Elle rayonnait de bonheur. Et si Megan n'avait pas éprouvé une réelle sympathie pour la future femme de Nick, elle aurait pu sérieusement être jalouse de sa mine resplendissante.

— Vous êtes arrivées ! s'exclama Cara en l'étreignant avec chaleur. J'ai cru que vous alliez rater l'avion…

— Oui, nous sommes là, tout va bien, répliqua Megan avec un sourire.

Elle était heureuse pour eux deux. Vraiment. Ils formaient un beau couple, le fringant pompier et sa ravissante compagne. Et il suffisait de les voir ensemble pour comprendre qu'un amour profond les unissait.

Nick ne l'avait jamais regardée comme il regardait Cara. Leur mariage n'avait pas été célébré dans un site romantique, avec leurs amis et leurs proches. Ils avaient prononcé leurs vœux à la hâte, dans une chambre d'hôpital, Megan ayant interdiction de quitter le lit afin d'éviter un accouchement trop prématuré.

En fait, Nick et elle se connaissaient à peine, à ce moment-là. Ils étaient sortis ensemble durant quelques mois — et avaient fait l'amour deux fois uniquement. Et même si elle aimait bien Nick, et se sentait très seule à l'époque où elle l'avait rencontré, elle n'avait jamais vibré pour lui. Ni lui pour elle.

D'un commun accord, ils avaient mis fin à leur fragile relation, jusqu'au jour où Megan avait découvert qu'elle était enceinte. Nick avait pourtant utilisé un préservatif, mais comme il était le seul homme avec qui elle avait eu des rapports depuis plus d'un an, elle avait tout de suite su, et de façon certaine, qu'il était le géniteur.

Huit ans après, elle se souvenait encore du choc terrible qu'elle avait éprouvé en découvrant que le test de grossesse était positif. A l'époque, il lui restait encore une année d'études avant qu'elle puisse passer son diplôme d'infirmière. Elle vivait d'une bourse et d'une allocation logement, ainsi que de la gestion parcimonieuse de l'argent provenant de l'assurance-vie contractée par ses parents.

Ensuite, il y avait eu le deuxième choc, lorsque la première échographie avait révélé que Megan attendait des jumelles.

Complètement dépassés par la situation, ils avaient envisagé de les faire adopter. Cela leur avait d'abord semblé la meilleure solution, puisqu'ils ne voyaient aucune raison de fonder une famille ensemble — et qu'ils n'en avaient jamais vraiment ressenti le désir.

Mais quand Megan avait commencé à avoir des contractions à dix-huit semaines de grossesse, la survie de leurs filles était devenue la priorité absolue.

Ils avaient alors décidé de se marier, de façon qu'elle et les jumelles puissent profiter de l'assurance maladie dont bénéficiait Nick en tant que pompier à Chicago. Cela leur avait paru la chose la plus logique, la plus raisonnable.

Malgré leur attachement réel, ils n'avaient jamais été amoureux l'un de l'autre, en dépit de leurs efforts pour prétendre le contraire durant l'interminable, et très éprouvant, séjour de Megan à l'hôpital. Ils étaient tellement tendus en permanence, à ce moment-là, tellement inquiets…

Puis il y avait eu le long séjour des filles dans l'unité de soins intensifs néonatals. Et plus tard, après leur sortie de l'hôpital, la vie s'était transformée en une suite sans fin de rendez-vous médicaux, d'analyses, de contrôles…

Ils firent longtemps semblant de s'aimer, essayèrent sincèrement de faire fonctionner leur couple. Jusqu'au jour où alors que Grace n'avait que deux ans, on diagnostiqua chez elle une infirmité motrice cérébrale due à sa naissance extrêmement prématurée. Tous les deux finirent alors par reconnaître qu'ils s'entendaient mieux comme amis et parents que comme mari et femme. Et depuis, Megan n'avait jamais regretté leur décision de divorcer à l'amiable.

Cependant, ils avaient beau être restés les meilleurs amis du monde, elle n'avait vraiment pas l'impression d'avoir sa place au remariage de son ex-époux.

La santé de Grace requérait pourtant des soins particuliers assez complexes, comprenant entre autres l'usage d'une sonde gastrique lorsqu'il fallait lui donner à manger la nuit, lui faire prendre ses médicaments ou lui administrer son traitement respiratoire. Par conséquent, Megan ne pouvait pas mettre sa fille dans un avion et la faire voyager avec n'importe qui. Bien sûr, Nick et Cara étaient tout à fait capables de faire face à d'éventuelles complications, et la mère de Nick, Jean, avait l'habitude de s'occuper de Grace, mais tous seraient accaparés par le mariage, et nécessairement moins concentrés sur les besoins d'une petite fille de sept ans.

Elle s'était donc vue forcée d'admettre que si elle-même n'accompagnait pas les jumelles, Grace ne pourrait pas aller à Kauai. Et Sarah, la fidèle et dévouée Sarah, ne partirait pas sans sa sœur, même pour aller au mariage de leur père.

Aussi Megan se trouvait-elle là, mal à l'aise au milieu de la joyeuse petite troupe… Tout en ayant néanmoins conscience d'avoir beaucoup de chance que Nick épouse une femme merveilleuse — qui serait une excellente belle-mère pour ses filles.

— Nous aurions pu vous aider à passer le contrôle ! s'exclama soudain celle-ci. Ça n'a pas été trop pénible ?

— Non, pas du tout, prétendit Megan.

— En tout cas nous avons de la chance : notre

avion partira à l'heure et l'embarquement devrait commencer dans une vingtaine de minutes, répliqua Cara en souriant. Viens donc t'asseoir et souffler un peu… Regarde, il y a de la place à côté de mon frère. Je suis ravie que tu fasses enfin sa connaissance : il est formidable, tu vas l'adorer !

Cara l'entraîna vers une rangée de sièges dont les tout derniers étaient inoccupés, si bien que l'on pourrait y mettre sans problème le fauteuil de Grace. Soudain, Megan aperçut un type à l'imposante carrure et aux cheveux bruns, dont elle ne pouvait voir le visage car il était tourné vers une vieille dame avec qui il bavardait.

— Il pourra t'aider à transporter vos bagages, poursuivit Cara. Shane, je te présente Megan, la première épouse de Nick, et les jumelles, Sarah et Grace. Les filles, voici mon frère Shane — qui sera bientôt votre oncle.

Lorsque le prénommé Shane se retourna en souriant, Megan sentit un drôle de frémissement la parcourir.

C'était lui. Le type sexy des urgences.

Puis une vague de chaleur la submergea, inconfortable, incontrôlable… Mon Dieu, cette épreuve allait se transformer en véritable supplice…

Elle vit le reflet de sa propre surprise dans l'éclat qui traversa les yeux verts du frère de Cara, avant qu'il se ressaisisse aussitôt.

— Bonjour, Megan. Enchanté, dit-il en continuant de sourire.

Comment avait-elle pu oublier cette voix profonde et virile ? C'était pourtant l'une des premières choses qui l'avaient attirée chez cet homme un mois plutôt, lors de leur brève rencontre, aux urgences.

— Je... Bonjour..., balbutia-t-elle.

— Assieds-toi à côté de moi, dit Grace à sa sœur.

Sarah s'exécutant aussitôt — et s'installant par conséquent sur le siège situé à l'extrémité de la rangée —, il ne restait plus qu'une place, à côté du frère *très* sexy de Cara.

Quelle autre surprise lui réservait encore cette journée mémorable ? se demanda Megan sans bouger, les joues en feu.

La mère de Nick, et donc son ancienne belle-mère à elle, les rejoignit à ce moment-là. Après l'avoir embrassée, elle s'arrêta devant ses petites-filles.

— Hello, mes trésors !

Profitant de la présence de Jean, Megan se tourna vers ses filles.

— Je vais aller régler la question du fauteuil. Je reviens tout de suite.

Les petites l'écoutaient à peine, heureuses d'être aussi bien entourées, et Megan s'éloigna rapidement, le regard de Shane dardé sur son dos.

L'employé concerné lui fit remplir un bordereau pour le fauteuil roulant, qui serait entreposé en soute et les attendrait à Los Angeles, au moment du changement d'avion. Au grand soulagement de Megan, l'homme l'informa par ailleurs que les personnes requérant des soins médicaux ou souffrant de handicap embarqueraient quelques minutes plus tard.

C'était parfait. De cette façon, elle n'aurait pas à endurer trop longtemps la torture d'être assise à côté du frère de Cara, qu'elle avait traité de façon abominable.

Après avoir rejoint ses filles, elle s'assit à côté de Shane, terriblement consciente de sa troublante proximité. De sa chaleur virile et de sa force. Que lui dire pour expliquer sa conduite ? Comment justifier son comportement stupide et puéril ?

— Vos filles sont adorables, dit-il soudain. Quel âge ont-elles ?

— Sept ans…, répondit Megan d'une voix bizarre.

Après s'être raclé la gorge, elle reprit plus posément :

— Elles ont sept ans.

— Depuis combien de temps êtes-vous séparés, Nick et vous ? demanda-t-il après s'être assuré que les jumelles étaient concentrées sur les albums à colorier apportés par leur grand-mère.

— Cela fait cinq ans — après un mariage qui en a duré deux, au cas où vous vous poseriez la question.

Il la dévisagea un instant, tourna les yeux vers Nick, qui tenait tendrement les mains de Cara entre les siennes, puis reporta de nouveau son attention sur Megan. Elle eut un mal fou à soutenir son regard. Cela faisait longtemps qu'elle avait accepté le fait qu'elle et Nick aient tout tenté, en vain, pour faire fonctionner un mariage qui n'aurait jamais dû exister.

Et pourtant, à cet instant, elle aurait préféré se trouver n'importe où, plutôt que là, devant cette porte d'embarquement, prête à s'envoler vers un lieu paradisiaque où son ex-époux allait se remarier — et plutôt que d'être forcée, en plus, de côtoyer un homme superbe et sensuel qui l'attirait irrésistiblement.

Surtout après s'être comportée comme une adolescente stupide et immature lors de leur première rencontre.

— Comment va votre épaule ? demanda-t-elle.

A vrai dire, elle aurait préféré feindre de ne l'avoir jamais rencontré, mais cela aurait été ridicule.

— Bien, répondit-il en faisant bouger machinalement son bras gauche. Je ressens une petite douleur de temps en temps, mais le médecin urgentiste avait raison, ce n'était pas une blessure trop méchante. J'étais de retour au boulot quelques jours après. Il me faudra être vigilant quand je ferai du bodysurf à Hawaï, mais à part ça, je n'ai aucune séquelle.

— Est-ce qu'ils ont arrêté le type qui vous a tiré dessus ?

— Oui. Il est actuellement en détention provisoire. Ce n'est qu'un gamin qui a voulu se tailler une réputation de caïd en osant s'attaquer à un flic. Je ne suis même pas sûr qu'il ait eu l'intention de m'atteindre.

— Je suis contente que vous alliez bien.

Autant tout lui expliquer maintenant, s'excuser et clarifier les choses… Mais une voix jaillit soudain du haut-parleur, invitant les passagers prioritaires à se présenter au guichet.

— C'est à nous, les filles ! dit-elle en se levant.

— On passe avant tout le monde ? s'exclama Sarah en écarquillant les yeux d'un air ravi.

— Oui, on en a de la chance, hein ? répliqua Megan d'un ton pince-sans-rire.

Pour sa part, embarquer en priorité signifiait surtout qu'elles attendraient plus longtemps à bord, avant d'être bousculées par les autres passagers qui s'efforceraient de caser leurs bagages.

Elle s'empara des sacs et commença à en tirer un, en même temps qu'elle poussait le fauteuil roulant.

— Laissez-moi vous aider.

Avant qu'elle ait eu le temps de protester, Shane

lui prit le sac de la main et se retourna pour en saisir un autre.

Megan lui en fut profondément reconnaissante. Ayant des jumelles — dont l'une requérait des soins particuliers —, elle avait vite appris à accepter toutes les aides qui pouvaient se présenter, même lorsque son amour-propre se rebiffait.

Tout excitées, les filles brandirent leurs cartes d'embarquement, faisant sourire l'employée qui les prit en leur souhaitant bon voyage.

— Aurez-vous besoin d'aide supplémentaire, à bord ? demanda-t-elle à Megan.

— Non, merci.

Avant d'embarquer, Megan expliqua à Grace qu'elles devaient laisser le fauteuil, qui serait entreposé en soute.

— Tu veux que je te porte ?

— Non, je peux marcher.

Megan eut envie de la serrer dans ses bras. Grace se montrait si courageuse, si autonome. Jusqu'à présent, du moins.

La petite fille se leva de son fauteuil et s'avança prudemment dans l'allée de sa démarche un peu raide.

— Il faut repérer le rang 14, et les sièges C, D et E, dit-elle à Grace.

— Quelle coïncidence, fit Shane derrière elle. Je suis moi aussi au rang 14. Siège F.

L'avion comprenait deux allées, avec deux sièges côté hublots de part et d'autre, et quatre au milieu. Les places C, D, E et F se trouvaient dans la partie centrale.

Comme les filles n'aimaient pas être séparées, Megan

leur attribua les places du milieu et s'installa à côté de Grace, laissant Shane s'asseoir à côté de Sarah.

C'était l'arrangement idéal — jusqu'à l'arrivée de leur grand-mère qui s'assit au niveau de Megan, de l'autre côté de l'allée.

— Mamie, tu sais quoi ? commença Sarah en se penchant par-dessus les genoux de Grace et de Megan.

Puis elle se lança dans le récit de son match de foot de la semaine passée, tandis que les passagers défilaient dans l'allée.

Voyant que sa fille s'énervait de plus en plus de devoir s'interrompre sans cesse, Megan lui conseilla d'attendre un peu pour terminer son histoire, lorsque Jean proposa en souriant :

— Pourquoi n'échangez-vous pas vos places, toutes les deux ? Le vol sera long, Megan, et vous aurez du mal à vous occuper des filles toute seule…

Elle aurait voulu refuser, mais comment expliquer à son ex-belle-mère qu'elle ne souhaitait pas passer quatre heures coincée à côté du frère de la mariée…

— Sarah, veux-tu changer de place avec moi, pour être plus près de ta grand-mère ? demanda-t-elle avec un sourire forcé.

— Oui ! s'exclama aussitôt sa fille en souriant à Jean.

Consciente que Shane observait la scène avec grand intérêt, Megan laissa sa place à Sarah et s'installa à côté de lui.

— Bon, on ne bougera plus, maintenant, dit-elle après avoir passé son sac à Sarah. Désolée pour tout ça…

— Pas de problème. Vous êtes très courageuse de

vous lancer dans une expédition pareille pour assister au mariage de votre ex-mari.

Sa proximité la troublait beaucoup trop, la rendait nerveuse et mal à l'aise. Dire que le supplice allait durer quatre heures, avant l'atterrissage à Los Angeles…

— Nick est un bon père et les filles l'adorent. Il aurait été injuste de les priver d'assister à son mariage, sous prétexte que c'est un peu pénible pour moi.

Les membres de l'équipage accélérèrent l'embarquement des derniers passagers, les enjoignant d'entreposer rapidement leurs bagages dans les compartiments situés au-dessus des sièges. Ensuite, l'hôtesse leur ayant demandé d'attacher leurs ceintures de sécurité, Megan se concentra sur les jumelles et s'employa à les calmer.

Quelques instants plus tard, l'avion roulait sur la piste avant de s'élever peu après dans les airs.

— Ça y est, on est parties, les filles ! Vous vous amusez bien, finalement, non ?

A vrai dire, elle était loin d'être aussi enthousiaste qu'elle en avait l'air, car elle n'aimait pas trop prendre l'avion.

— Ça me fait des chatouilles dans le ventre ! s'exclama Grace. Comme quand on est allées à Disneyland !

— Moi j'adore ça ! renchérit Sarah. On peut recommencer ?

— Tu auras encore droit à trois décollages, répondit Megan. Un tout à l'heure, et deux au retour.

Lorsque le steward vint leur annoncer qu'ils pouvaient se servir d'appareils électroniques, Sarah réclama aussitôt la tablette de Megan.

— Tu veux jouer à quelque chose, Grace ?

Celle-ci étant toujours partante pour un jeu, les jumelles furent bientôt absorbées, leurs deux têtes blondes penchées côte à côte.

Quant à Megan, beaucoup trop perturbée par la proximité troublante de Shane, elle sortit un magazine de son sac fourre-tout dans l'espoir de se changer les idées.

— Cela fait une heure que j'essaye de comprendre, commença soudain Shane. Est-ce que c'était à cause de vos filles ?

Elle se sentit devenir écarlate.

— Mes… Mes filles ?

— J'ai appelé le faux numéro que vous m'avez donné, répliqua-t-il en plissant les yeux. Trois fois de suite, en espérant toujours que j'avais fait une erreur. Le vieux monsieur que j'ai eu au bout du fil n'a pas *du tout* trouvé cela drôle, figurez-vous.

Si seulement elle avait pu revenir en arrière et revivre un moment de sa vie, Megan aurait choisi cette nuit-là. Elle détestait travailler les nuits de pleine lune. Tout le monde se conduit bizarrement. Elle la première.

— Je suis désolée, murmura-t-elle. Je me suis comportée comme une idiote.

Dès l'instant où il était apparu aux urgences avec sa blessure par balle — pas sur une civière mais droit dans ses bottes —, Megan avait pressenti que le somptueux officier de police en uniforme taché de sang allait être source d'ennuis. Il s'était montré charmant, doux et, de toute évidence, attiré par elle. Tandis que de son côté, tout s'était ligué contre elle : le fait de travailler de nuit, la pleine lune, et la façon dont il la regardait, si bien qu'elle s'était comportée d'une manière qui ne lui ressemblait absolument pas.

Elle avait été drôle, avait flirté, ri et plaisanté avec lui. Mais quand il lui avait demandé son numéro de téléphone, elle était brutalement redescendue sur terre. Elle ne pouvait pas le revoir, sortir avec lui. Elle ne le connaissait même pas, et lui la connaissait encore moins. Il ne savait rien de la vraie Megan, la mère stressée de jumelles à l'emploi du temps surchargé.

Et lorsqu'elle avait été appelée auprès d'un autre patient qui venait d'arriver aux urgences, elle avait paniqué et griffonné un faux numéro à la hâte.

— Alors ? demanda-t-il, la ramenant au présent. M'avez-vous écarté sans pitié à cause de vos filles ?

— Si cela peut vous consoler, je me suis sentie très mal, sur le moment, avoua-t-elle. Et dès que j'ai pu m'éloigner du patient souffrant d'un traumatisme crânien auprès duquel j'avais été appelée, je vous ai cherché pour vous donner mon vrai numéro. Mais vous aviez déjà quitté les urgences.

En d'autres circonstances, elle aurait pu être tentée de se renseigner sur lui, de se débrouiller pour obtenir ses coordonnées, mais en agissant ainsi dans le cadre professionnel, elle aurait violé la loi sur la protection de la vie privée et risqué le renvoi.

— Vous auriez pu me dire que vous n'aviez pas envie de me revoir, tout simplement. Je suis un grand garçon, vous savez, et je suis capable de supporter un petit rejet. Franchement, j'aurais préféré cela à ce genre d'attitude sournoise.

Megan tressaillit.

— Je sais. Vous avez dû penser que je me conduisais comme une collégienne. Je n'ai pas d'excuse. La seule chose que je peux dire, c'est que je le regrette et que je suis désolée.

2.

Elle paraissait sincère, songea Shane en l'observant.

A vrai dire, il ne savait que penser de Megan McNeil. Ou bien elle était folle, ou bien elle avait un sacré cran d'aller voir son ex-mari épouser une autre femme.

Quant à lui, même un mois après, il se ressentait toujours du rejet qu'elle lui avait fait subir.

Megan lui avait vraiment plu. OK, il était sans doute un peu dans les vapes lors de leur rencontre, à cause des analgésiques puissants qu'on lui avait administrés. Si la blessure n'était pas trop méchante, la balle lui avait tout de même traversé le muscle supérieur de l'épaule, et il souffrait comme un dingue. Oui, il était légèrement à côté de la plaque ce jour-là, mais il aurait juré que l'attirance qu'il éprouvait pour elle était réciproque et qu'un lien se créait entre eux.

Quand elle l'avait aidé à ôter son uniforme, se rappela Shane, elle avait fait montre d'une douceur et d'une sollicitude extrêmes, qui lui avaient fait l'effet d'une caresse délicieuse en cette nuit d'hiver glaciale ayant viré au cauchemar.

Ensuite, elle lui avait demandé s'il désirait qu'elle prévienne quelqu'un, et il avait hésité. Ses parents ne se trouvaient pas à Chicago, sa mère étant sur la côte Ouest, son père sur la côte Est. Les faire venir à l'hôpital aurait été une folie, car ils se seraient immanquablement livrés à un déballage d'accusations et d'injures réciproques. Quant à Cara, il aurait pu l'appeler, bien sûr, mais vu qu'il s'agissait d'une blessure sans gravité, il n'avait pas voulu la déranger.

Lorsqu'il avait répondu à Megan qu'il ne souhaitait prévenir personne, elle avait redoublé de sollicitude et de gentillesse. Alors, comme il avait remarqué qu'elle ne portait pas d'alliance, Shane s'était laissé aller à lui demander, dans un moment d'audace induit par les analgésiques, si elle fréquentait quelqu'un. Elle avait alors rougi d'une façon adorable qui avait achevé de le conquérir, et répondu qu'elle était divorcée mais n'avait pas le temps de sortir avec quiconque.

A ce moment-là, il n'aurait évidemment jamais songé à lui demander si deux adorables jumelles étaient la cause de son emploi du temps trop rempli.

— Votre attitude avait-elle quelque chose à voir avec le règlement de l'hôpital ? s'enquit-il en revenant au présent. Les infirmières n'ont peut-être pas le droit de sortir avec leurs patients.

— Non, je n'aurais pas vraiment enfreint de règle. Et il ne s'agissait pas de cela, de toute façon. Enfin, pas exactement.

Elle tourna brièvement les yeux vers ses filles, la plus petite en taille assumant vaillamment son handicap, tandis qu'à côté d'elle, sa sœur déployait son énergie et sa grande curiosité.

— Comme vous l'avez sans doute deviné, ma vie est… compliquée, poursuivit-elle en reportant son attention sur lui. Je sors très peu, depuis mon divorce, et j'ai perdu l'habitude de fréquenter les hommes. Alors j'ai paniqué, je le reconnais.

Surpris par sa franchise, Shane tenta d'allonger ses jambes, à l'étroit dans l'espace confiné.

— Je sais que je peux faire peur — ce qui s'avère parfois utile quand il s'agit d'obtenir des informations d'un criminel. En revanche, c'est plutôt gênant quand il s'agit de proposer un rendez-vous à une femme.

Un faible sourire se dessina sur la belle bouche de Megan.

— Vous ne m'avez pas fait peur. Vous me plaisiez, avoua-t-elle. Un peu trop, même.

— J'ai ressenti la même chose. C'est pour cela que j'ai harcelé ce pauvre vieux d'Irving Park à trois reprises, espérant chaque fois que c'est *vous* qui alliez décrocher le téléphone.

Elle s'empourpra de nouveau, de cette rougeur qui la rendait encore plus désirable.

— Recommençons à zéro, d'accord ? Je m'en veux tellement de m'être comportée de façon aussi stupide… Aussi puérile… Ce serait formidable si nous pouvions faire comme si nous venions de nous rencontrer pour la première fois ! Je n'ai vraiment pas envie de chercher à vous éviter pendant deux jours…

Après un moment de réflexion, Shane lui tendit la main.

— Enchanté de faire votre connaissance. Je me présente : Shane Russell, le frère de la mariée.

Un franc sourire aux lèvres, elle lui serra brièvement la main.

— Enchantée. Megan McNeil. La… L'ex femme du marié.

Sur ces mots, elle se détourna pour répondre à la question que lui posait l'une de ses filles.

Shane reprit son livre, en proie à un curieux mélange de soulagement et de déception. Côté ego, il était un peu réconforté de savoir qu'il n'avait pas complètement imaginé l'attirance qui était née entre eux, mais en même temps, il se sentait plus que désappointé de découvrir que ce désir était voué à demeurer inassouvi.

Car il avait beau être irrésistiblement fasciné par la belle bouche pulpeuse de Megan McNeil, ses magnifiques yeux bleus et ses traits au dessin pur et délicat, il ne tenterait pas d'y goûter. Un mois plus tôt, il aurait pu s'y risquer, mais plus maintenant.

Elle avait raison : sa situation était trop compliquée.

Tout se passa beaucoup plus simplement que Megan ne l'avait escompté. Grace et Sarah étaient détendues et bien installées, et après lui avoir demandé de leur lire une histoire, elles regardèrent un film.

Elles commençaient un nouveau jeu lorsque la voix de l'hôtesse annonça que l'avion s'apprêtait à atterrir.

— Je peux vous aider ? demanda Shane tandis que l'appareil roulait sur la piste.

Nick était un père formidable, mais ces derniers temps, Megan gérait pratiquement tout toute seule. Par conséquent, elle accepta son aide avec empressement.

— Je veux bien que vous m'aidiez avec les sacs, si cela ne vous dérange pas. Mais ça risque de prendre un certain temps, le prévint-elle. Nous allons devoir attendre qu'ils sortent le fauteuil de la soute.

— Pas de problème.

En attendant que les passagers descendent de l'avion, il échangea des blagues avec les filles et lorsqu'ils quittèrent l'appareil à leur tour, le fauteuil les attendait.

— C'est un peu compliqué, comme processus, dit Shane tandis que Megan poussait Grace dans l'aérogare.

— Vous comprenez pourquoi nous ne nous déplaçons pas souvent ! Il y a quelques années, Nick et moi sommes allés à Disneyland avec les jumelles — c'est l'expédition la plus hasardeuse que j'aie tentée avec elles ! Prendre la voiture est beaucoup plus simple que voyager par avion.

— Oui, mais on ne peut pas aller à Hawaï sans prendre l'avion, ou le bateau, fit remarquer Grace. C'est mamie qui me l'a dit.

— Sauf si tu es une très bonne nageuse, répliqua Shane. Ou que tu sais voyager à dos de dauphin.

— Je suis montée à cheval, une fois, intervint Sarah. Il était brun et avait la queue et la crinière toutes noires. C'était très rigolo, mais on n'est pas allés dans l'eau.

Lorsque Shane sourit à sa fille, Megan sentit de nouveau ce drôle de frémissement la parcourir, comme si elle-même chevauchait un dauphin… Le frère de Cara était vraiment somptueux, avec ses cheveux bruns éclaircis par le soleil et ses yeux verts aux reflets couleur de miel. Sans parler du charme et de la douceur dont il usait envers les jumelles. Si elle n'y prenait garde, elle risquait fort de se ridiculiser…

Ils arrivèrent juste à temps pour embarquer à bord de l'avion qui allait s'envoler à destination de Lihue.

Comme à O'Hare, Shane l'aida à caser les sacs dans le compartiment adéquat, puis à installer Grace.

— Cette fois-ci, je suis placé quelques rangs derrière

vous, dit-il à Megan. Mais je peux essayer d'échanger ma place avec un autre passager pour me rapprocher de vous, et vous aider durant le vol.

Ce ne serait pas la peine, se dit Megan. En fait, un peu de distance lui ferait le plus grand bien.

— Vous nous avez déjà suffisamment aidées comme cela, Shane. Merci beaucoup, je ne sais pas comment j'aurais fait, sans vous.

Elle se tourna vers les jumelles.

— Vous dites merci au frère de Cara de nous avoir aidées à porter les bagages, les filles ?

— Merci, dit doucement Grace en souriant à Shane.

— Merci ! s'écria Sarah en lui tendant son petit poing, comme elle le faisait avec son père.

Tout en riant, Shane appuya les jointures de ses doigts contre les siennes, avant d'effectuer une légère rotation de la main, suivie d'un petit coup sur le dessus. Sarah le regarda faire la bouche entrouverte, aux anges.

— Bon voyage ! dit-il en leur adressant un clin d'œil.

Et quand il alla s'installer à sa place pour laisser passer les autres passagers, Megan fit de son mieux pour ne pas se sentir abandonnée.

— Il est gentil, maman, murmura Grace.

Voyant que sa fille luttait pour garder les yeux ouverts, Megan la serra contre elle.

— Oui. Oui, tu as raison, ma chérie.

A son grand soulagement, Jean s'assit de nouveau à leur hauteur. Son aide ne serait pas de trop pour occuper les enfants durant les longues heures de vol qui les attendaient…

Quand le voyant rouge s'alluma, indiquant qu'il fallait boucler les ceintures de sécurité, les jumelles, fatiguées toutes les deux, commencèrent à se chamailler. Tout aurait pu mal tourner si Megan n'avait pas ressorti le livre entamé un peu plus tôt. Au bout de quelques pages, les petites battirent des paupières, et s'endormirent presque en même temps, comme cela leur arrivait souvent.

Profitant de ce moment de répit, Megan décida de les imiter et ferma les yeux. Quand elle se réveilla, les filles jouaient avec leurs poupées Barbie, et il ne restait plus qu'une heure de vol avant l'atterrissage à Lihue.

En fait, le vol s'était avéré bien moins pénible qu'elle ne l'avait redouté. Comme tant d'autres choses dans la vie, songea-t-elle en s'étirant.

Néanmoins, quand l'avion atterrit, ses filles et elle étaient impatientes de quitter leurs sièges pour se dégourdir les jambes.

— On va à Hawaï ! On va à Hawaï ! recommença à chantonner Sarah.

— On va nager dans l'océan ! enchaîna Grace.

— On ne va plus à Hawaï, corrigea Megan. On y est !

— Et on ira nager *aujourd'hui* ? demanda Sarah, pleine d'espoir.

— Pourquoi pas ? Mais il faut d'abord que nous allions déposer nos affaires au bungalow.

Cette fois encore, elles furent les dernières à descendre à terre et Megan fut extrêmement reconnaissante à Shane de venir de nouveau les aider.

— Bravo ! dit-il aux jumelles. Vous êtes arrivées à Hawaï !

— *Enfin* ! appuya Sarah en levant les yeux au ciel d'un air théâtral qui le fit sourire.

Quand ils s'avancèrent dans le hall, ils virent Nick et Cara qui les attendaient avec des colliers de fleurs aux pétales clairs ourlés de pourpre.

— Bienvenue à Hawaï, mes chéries ! s'exclama leur père.

Il leur mit à chacune un collier autour du cou avant de les embrasser sur la joue, puis en offrit un à Megan.

— Merci encore de les avoir amenées jusqu'ici. Tu es la meilleure ex dont un homme puisse rêver.

Elle roula des yeux, tandis que le parfum capiteux des fleurs de frangipanier lui caressait les narines.

— Je fais de mon mieux !

Les futurs mariés étant interpellés par d'autres invités, Megan se dirigea vers la zone de récupération des bagages.

— Oh ! Regardez toutes les fleurs ! s'exclama-t-elle en parcourant l'aérogare à ciel ouvert.

— C'est la première fois que vous venez à Hawaï ? demanda Shane.

— Oui. Mais pas vous, je suppose.

— Je suis venu quelques fois. Mais une seule à Kauai, quand j'étais gamin.

Dès qu'elle eut récupéré leurs bagages enregistrés, Shane se chargea de les transporter à l'extérieur.

— J'imagine que vous séjournez vous aussi dans un bungalow ? ajouta-t-il.

— Oui, c'est Cara qui s'est occupée des réservations.

— Je loue une voiture, je peux vous emmener, si vous voulez.

— C'est très gentil, mais Nick et Cara ont réservé un taxi pouvant transporter un fauteuil roulant. Merci quand même !

— Nous nous reverrons là-bas, alors. *Aloha*, les filles ! fit-il avec le célèbre geste de la main.

— Qu'est-ce que ça veut dire ? demanda Grace.

— Ça s'appelle un *shaka*, expliqua Shane. C'est un signe que font les Hawaïens pour dire « bonjour », « merci », « bienvenue », « au revoir », ce genre de trucs.

Sarah l'imita aussitôt, tournant le poignet d'un air ravi. Mais Grace, qui avait des difficultés de coordination, n'arrivait pas à lever pouce et auriculaire en même temps.

— Non, pas comme ça, lui dit sa sœur.

Grace plissa le front, un peu agacée.

— Regarde, fit Shane en se penchant vers elle.

Lui prenant délicatement la main, il l'aida à faire le geste.

— Voilà ! C'est parfait !

Quand elle leva les yeux vers lui, un grand sourire éclairant tout son visage, Shane lui rendit son sourire et l'embrassa sur le front.

Megan sentit alors une merveilleuse sensation l'envahir, plus chaude et plus douce que la brise hawaïenne.

De leur côté, les jumelles semblaient avoir refait le plein d'énergie. Très excitées, elles bavardèrent durant tout le trajet avec le chauffeur du taxi, Pete, un grand type chaleureux ravi de leur parler de son île.

— Je le vois ! s'écriait régulièrement Sarah. Je vois l'océan !

En effet, la route laissait parfois entrevoir, au-delà des arbres, les eaux du Pacifique, d'un bleu incroyable.

Composé de bungalows répartis sur la plage, et parsemé de hauts palmiers et de bananiers aux troncs tordus, le complexe hôtelier débordait de fleurs aux teintes vibrantes. Megan fut d'emblée enchantée par l'atmosphère paisible et décontractée des lieux.

Après l'avoir aidée à sortir les bagages, Pete les passa au porteur qui les attendait.

— Et maintenant, vous avez intérêt à bien vous amuser, les filles ! lança-t-il d'un air faussement sévère. Sinon, vous aurez affaire à moi !

Sarah et Grace se mirent à pouffer, puis lui firent un beau *shaka*, qui leur valut un sourire et un *shaka* en retour.

— *Aloha* !

— *Aloha* ! répliquèrent-elles en chœur.

A la réception, Megan et les jumelles furent accueillies par des employés charmants, qui mirent à leur disposition une voiturette pouvant contenir le fauteuil roulant. Et lorsqu'elles parvinrent à leur bungalow, Megan fut aussi émerveillée que ses enfants.

— Ouaiiiis ! s'écria Sarah. On a l'océan sur le pas de la porte !

Leur logis se trouvait en effet à six ou sept mètres de l'eau à peine, et disposait d'une grande terrasse équipée d'une banquette et de deux chaises en rotin tournées vers l'océan.

A l'intérieur, le bungalow comprenait deux chambres, un petit salon et une cuisine, ainsi qu'une salle de bains accessible en fauteuil roulant.

C'était *exactement* ce dont elles avaient besoin.

Laissant les jumelles explorer leur nouvelle maison, Megan s'appuya à la rambarde courant autour de la terrasse. Juste devant elle, les vaguelettes mouraient et renaissaient inlassablement sur le rivage.

Une tristesse indéfinissable la gagna soudain, un irrépressible accès de mélancolie. Un charme romantique inouï se dégageait de cet endroit, qui semblait avoir été créé pour être partagé avec quelqu'un de spécial. D'unique.

— Il est tellement bleu, l'océan ! s'émerveilla Sarah en s'arrêtant à côté d'elle.

Megan chassa la nostalgie qui l'avait envahie. Elle avait *deux* êtres spéciaux et uniques avec qui partager son bonheur. Ses jumelles fantastiques.

— J'aimerais bien me baigner, dit Grace en apparaissant à son tour. On peut y aller, maman ?

— Oh oui ! renchérit Sarah. On peut y aller maintenant, s'il te plaît ?

— Vous ne voulez pas manger quelque chose avant ? Nous pourrions appeler le service restauration, dîner tôt, et aller nous baigner ensuite.

— Non. On va d'abord se baigner et on mange après ! s'obstina Grace.

Megan décida de savourer ces instants. D'en profiter au maximum. Elle n'avait peut-être rien à faire là, parmi les invités venus célébrer le mariage de son ex-mari avec la femme de sa vie, mais elle avait atterri dans un véritable paradis. Par conséquent, elle ne perdrait pas une seconde en regrets inutiles et vains. Au contraire, elle se réjouirait de sa chance — celle d'avoir des filles extraordinaires.

— D'accord ! dit-elle en les prenant chacune par une main. Je crois que je sais où trouver les maillots de bain…

3.

Après avoir défait ses bagages, Shane sortit une bière du réfrigérateur et s'avança sur la terrasse donnant sur la plage.

Il n'aurait aucun mal à se faire à cet endroit idyllique ! D'autant que sa sœur était passée par là, veillant à ce qu'il ait de quoi se rafraîchir dès son arrivée.

La bouteille à la main, il s'assit dans le fauteuil en rotin et étira ses jambes. Les sièges des avions semblaient avoir été conçus pour des Pygmées — alors que lui-même mesurait un mètre quatre-vingt-huit.

Il portait la bouteille de bière à ses lèvres lorsque Cara apparut au bas des marches de bois conduisant à la terrasse.

— Hello ! commença-t-il en souriant. Comment va la future mariée ? Toujours aussi débordée ?

— Reconnais que je me suis plutôt bien débrouillée, non ? répliqua-t-elle en haussant les sourcils d'un air comique.

— Je le reconnais sans difficulté. Et je te félicite : tu as trouvé un endroit vraiment *génial*.

— Et mieux encore que sur les photos du site ! répliqua-t-elle, ravie. Les gens qui ont laissé leur avis avaient raison.

— Mais dis-moi, qu'est-ce que tu fais ici ? Tu ne dois pas t'occuper des derniers préparatifs ?

— Pas dans l'immédiat. Et puis, je tenais à m'assurer que tu étais bien installé. Excuse-moi, Shane, je n'ai pas eu beaucoup le temps de m'occuper de toi durant le vol.

— Voilà ce que c'est que de voyager en première classe — on n'a pas de temps à perdre avec les petites gens…

Quand elle lui donna une petite tape sur le bras, il feignit de ressentir une violente douleur.

— Oh ! Pardon ! J'avais oublié ta blessure ! Je suis tellement désolée… Je t'ai fait très mal ?

Cara avait toujours eu le cœur tendre. *Trop* tendre, au goût de son frère aîné.

— Pas du tout. C'est à l'autre épaule, que j'ai été blessé.

Sa plaisanterie lui valut une nouvelle tape sur l'épaule qu'elle venait de malmener, le faisant sourire de plus belle.

Mais sa sœur ne lui rendit pas son sourire et se laissa tomber sur la banquette à côté de lui, l'air préoccupé.

— Bon, qu'est-ce qui ne va pas ? s'enquit-il comme elle restait silencieuse.

Les yeux verts de Cara s'assombrirent.

— Tu as eu des nouvelles de papa ?

Autant que possible, Shane et leur père faisaient tout pour s'éviter.

— Pas récemment.

— Il m'a laissé un message vocal que j'ai trouvé à notre arrivée. Il vient au mariage, finalement. Il arrivera demain, avec sa…

Elle s'interrompit en plissant le front.

— Attends, il en est à combien… Avec sa cinquième épouse. Sherri, ou Sharon, un truc comme ça. Le message était un peu brouillé, mais j'ai compris qu'ils s'étaient mariés le week-end dernier à Reno. N'est-ce pas merveilleux ?

Tout en notant le manque d'enthousiasme de sa sœur, Shane eut envie de cogner dans quelque chose. On pouvait toujours compter sur Hal Russel pour tout gâcher. C'était, hélas ! sa grande spécialité. Ne sachant quoi répondre à Cara, il se força à dominer la colère qui grondait en lui.

— Ah…

— Maman arrivera demain aussi. Elle va paniquer, quand elle saura qu'il vient.

— Elle est tout à fait capable de gérer la situation, répliqua-t-il vivement.

Ou du moins, il veillerait à ce qu'elle le soit.

— Ne t'inquiète pas, petite sœur. C'est de toi et Nick qu'il s'agit, pas de papa et de son dernier mariage à la noix, ni de maman et de ses scènes. Je ne les laisserai pas gâcher le plus beau jour de ta vie.

— Tu crois vraiment que tu peux les en empêcher ?

— Je trouverai un moyen, quitte à les menotter dans leurs bungalows respectifs.

— J'aimerais bien voir ça ! s'esclaffa Cara.

Shane lui sourit.

— Espérons que nous n'en viendrons pas là, je n'ai qu'une paire de menottes sur moi… Mais je pourrais sans doute trouver de la corde quelque part. Ne t'en fais pas, je leur parlerai à tous les deux, de façon qu'ils se tiennent convenablement.

Leurs parents se méprisaient l'un l'autre, ce qui n'avait pas manqué de pimenter leur enfance.

— Je t'adore, Shane, répondit-elle en appuyant la tête contre son épaule. Ça faisait longtemps que je ne te l'avais pas dit, je trouve.

Il lui passa un bras autour de la taille, regrettant une fois de plus de ne pas pouvoir en faire davantage pour lui faciliter la vie. Tout en étant de quatre ans sa benjamine, Cara avait représenté le seul repère stable pour lui, durant son enfance tumultueuse. Par nécessité, ils s'étaient accrochés l'un à l'autre afin de survivre au chaos familial, aux divorces et remariages successifs, aux conflits de leurs parents au sujet de leur garde, aux horribles séances dans le bureau du juge aux affaires familiales.

— Moi aussi je t'adore, petite sœur.

Durant quelques instants, ils restèrent immobiles à écouter le doux murmure des vagues. Puis Cara se redressa et tourna les yeux vers la plage.

— Oh ! Regarde ! Megan emmène les filles se baigner.

Suivant son regard, Shane aperçut celle-ci, vêtue d'une fine tunique claire lui arrivant à mi-cuisse et laissant deviner par transparence un maillot de bain rose vif. Le soleil de cette fin d'après-midi nimbait ses cheveux châtains d'un halo doré, tandis qu'elle portait Grace sur son dos, Sarah gambadant à côté d'elle avec un panier rempli de jouets en plastique colorés.

Arrivée à quelques centimètres du sable mouillé, la petite fille posa son seau, puis étendit une serviette de plage sur laquelle sa mère déposa délicatement Grace.

Un trouble profond envahit Shane à ce spectacle, doublé d'une douceur qu'il n'aurait su expliquer.

— C'est une femme extraordinaire, non ? murmura Cara.

— Je viens à peine de faire sa connaissance, prétendit-il. Mais oui, elle a l'air formidable.

— Je ne suis pas jalouse d'elle, reprit sa sœur. Vraiment pas. Je l'aime trop pour ça. Je sais que Megan et Nick ont fait des efforts pour faire fonctionner leur mariage et qu'ils sont très attachés l'un à l'autre, mais je ne crois pas qu'ils se soient jamais *aimés*. Leur mariage était fragile dès le début, et ils ont eu du mal à se remettre du stress qui a accompagné la naissance des jumelles. De mon côté, je... Je voudrais être une bonne belle-mère, mais je ne sais pas très bien par où commencer. Et Megan est tellement fabuleuse avec ses filles... Elles n'ont pas besoin de moi !

— D'après ce que j'ai pu constater, ce ne doit pas être difficile de les aimer. Et c'est tout ce qu'elles attendent de toi, tu ne crois pas ?

— J'espère que ça suffira, soupira sa sœur. Maintenant que je vais être belle-mère, j'ai soudain mauvaise conscience d'avoir aussi mal traité les épouses n° 2, 3, et 4 de papa. En revanche, je ne ressens aucune culpabilité envers Sherri, Sharon, ou je ne sais quoi, puisque je ne l'ai pas encore rencontrée.

— Tu n'as pas à te sentir coupable de quoi que ce soit. Aucune de ces femmes ne voulait s'encombrer de nous. Alors que toi, tu te préoccupes déjà du bien-être de Grace et Sarah, et c'est pour ça qu'elles t'aiment déjà. Je peux te le dire pour les avoir entendues parler du mariage de leur père. Alors, ne t'inquiète pas, tout ira bien.

— Merci, Shane, fit Cara, l'air soulagé. Je préfère te croire, parce que j'aime trop Nick pour faire marche arrière, de toute façon. Au fait, nous allons dîner avec quelques amis et membres de la famille, ce soir. Tu peux te joindre à nous, si tu veux : on partira vers 20 heures.

— Je viendrai peut-être. Je te tiens au courant.

Après le départ de sa sœur, Shane reprit une gorgée de bière en écoutant le rire musical des jumelles résonner au-dessus du murmure des vagues. Elles s'amusaient comme des petites folles, apparemment. Quant à lui, il brûlait de les rejoindre.

Il résista pendant une minute, hésita trente secondes, puis se précipita à l'intérieur du bungalow pour se changer.

— Elle est tellement chaude ! s'exclama Sarah en faisant traîner ses doigts dans l'eau. Tu te souviens comme elle était froide au lac Michigan, l'été dernier ?

— Oui, je claque encore des dents rien que d'y penser, répondit Megan.

Sa fille éclata de rire, puis fit un petit bond pour accompagner une nouvelle vague.

Elles ne s'étaient pas aventurées bien loin : assise, Grace n'avait de l'eau que jusqu'à mi-poitrine.

— Ça va, Grace ? demanda Megan.

— Oui, maman ! *J'adore* ça ! s'exclama gaiement sa fille, en remuant les jambes.

Dans l'eau, elle jouissait d'une liberté de mouvement

dont elle était privée autrement ; elle pouvait mieux contrôler ses muscles.

— Je crois qu'un poisson vient de me mordiller l'orteil ! s'écria soudain Sarah.

Se laissant flotter sur le ventre, elle s'immergea la tête dans l'eau avant de la redresser un instant plus tard, l'air émerveillé.

— Quatre ! J'ai vu *quatre* petits poissons ! Argentés et orange. Tu les vois, Grace ?

Celle-ci avait beau gagner en agilité dans l'eau, elle n'était jamais parvenue à surmonter sa peur d'y plonger la tête.

Penchant le visage pour s'arrêter à quelques centimètres de la surface de l'eau, elle en scruta les profondeurs, les yeux plissés.

— Je ne vois rien ! se lamenta-t-elle. Rien que de l'eau !

— Ils sont là, regarde bien, l'encouragea Sarah.

— Qu'est-ce que vous avez vu ? demanda soudain une voix masculine.

Penchée elle aussi pour tâcher d'apercevoir les poissons, Megan se redressa d'un mouvement vif et découvrit Shane qui s'avançait vers elle, vêtu d'un short de bain taille basse vert foncé.

Fascinée par la vue de ses épaules musclées, elle sentit un violent frisson la traverser de la tête aux pieds.

— Il y a des poissons ! Juste ici ! répondit Grace, l'air extasié.

S'approchant de la petite fille, il lui adressa un sourire empreint d'une telle tendresse que cette fois, Megan eut l'impression de fondre sur place.

— C'est vrai ?

— Oui. Sarah en a senti un lui mordre l'orteil. Mais ils n'ont pas mordu le mien.

— Tu as de la chance.

— Non, j'aurais bien voulu qu'ils me mordent ! Et je n'aime pas me mettre la tête dans l'eau, alors je ne peux pas les voir… Mais Sarah a dit qu'il y en avait *quatre* !

— Oui, je les ai vus, confirma sa sœur. Regarde, Shane ! En voilà un cinquième !

Docilement, il pencha la tête.

— Oh ! Tu as raison. Je les vois tous les cinq.

Il redressa la tête, et quand il se rapprocha encore de Megan, elle sentit son cœur battre à un rythme effréné.

— Je ne sais pas si vous en avez déjà vu, mais il existe des planches de surf avec fenêtre, commença-t-il tranquillement. Cela permettrait à Grace de regarder ce qui se passe sous l'eau sans crainte.

Il avait sous le bras une planche de surf normale.

— Tu veux essayer ? demanda-t-il à Grace.

Elle acquiesça d'un timide hochement de tête.

— Ne t'inquiète pas, je ne te laisserai pas tomber dans l'eau, lui promit Shane.

Puis il maintint la planche en équilibre sur les vaguelettes, tandis que Megan aidait sa fille à grimper dessus.

— Tiens-toi bien des deux côtés, dit-il. Oui, comme ça.

Tout en continuant de tenir la planche, il la positionna de façon à profiter au maximum du roulis. Et lorsqu'une vague un peu plus haute survint, et que la planche suivit doucement le mouvement, Grace s'exclama en riant :

— C'est comme dans l'avion ! Ça m'a fait des chatouilles dans le ventre !

— Ça peut arriver, en effet, répliqua Shane en souriant.

Megan s'efforça de ne pas remarquer la douceur dont il faisait preuve envers les jumelles. Ni le fait que son attitude le rendait encore plus beau à ses yeux.

— Bravo ! Vas-y, Gracie ! l'encouragea Sarah en frappant dans ses mains. Maman, tu crois que je pourrai en faire aussi, après ?

— Il faut que tu poses la question à Shane.

— Bien sûr ! répondit celui-ci. Laisse-nous encore une minute et ensuite ce sera ton tour.

Quelques vagues plus tard, il orienta la planche vers Megan, souleva Grace dans ses bras et la lui confia, puis aida Sarah à monter sur la planche, avant de l'entraîner plus loin, là où les vagues étaient un peu plus fortes.

Assise dans l'eau avec Grace dans ses bras, Megan la regarda étouffer un léger bâillement. Ainsi blottie contre elle, sa fille lui fit soudain l'effet d'un oisillon fragile.

Shane revint bientôt avec Sarah.

— Vous voulez essayer aussi ? lui demanda-t-il en désignant la planche.

Megan ordonna à ses imbéciles d'hormones de se calmer.

— Non, merci. Je vais devoir ramener ces petites sirènes au sec, les faire manger et les mettre au lit. Nous fonctionnons encore à l'heure de Chicago, et la journée a été très longue. Il faut que nous soyons en forme, demain.

— Prenez la planche, je vais porter Grace jusqu'à votre bungalow.

Tandis que Megan saisissait la planche, Shane s'agenouilla dans l'eau pour offrir son large dos rassurant à Grace.

— En selle, la belle ! lui lança-t-il par-dessus son épaule.

Visiblement séduites toutes les deux par ce nouvel ange gardien, les jumelles se mirent à glousser. Puis Grace lui passa les bras autour du cou et il se redressa d'un mouvement gracieux avant de s'avancer dans l'eau, puis sur le sable.

— Passage sous la douche extérieure obligatoire ! dit Megan en les suivant.

Elle se tourna vers Sarah qu'elle tenait par la main.

— Il faut nous débarrasser de tout ce sable avant de mettre les pieds dans le bungalow.

Une fois arrivé à destination, Shane installa Grace sur le banc situé à côté de la douche.

— Merci pour la séance de planche, dit Megan.

En fait, elle avait beaucoup de mal à ne pas admirer ses impressionnants pectoraux où scintillaient encore de minuscules gouttelettes irisées, et à ne pas regarder la petite cicatrice rouge et boursouflée ressortant sur sa peau hâlée.

— C'était un vrai plaisir. A plus tard !

Quand il saisit la planche, ses doigts effleurèrent ceux de Megan, qui ne put réprimer un frisson. Après leur avoir adressé un sourire collectif, Shane se détourna et retraversa la plage avant de rentrer de nouveau dans l'eau. Il marcha sur quelques mètres, puis s'allongea à plat ventre sur sa planche, passa sous une vague et s'éloigna rapidement vers les eaux plus profondes.

— Maman ?

Vu le ton de Sarah, ce n'était pas la première fois qu'elle s'efforçait d'attirer son attention, devina Megan en sursautant. Oubliant Shane et son fabuleux corps d'athlète, elle revint à ses filles et à ses devoirs maternels. Les seuls qui comptaient vraiment à ses yeux.

4.

Bercée par le murmure de l'océan, Megan s'endormit rapidement d'un profond sommeil sans rêves.

Quand elle se réveilla à l'aube, vit la fenêtre grande ouverte, puis les motifs floraux rouges et blancs de la couverture, elle se sentit d'abord désorientée. D'où venait ce bruit qui résonnait en sourdine dans la pièce ?

Il provenait de l'océan. Elle était à Hawaï avec les jumelles, dans un ravissant bungalow dont la charmante terrasse donnait sur une plage splendide.

Après s'être redressée dans son lit, elle s'étira voluptueusement et, baissant les yeux sur le réveil posé sur la table de nuit, s'aperçut qu'il était à peine 5 h 30. Et pourtant, elle se sentait tout à fait réveillée.

Megan aimait travailler de nuit à l'hôpital, parce que cela lui permettait de s'adapter aux horaires de ses filles, mais en revanche, son métabolisme s'était accoutumé à des rythmes bizarres, ainsi qu'à des transitions brutales du sommeil à la pleine conscience. Résultat : elle ne connaissait pas les grasses matinées.

Tournant les yeux vers la fenêtre, elle écouta avec ravissement le murmure incessant des vagues, puis descendit du lit et, pieds nus, traversa le bungalow endormi. Un calme merveilleux régnait sur la terrasse tandis que, dans les premières lueurs pâles de l'aube, l'eau miroitait d'un vert mystérieux et particulièrement attirant. Agitées par la brise, les feuilles des palmiers bruissaient doucement, et l'air embaumait les embruns et le parfum des fleurs.

Soudain, Megan eut l'impression d'être la seule personne sur Terre à être éveillée, d'avoir le Pacifique tout entier pour elle. Alors, elle ressentit un désir farouche d'être au bord de l'eau pour mieux profiter du lever du jour.

Regagnant sa chambre à pas de loup, elle enfila le premier vêtement qui lui tomba sous la main : une robe bain de soleil couleur pêche, douce et ample. Après s'être noué les cheveux en queue-de-cheval, elle s'empara du babyphone avec caméra dont elle se servait encore lorsque Grace était malade — en se félicitant de l'avoir emporté à la dernière minute !

Après avoir jeté un coup d'œil à l'écran pour s'assurer que les filles dormaient bien, Megan glissa le petit appareil dans sa poche et quitta le bungalow.

Le soleil commençait à poindre à l'horizon, colorant les nuages de nuances d'orangé, de rose et de mauve. Fascinée par cette vision féerique, Megan se dirigea vers les quelques marches séparant la terrasse de la plage, avant de s'arrêter net.

En sortant, elle n'avait pas remarqué les trois planches de surf alignées soigneusement à côté de la porte d'entrée, deux d'entre elles étant percées d'une petite fenêtre.

Ça alors… Se rapprochant de la plus grande des planches, elle détacha le mot fixé dessus, rédigé sur le papier à en-tête du complexe hôtelier.

Gracie a elle aussi le droit de voir les poissons, non ?

Le cœur battant à tout rompre, Megan relut les quelques mots écrits d'une grande écriture masculine, puis sentit une douce chaleur se propager en elle. Ainsi, il s'était donné la peine d'aller chercher ces planches pour elles…

Aussi émue que troublée, elle passa les doigts sur la surface lisse de celle qui, de toute évidence, lui était destinée.

Si elle n'y prenait garde, elle risquait fort de tomber amoureuse de cet homme attentionné… Aussi allait-elle devoir faire *très* attention, car elle ne pouvait se permettre de repartir avec le cœur brisé. Elle devait rester forte, pour ses filles.

Après avoir fourré le mot dans sa poche, avec le babyphone, elle descendit les marches et s'avança sur la plage. Le sable lui glissa entre les orteils, frais et doux, tandis qu'elle se dirigeait vers le bord de l'eau, la brise tiède et parfumée faisant onduler sa robe autour de ses jambes.

Des oiseaux de mer sautillaient dans l'écume blanche, maladroits. D'autres se mirent à tourner au-dessus de sa tête en poussant des cris rauques.

Faisant demi-tour, Megan s'assit sur le sable sec, remonta les jambes contre sa poitrine et les regarda, en même temps que le soleil s'élevait de plus en plus haut, empourprant les nuages.

Elle savourait sa solitude lorsqu'elle aperçut au loin un joggeur venant dans sa direction.

Megan le reconnut avant même de pouvoir distinguer

ses traits. Fascinée malgré elle par ses solides épaules, elle regarda Shane se rapprocher peu à peu, vêtu d'un short noir et d'un T-shirt gris délavé sur lequel était imprimé le logo du Chicago Police Department.

— Vous vous êtes levée de bonne heure ! lança-t-il en arrivant à portée de voix. Je ne suis pas le seul à ressentir les effets du décalage horaire, à ce que je vois !

— Je me suis dit que je ne pouvais pas rater un lever de soleil à Hawaï !

— Les filles dorment encore ?

Megan sortit le babyphone de sa poche et le lui montra.

— Pratique ! s'exclama-t-il en souriant.

— Il a une portée de cinquante mètres. Et je peux être au bungalow en quelques secondes.

Au grand embarras de Megan, Shane se laissa tomber à côté d'elle, son corps musclé la frôlant presque.

— Merci beaucoup, pour les planches. C'est vraiment très gentil.

Il haussa les épaules, l'air soudain gêné.

— Ce n'est pas un vrai cadeau : je me suis contenté de les louer, en me disant que vous n'en auriez pas besoin à Chicago.

— Vous avez eu raison ! Merci encore.

— L'idée m'est venue en allant dîner à Lihue, hier soir. Il y avait une boutique de surf encore ouverte, juste à côté du restaurant, avec une pancarte proposant des locations de planches. J'ai pensé que c'était un signe du destin.

— Les filles vont être ravies. Quand j'ai vu les planches tout à l'heure, j'ai été tentée de les réveiller pour qu'on aille les essayer tout de suite — avant de reprendre mes esprits, heureusement ! Et j'ai préféré venir savourer quelques instants de calme et de solitude.

— Jusqu'à ce que j'apparaisse au loin et vienne troubler votre tranquillité..., répliqua-t-il avec un petit sourire en coin.

Il *la* troublait, mais pas pour les raisons auxquelles il pensait sans doute. Ce qu'elle n'allait pas lui révéler, bien entendu.

— Qu'est-ce que vous avez prévu de faire, aujourd'hui ? poursuivit-il.

— Plage, surf, bronzage..., répondit Megan en contemplant l'océan. Je crois que ce sera tout.

Lorsque Shane laissa échapper un profond rire de gorge, riche et sensuel, un frisson naquit au creux de ses reins. Et quand il étendit ses longues jambes devant lui, se rapprochant encore d'elle dans ce mouvement, le frisson redoubla d'intensité et se propagea dans tout son corps.

— Ça vous dirait d'aller faire un tour en voiture, quand vous en aurez assez de la plage, du surf et du bronzage ? demanda-t-il d'un ton neutre. Je jouerais volontiers les guides pour vous et les jumelles. Je pourrais vous emmener voir des chutes d'eau que je connais, explorer quelques plages sauvages, et peut-être pousser jusqu'au phare Kilauea avant de rentrer.

La proposition enchanta Megan — autant qu'elle la terrifia. Ce n'était pas en se retrouvant dans l'espace confiné d'un véhicule avec cet homme séduisant, et terriblement sexy, qu'elle protégerait son cœur.

— Je ne sais pas, commença-t-elle prudemment. Parfois, tout devient vite compliqué, avec le fauteuil de Grace. La plupart du temps, elle se contente du déambulateur pour se déplacer, mais il faudrait tout de même emporter le fauteuil, au cas où elle serait trop fatiguée.

— La jeep que j'ai louée est suffisamment spacieuse pour contenir fauteuil et déambulateur à l'arrière, et je peux sans problème porter Grace dans mes bras pour l'installer et la faire sortir du véhicule.

Elle devait refuser. Elle avait un « non » tout prêt au bord des lèvres. Mais les filles adoreraient voir quelques-unes des chutes d'eau réputées de l'île, et découvrir d'autres paysages que la plage et ses palmiers, aussi splendide soit-elle.

Et puis, vu la façon dont elles semblaient s'être entichées de Shane toutes les deux, Grace et Sarah seraient ravies de partir en excursion avec lui. Quant à elle, Megan ne pouvait nier qu'elle était très tentée de passer un peu de temps avec lui.

— C'est une bonne idée, dit-elle enfin.

Avant d'avoir aussitôt envie de se rétracter.

— Formidable ! Départ à midi ? Cela vous laissera du temps pour vous amuser sur la plage et dans l'eau. Et d'après ce qu'elles m'ont dit, les filles ont une leçon de *hula* ce matin. Alors nous pourrions déjeuner en route et être de retour à temps ce soir pour le dîner de répétition.

Ah ! oui… Le dîner de répétition… Nick et Cara tenaient à ce que les jumelles participent de façon active au mariage et par conséquent, elles devaient s'entraîner à jouer leur rôle. Ce qui signifiait que Megan serait forcée de participer elle aussi à ce dîner…

— Oui, ça devrait aller, acquiesça-t-elle en repoussant son appréhension. Eh bien, d'accord pour midi, alors !

Entendant une petite toux jaillir du babyphone, elle le sortit aussitôt et vit que les filles dormaient encore profondément toutes les deux.

— Tout va bien ? s'enquit Shane.

— Oui. Elles ont le sommeil lourd ! J'ai encore droit à quelques instants de tranquillité, on dirait.

Lorsqu'elle contempla de nouveau l'océan, Megan vit une explosion de couleurs embraser l'horizon.

— Ce doit être difficile d'élever seule des jumelles.

Tournant brièvement la tête vers Shane, Megan découvrit de la compassion sur son visage, mais aucune trace de jugement.

— C'est parfois difficile, je ne vais pas le nier. Pas mal de choses sont multipliées par deux : devoirs à faire à la maison, harcèlement quand on passe devant une boutique où elles ont repéré quelque chose qui leur plaît… Mais la plupart du temps, c'est de la joie — multipliée elle aussi par deux ! — que nous vivons et partageons. Et je n'échangerais notre existence pour aucune autre au monde.

— Vous demandez-vous parfois si tout aurait été plus simple si vous…

Il s'interrompit, comme s'il se ravisait soudain.

— Si nous étions restés mariés, Nick et moi ? acheva-t-elle à sa place.

— Excusez-moi, se rembrunit-il. Je n'aurais pas dû vous poser cette question. C'était impoli et cela ne me regarde pas.

— Ne vous excusez pas ! Dans moins de quarante-huit heures, mon ex-mari va épouser votre sœur, alors cela vous regarde un peu.

— Oui, c'est une façon de voir les choses.

Megan resserra les bras autour de ses genoux.

— Nick compte encore — et comptera toujours — beaucoup pour moi. Mais nous nous sommes vite aperçus que nous étions de bien meilleurs parents depuis que nous étions séparés.

— Les filles ont l'air très heureuses, en tout cas.

— C'est le plus important. A mes yeux, du moins. Et vous ? ajouta-t-elle en se tournant vers lui. Vous n'avez jamais vécu cela ?

— Quoi ? Le mariage ? Non. Le jour où ma mère s'est mariée pour la troisième fois et qu'elle m'a forcé à enfiler un smoking noir avant de me traîner à nouveau jusqu'à l'autel, j'ai décidé que lorsque je me marierais, ce serait pour toujours. Cela s'est passé environ un an après le quatrième mariage de mon père. J'avais treize ans, à l'époque.

Ses paroles confirmaient ce que Nick lui avait confié concernant la famille de Cara. Megan sentit son cœur se serrer. Elle ne pouvait imaginer ce genre de situation. Ses parents avaient été profondément épris l'un de l'autre, jusqu'à ce qu'ils trouvent la mort dans un accident de voiture, alors qu'elle faisait ses études d'infirmière.

Parfois, elle se disait qu'ils avaient eu de la chance de mourir ensemble, car ni l'un ni l'autre n'aurait été capable de survivre à son grand amour. Mais pour elle, qui était fille unique et avait toujours entretenu un lien étroit avec eux, les perdre tous les deux en même temps avait été un choc terrible. Cette double perte l'avait anéantie, et elle avait eu du mal à surmonter cette dure épreuve.

C'était entre autres pour cette raison qu'elle s'était

jetée dans les bras de Nick, avait-elle compris plus tard. Seule et à la dérive, elle avait été avide de s'attacher à quelqu'un, alors qu'au fond Nick et elle n'avaient pas grand-chose en commun.

— Au fait, murmura Shane après un long silence, j'aime beaucoup Nick. Il rend ma sœur heureuse. Mais j'avoue que je commence à m'interroger sur sa santé mentale, parce que je me demande comment il a bien pu laisser partir une femme comme vous.

Une merveilleuse chaleur se répandit en Megan, tandis qu'elle le dévisageait en retenant son souffle. Subitement, cela lui parut tout naturel d'être là au lever du soleil, seule avec lui sur cette plage idyllique, avec les oiseaux picorant le sable pour uniques témoins…

C'est alors que Shane se pencha vers elle pour l'embrasser.

5.

Megan ferma les yeux pour mieux savourer la sensation délicieuse que lui procuraient les lèvres soudées aux siennes. Cela faisait si longtemps qu'elle avait vécu un tel moment, bouche contre bouche, souffles mêlés, son cœur battant la chamade, un doux frémissement courant le long de son dos.

La brise paraissait les encourager, l'océan les bénir de son perpétuel murmure.

Quant à elle, elle aurait voulu que ces instants fabuleux ne se terminent jamais.

Les mains agrippées au T-shirt de Shane, elle lui rendit son baiser. Depuis son divorce, elle s'était concentrée exclusivement sur ses devoirs de mère, sur son rôle de gardienne attentionnée des jumelles. Alors qu'à présent, les sensations que la bouche et la langue de Shane réveillaient en elle lui rappelaient ce qu'elle avait perdu.

Elle avait oublié qu'elle était encore une femme, avec des besoins, des désirs, même si elle s'était évertuée à les refouler.

S'écartant légèrement d'elle, Shane la regarda en silence, le souffle court et les yeux étincelants.

— Je confirme, commença-t-il d'une voix rauque. Nick est fou.

Puis il se pencha pour reprendre sa bouche et l'enlacer étroitement.

Le deuxième baiser dura longtemps, éclairé par le soleil qui continuait de monter dans le ciel. Megan aurait pu y goûter une éternité, mais le son d'une toux étouffée venant du babyphone lui fit l'effet d'une douche froide.

Mon Dieu, que faisait-elle là, dans les bras de Shane Russell ?

Si près de lui, elle pouvait voir des pépites dorées luire au fond de ses yeux verts. Ainsi qu'une lueur trahissant une indicible… tendresse.

Une émotion d'une intensité inouïe s'empara alors de Megan. Cela serait très facile de tomber amoureuse de lui. Elle repensa à l'aide qu'il leur avait apportée au cours du voyage, à sa bienveillance et sa générosité, aux attentions qu'il leur avait prodiguées, à elle et ses filles.

Hélas ! il pourrait aussi lui briser le cœur en un instant, de la même façon qu'une vague emporte un château de sable.

Comme une petite toux jaillissait de nouveau du babyphone, elle se ressaisit complètement et s'écarta de Shane, le cœur battant la chamade.

— Je… Je dois y aller, dit-elle en se levant. Les filles vont se réveiller et se demander où je suis passée.

— Je comprends.

Sa voix était encore rauque, son regard confus. Il était aussi troublé qu'elle-même, comprit Megan.

— A tout à l'heure ! lança-t-elle à la hâte.

Puis, sans lui laisser le temps de répliquer quoi que ce soit, elle se précipita vers le bungalow, presque en courant.

Shane regarda Megan s'engouffrer précipitamment dans le bungalow, comme si elle avait le diable aux trousses.

Un véritable tumulte d'émotions régnait en lui, mais une pensée dominait toutes les autres.

Il n'aurait pas dû l'embrasser.

Megan McNeil lui plaisait énormément. Cela tenait à ce je-ne-sais-quoi d'indéfinissable qui émanait d'elle, de ses grands yeux bleus, de ses traits délicats, de ce corps souple et mince aux courbes ravissantes.

Mais pas seulement. Il admirait aussi son dévouement pour ses filles, la façon dont elle s'en occupait. Elle les aimait profondément, cela transparaissait dans le moindre de ses gestes. Il l'avait observée durant le vol, puis sur la plage la veille au soir, et ce matin encore, tandis qu'elle tressaillait au moindre son émis par le babyphone glissé dans sa poche.

Et puis, comment avait-elle pu trouver le courage de se lancer dans cette expédition avec ses jumelles de sept ans, dans le seul but de leur permettre d'assister au mariage de leur père avec une autre femme ?

Oui, Megan lui plaisait. Beaucoup trop. Il contempla les vagues qui venaient mourir inlassablement sur le rivage avant de renaître, encore et encore. Pourtant, en dépit de l'attirance qu'il ressentait pour cette femme — sur le plan physique et émotionnel —, il savait qu'elle n'était pas pour lui.

Des années auparavant, il s'était fait une promesse. Après avoir souffert du chaos semé par ses parents dans sa vie et celle de Cara, il s'était juré qu'il n'entraînerait jamais aucun enfant dans cet enfer. C'est déjà assez difficile pour un gosse de se frayer un chemin dans la vie, inutile d'en rajouter.

Il n'aurait pas d'enfants, avait-il décidé. Et il s'en tiendrait à cette résolution. Coûte que coûte.

— Réponds-moi franchement : c'est difficile pour toi ?

Megan se tourna vers Cara, étendue sur une serviette de plage à côté d'elle, en bikini bleu électrique.

— Difficile ? Non. Mais injuste, oui. Nous avons à peu près le même âge et tu es magnifiquement bronzée, alors que je suis blanche comme un cachet d'aspirine.

— L'autobronzant est une invention géniale ! répliqua Cara en riant. Mais tu sais très bien que ce n'est pas à cela que je faisais allusion. Je parlais du mariage. En rêvant et en échafaudant mes projets, j'aurais dû penser aux difficultés que tu devrais traverser pour amener Grace et Sarah jusqu'ici.

— Regarde-les : elles sont ravies de l'aventure !

Megan se redressa en même temps que Cara, et s'appuya sur les coudes pour mieux voir ses filles. Nick tirait Grace sur sa planche, à quelques mètres de Sarah qui construisait un impressionnant château de sable, la langue coincée entre les dents, comme elle le faisait toujours quand elle était concentrée.

Sentant sans doute le regard de sa mère posé sur elle, Sarah leva brièvement les yeux de son ouvrage.

— J'ai presque fini ! Tu vois, là, c'est la chambre de la princesse. Quand les méchants viendront lui prendre son royaume, elle va sauter par cette fenêtre sur son cheval pour défendre son château. Et ensuite, elle ira se marier à Hawaï.

Megan haussa les sourcils, un peu étonnée par ce surprenant scénario — dont elle reconnaissait néanmoins certains éléments. Puis elle échangea un sourire avec Cara, tandis que Sarah bondissait pour aller remplir son seau en plastique.

— Je ne te mentirai pas, commença-elle en regardant sa fille revenir à son château. Le voyage a été assez éprouvant, mais je n'aurais voulu pour rien au monde priver les filles d'assister au mariage de leur papa. Tu sais à quel point je suis heureuse pour vous deux, n'est-ce pas ?

Les yeux embués, Cara tendit la main pour serrer la sienne.

— Tu es la personne la plus fantastique que j'aie jamais rencontrée, Megan.

Touchée malgré elle, Megan roula des yeux.

— Même maintenant que tu en sais davantage sur moi ?

— Je suis sincère, Megan. Je n'arrive toujours pas à croire à la chance que nous avons de vous avoir dans notre vie, toi et les jumelles. Avant de faire ta connaissance, j'avais tellement peur que tu me détestes… Ma mère a haï toutes les femmes qui lui ont succédé auprès de mon père, y compris celle avec qui il va venir au mariage — alors qu'elle ne l'a encore jamais rencontrée.

— Je n'ai aucune raison de te détester, Cara. Nick et les filles t'adorent : cela me suffit amplement.

Cara lui serra de nouveau la main avant de se rallonger sur le dos.

— A présent, tu comprends pourquoi je trouve que j'ai de la chance !

N'ayant rien à répondre à cela, Megan regarda encore quelques instants Sarah peaufiner les derniers détails de son chef-d'œuvre, puis se rallongea à son tour.

— Je vois qu'on se prélasse…, fit soudain une voix mâle et profonde.

Levant les yeux vers Shane, debout à côté de sa sœur, Megan sentit les battements de son cœur s'accélérer. Il était vêtu d'un autre short de bain taille basse. Rouge, cette fois-ci.

Quant à elle, elle ne se sentait vraiment pas à l'aise, étendue ainsi à ses pieds et ne portant qu'un minuscule bikini. Aussi roula-t-elle sur le flanc avant de se redresser et de s'asseoir.

— Bonjour.

— Hé oh ! Bonjour ! renchérit Sarah en souriant jusqu'aux oreilles.

Après avoir adressé un *shaka* à Shane, auquel celui-ci répondit par un sourire, elle lui montra son château.

— Regarde, il est super beau, hein ?

— Magnifique ! Tu l'as construit toute seule ?

— Oui ! Bon, papa m'a aidée un peu, mais c'est moi qui l'ai fait presque entièrement.

— On dirait que les mâchicoulis penchent un peu. Tu veux que je t'aide à les redresser ?

— Les mâchi-*quoi* ? fit Sarah en fronçant les sourcils d'un air déconcerté.

— Les mâchicoulis. C'est la partie qui se trouve en haut de la tour, ici, répondit-il en se penchant pour lui désigner l'endroit concerné. Tu y as même percé des meurtrières.

— Des *meurtrières* ? répéta-t-elle, de plus en plus perplexe.

— Oui, les trous que tu as faits s'appellent comme ça, parce qu'on peut passer son arme par là et tirer des flèches sur les assaillants, ou leur lancer des pierres, par exemple, et les faire mourir. Tu comprends ?

Elle hocha gravement la tête, tandis qu'il s'accroupissait à côté d'elle et rectifiait rapidement l'inclinaison du haut de la tour et desdits mâchicoulis, sous le regard admiratif de Sarah.

— Voilà, c'est réparé ! dit-il. Maintenant, ça ne risque plus de s'écrouler lorsque les bernard-l'hermite passeront à l'attaque.

Cette fois, elle le dévisagea d'un air interdit, puis se mit à pouffer.

— Mais non, Shane ! Ce n'est pas des Bernard... Machin, qui vont venir attaquer le château ! Ce sont les méchants, ceux qui veulent prendre le royaume de la princesse ! Mais elle, elle va sauter par la fenêtre sur son cheval et se battre avec eux, et les pourchasser à travers tout l'océan !

Shane la regarda en haussant les sourcils, puis sourit.

— Ah bon ? Eh bien, dis donc... Bonne chance à la princesse, alors.

Cara se leva et s'étira.

— Je crois que je vais retourner nager un peu avant de rentrer prendre une douche. Tu m'accompagnes, Sarah ? On pourrait chercher de nouveaux poissons...

— D'accord !

Laissant tomber sa pelle dans le sable, Sarah s'empara rapidement de sa planche avant de s'éloigner avec Cara.

Ce ne fut qu'après leur départ que Megan réalisa qu'elle se retrouvait seule avec Shane.

Ne sachant trop quoi lui dire, et ne parvenant pas à refouler le souvenir des baisers brûlants échangés quelques heures plus tôt, elle rougit.

Ce fut Shane qui rompit le silence.

— Je suis désolé pour ce qui s'est passé ce matin, dit-il avec calme. J'ai eu tort de t'embrasser. Je te promets que cela ne se reproduira pas.

Elle aurait dû être soulagée, ne pas ressentir cet étrange pincement au cœur. Elle *était* soulagée, vraiment.

— Tu n'es pas le seul responsable, répondit-elle au bout d'un moment. Je ne t'ai pas vraiment repoussé… C'est facile de se laisser emporter, dans un cadre aussi romantique.

— Dans un cadre aussi romantique…, répéta-t-il lentement.

— Oui, répliqua-t-elle en le regardant furtivement. Le lever de soleil, la plage, les palmiers… Dans un tel paradis, on perd vite la tête.

— C'est beau, tu as raison, approuva-t-il en contemplant l'océan.

Puis il tourna la tête vers elle.

— J'aimerais toujours vous emmener faire un tour, toi et les jumelles, mais je comprendrais très bien que tu n'en aies plus envie, maintenant.

Il lui facilitait les choses. Elle pouvait louer une voiture de son côté, ou passer la journée sur la plage avec les filles. Mais elle n'était pas une lâche. Elle l'avait prouvé en élevant ses filles quasi seule, depuis cinq ans.

— Nous sommes des adultes, non ? commença-t-elle d'une voix posée. Alors, je crois que nous pouvons gérer cette petite attirance malvenue.

Sans lui laisser le temps de réagir, il lui prit la main, d'un geste presque nonchalant, et mêla ses doigts aux siens.

— C'est comme ça que tu décris la chose ?

— Comment la décrire autrement ? répliqua-t-elle en dégageant sa main.

— Je ne sais pas trop, je l'avoue.

Quant à Megan, elle savait. Il s'agissait de trouble. De trouble *réciproque*. C'était la seule façon de décrire la « chose » qui vibrait entre eux et autour d'eux, là, maintenant.

— Je crois que je vais retourner un peu dans l'eau moi aussi, dit-elle en se levant brusquement.

Avant de se laisser aller à faire une bêtise. De se pencher vers Shane en lui offrant ses lèvres, par exemple.

— On se retrouve à midi comme prévu ? demanda-t-elle en prenant sa planche.

— C'est-à-dire dans une heure et demie, fit-il remarquer en se levant à son tour. Cela vous laissera suffisamment de temps ?

— Oui. Je vais rejoindre les filles et ensuite, je les ramène pour leur cours de *hula*. Rendez-vous au bungalow à midi. Nous serons prêtes.

— OK.

S'emparant de sa propre planche, Shane la suivit, avant de la laisser bientôt avec les autres, là où l'eau était peu profonde, et de continuer de son côté, plus au large.

— Je n'en reviens pas, à chaque nouveau virage, le paysage est différent, et encore plus beau…

Shane tourna brièvement les yeux vers Megan, ravi de la voir s'extasier devant les montagnes vertes aux versants escarpés, le bleu éblouissant de l'océan…

— J'avais oublié à quel point le panorama était grandiose, répliqua-t-il. On appelle Kauai « l'Ile Jardin ». Je suis allé à Oahu, Maui et Hawaï, mais je crois que c'est cet endroit-ci que je préfère. C'est un peu l'image que je me fais du jardin d'Eden.

— Moi, j'adore les fleurs ! déclara Sarah.

— Moi, ce que je préfère, ce sont les chutes d'eau, répliqua Grace. Elles sont tellement *énormes* !

Dans le rétroviseur, Shane vit la petite fille étouffer un bâillement. Les jumelles semblaient fatiguées toutes les deux, subissant sans doute encore les effets du décalage horaire.

— On a l'impression d'être sur une autre planète, approuva-t-il. Quand je pense qu'en ce moment, la température a dû dégringoler au-dessous de 0, à Chicago…

Il avait savouré ces heures passées en compagnie de Megan et ses filles, et détestait l'idée que ces moments magiques auraient une fin.

— Hé ! c'est un geyser, là-bas ? demanda soudain Sarah.

Retenant un sourire, il tourna les yeux vers l'endroit où l'eau jaillissait des imposantes roches volcaniques.

— Non, ce n'est pas exactement un geyser. On appelle cela un *puhi*, mot qui veut dire « souffler », à l'origine. De l'eau s'accumule dans une cavité creusée sous la roche par la mer, où celle-ci s'engouffre à marée haute et ressort sous la forme que vous voyez ici. C'est un peu l'équivalent de l'évent d'une baleine.

— L'évent ? releva aussitôt Sarah.

— Oui, tu sais, l'orifice, le trou, par lequel la baleine souffle dans l'eau, répondit-il patiemment.

— Ah…

— Et ce *puhi* s'appelle Spouting Horn.

Il se gara sur le bas-côté pour les laisser observer le phénomène. Car si Megan et les jumelles contemplaient le *puhi*, lui préférait les regarder *elles*.

C'était en effet à cause d'elles qu'il n'avait pas envie de rentrer à Chicago. Il chérirait le souvenir de ces quelques heures partagées avec l'adorable trio. Jusqu'à la fin de ses jours. Il aimait être avec elles, Grace et son courage tranquille, sa force ; Sarah et son énergie débordante et sa surprenante vivacité d'esprit.

Et Megan, qui l'attirait irrésistiblement, de plus en plus.

— Je suis venu ici tout gamin, dit-il doucement. Et quelqu'un m'a raconté une légende liée à cet endroit. Une histoire de lézard géant qui se promenait dans le coin et s'est retrouvé englué dans un tunnel de lave. D'après la légende, c'est son souffle qui ressort ici, et ce bruit que vous entendez quand l'eau jaillit du trou, c'est son rugissement.

Fascinées, les jumelles le dévisagèrent bouche bée, tout en tendant l'oreille pour écouter le lézard géant.

— Tu avais quel âge quand tu es venu ici pour la première fois ? demanda Megan.

— Environ douze ans. Et Cara, huit. Notre père nous avait amenés ici avec sa troisième épouse.

— Vous avez dû bien vous amuser.

Shane éclata d'un rire dur, tandis que les souvenirs enfouis depuis longtemps remontaient en lui, avec autant de force que l'eau jaillissant du *puhi*.

— Non, pas vraiment. Ils n'avaient pas envie de nous avoir avec eux.

— Je suis sûre que ce n'est pas vrai.

— C'était l'époque d'une nouvelle bataille sans fin entre mes parents, dont la cause était la garde des enfants. Mon père et Gina avaient déjà prévu de venir en vacances ici, seuls tous les deux. Puis, quelques semaines avant Noël, ma mère lui a rappelé que cette année-là, c'était à lui de nous prendre pour les vacances d'hiver. Elle avait fait ses projets de son côté, dont nous ne faisions pas partie, Cara et moi, et elle n'avait pas l'intention d'en changer.

Il entendait encore Gina et son père se disputer chaque soir à cause d'eux. Car ils avaient au moins la décence d'attendre le moment où, pensaient-ils, lui et Cara dormaient.

— Si, c'est vrai, hélas ! soupira-t-il. Et ces vacances-là n'ont pas été les plus agréables de mon enfance. J'étais suffisamment grand pour sentir les tensions qu'il y avait entre eux, et pour comprendre que notre présence n'était pas désirée.

— Cela a dû être dur pour vous deux, murmura Megan.

— Disons que je n'ai pas très bien réagi. J'ai passé la

semaine à me conduire comme un chi… Euh, comme un sale gosse, se reprit-il. Ce qui n'a pas arrangé les choses. Et je n'en suis pas très fier, à vrai dire… Gina est partie deux mois plus tard, et j'ai toujours pensé que c'était un peu ma faute.

Quand elle murmura de nouveau quelques paroles de compassion, Shane se demanda pourquoi il lui avait raconté tout cela. Pas pour se faire plaindre, en tout cas. C'était sans doute la façon dont Megan le regardait, avec un mélange d'attention et de douceur, qui l'avait amené à lui parler de choses qu'il n'évoquait jamais avec quiconque.

— Vu ce que vous avez vécu ici tous les deux, je me demande pourquoi Cara a souhaité se marier à Kauai, dit-elle soudain.

— Elle était plus jeune que moi. Et je ne pense pas qu'elle ait perçu les choses de la même façon.

— Sans doute. Si…

Elle s'interrompit un instant avant de poursuivre.

— Si j'ai bien compris, vos parents se sont mariés plusieurs fois, chacun de leur côté ?

— Cinq mariages pour mon père, quatre pour ma mère. Avec toutes nos belles-mères et nos beaux-pères, il y aurait de quoi constituer une équipe de basket ! Et toi, comment étaient tes parents ?

— J'ai eu beaucoup de chance. Mes parents ont partagé plus de vingt années de bonheur parfait. Ma mère avait près de quarante ans et mon père un peu plus, quand ils m'ont eue. J'étais leur seule enfant. Tout ce dont je me souviens, c'est d'avoir grandi entourée de joie et d'amour. Nous nous aimions beaucoup, tous les trois.

Remarquant la tristesse dans sa voix et son usage de l'imparfait, il demanda doucement :

— Que leur est-il arrivé ?

Elle regarda ses filles, toujours concentrées sur le mystérieux lézard géant.

— Le jour de leur vingt-cinquième anniversaire de mariage, ils revenaient à la maison après avoir fêté l'événement au restaurant, quand leur voiture a été percutée de plein fouet par un véhicule débouchant de nulle part. Le chauffeur était ivre et s'en est sorti avec des égratignures. Mes parents sont morts tous les deux sur le coup.

— Je suis désolé, dit-il en lui prenant instinctivement la main.

Après avoir baissé un instant les yeux sur leurs doigts enlacés, elle lui adressa un sourire tremblant.

— Cela s'est passé à peu près un an avant ma rencontre avec Nick. Mes parents auraient adoré les jumelles, et je sais qu'ils auraient été extraordinaires, comme grands-parents. Il m'arrive encore d'être triste à la pensée que mes filles ne sauront jamais à quel point ils étaient merveilleux.

— Elles le savent. Parce que je suis sûr que tu leur parles d'eux. Elles les connaissent, Megan, grâce aux souvenirs que tu leur fais partager.

Son sourire s'élargit tandis qu'elle serrait ses doigts entre les siens.

— Merci. Tu as raison. Je crois que j'avais besoin que quelqu'un me le rappelle.

— On peut aller voir une autre chute d'eau ? demanda soudain Grace.

Shane se tourna vers les jumelles.

— C'est possible. A moins que vous ne préfériez aller visiter une fabrique de gâteaux ? Il y en a une pas loin d'ici.

— Les gâteaux ! acquiesça aussitôt Grace.

— Oui ! Les gâteaux, les gâteaux ! appuya Sarah.

— Voté à l'unanimité ! dit-il en souriant à Megan.

Puis il remit le contact et rejoignit la route. Sarah et Grace avaient manifestement déjà oublié le mystérieux lézard pour se concentrer sur les gâteaux.

6.

Cette excursion avec Shane avait été une erreur colossale, se reprocha Megan, tandis qu'elle se préparait pour la répétition du mariage. Elle aurait dû refuser sa proposition, dès le départ.

Ils avaient vécu des moments magiques durant ce fabuleux après-midi. Il y avait d'abord eu le déjeuner improvisé, fait de délicieuses crevettes à la noix de coco et pris sur les tables de bois d'une aire aménagée à proximité de la route, et offrant un panorama grandiose. Ensuite, Shane leur avait fait découvrir la Na Pali Coast et ses falaises abruptes vert émeraude façonnées par le vent et l'océan au fil du temps ; ses chutes d'eau spectaculaires et ses grottes. Puis ils étaient passés par le point situé le plus au nord de l'île, le phare de Kilauea.

Avec une émotion indescriptible, elle avait regardé Shane descendre précautionneusement un chemin permettant d'accéder à une plage déserte en portant Grace sur son dos, afin de leur montrer, à elle et Sarah, une tortue de mer, ou *honu*, sortie de l'eau pour prendre le soleil.

Elle était en train de tomber amoureuse de lui.

Megan sentit son cœur se serrer, comme si elle

pressentait déjà l'inévitable perte. Il ne s'était pourtant rien passé de plus, entre eux. Lorsque Shane lui avait tenu la main pendant un bref instant, il avait veillé à le faire avec légèreté, d'un geste naturel et banal. D'invisibles barrières s'étaient dressées entre eux, qu'elle ne savait comment rompre.

A supposer qu'elle s'y risque.

C'était ridicule. Qu'est-ce que cela pouvait bien faire qu'il garde ses distances vis-à-vis d'elle ? Elle ne pouvait pas tomber amoureuse de cet homme, de toute façon. Elle le connaissait à peine. Au fond, il ne s'agissait que d'un émoi passager, dû à l'exotisme ambiant, à la rupture avec son quotidien. D'une amourette de vacances. Point final.

Le plus important, c'était de tenir le coup ce soir-là, et de faire bonne figure au mariage sur la plage le lendemain, au soleil couchant. Dans moins de quarante-huit heures, elle remonterait dans l'avion qui les ramènerait, elle et les jumelles, à la maison et à leur vie soigneusement réglée. Une fois qu'elle serait loin des brises parfumées et des palmiers, et de l'envoûtant murmure de l'océan, elle reprendrait complètement ses esprits.

Quittant sa chambre pour rejoindre les filles, elle les trouva dans le salon, vêtues de leurs toutes nouvelles robes à fleurs, achetées quelques heures plus tôt dans une petite boutique de Princeville. Installées devant la télévision, elles regardaient une émission pour enfants.

— Ça y est, je suis enfin prête, leur annonça-t-elle. On y va ?

— Oui ! répondit Grace. L'émission vient juste de se terminer !

A les voir ainsi lui sourire gaiement, les yeux pétillants, Megan sentit son cœur déborder d'amour. Les jumelles représentaient tout pour elle. Et face à ses filles, aucun homme ne faisait le poids, pas même le plus séduisant des officiers de police, doté d'un doux sourire et de solides épaules.

Prenant deux fleurs de frangipanier du bouquet posé sur la table, elle en glissa une derrière l'oreille de chacune des jumelles.

— Voilà. Maintenant, vous êtes de vraies princesses hawaïennes.

— Toi aussi, tu dois avoir une fleur, maman, répliqua Grace.

Sans réfléchir, Megan en reprit une et la coinça derrière son oreille.

Ensuite, Sarah poussa le fauteuil de sa sœur sur l'allée reliant les différents bungalows et conduisant à la plage, là où aurait lieu le mariage, le lendemain.

Quand elles arrivèrent sur les lieux, Jean et sa fille, la sœur de Nick, prirent les jumelles en charge et leur posèrent toutes sortes de questions sur leur balade avec Shane.

De son côté, Megan était intensément consciente de la proximité de ce dernier, qui discutait avec Cara et un bel homme plus âgé, au charme certain, et auquel elle n'avait pas encore été présentée. Quant à la femme sexy et glamour pendue au bras de l'inconnu, elle ne devait pas être beaucoup plus âgée que Shane.

Il devait s'agir du père de Shane et Cara, accompagné de sa nouvelle épouse, devina-t-elle en notant la ressemblance entre les trois. Elle repensa alors à la tristesse et à l'amertume teintant la voix de Shane tandis qu'il évoquait son enfance. Même si tout cela s'était passé des années plus tôt, Megan eut soudain envie d'aller dire deux mots au nouveau venu. Mais s'en abstint, bien sûr.

Détournant les yeux, elle reporta son attention sur la grand-mère et la tante des jumelles lorsque soudain, une autre femme d'un certain âge apparut, que Megan ne connaissait pas non plus. Non seulement celle-ci était *très* maquillée, mais à en juger par son expression figée, elle s'était sans doute fait faire récemment des injections de Botox…

Du coin de l'œil, Megan la regarda s'approcher de Cara et l'embrasser avec des transports d'affection un peu trop outrés. Au regard méprisant qu'elle lança ensuite au père de Shane et à sa compagne, Megan n'eut aucun mal à comprendre qu'il s'agissait de la mère de Shane et Cara. Il n'y avait plus qu'à espérer que tous deux sauraient se tenir jusqu'à la fin du mariage.

N'étant pas elle-même directement concernée par la répétition de la cérémonie, Megan resta en retrait après avoir encouragé les jumelles à bien remplir leur rôle de demoiselles d'honneur.

S'aidant de son déambulateur, Grace s'avança de sa démarche un peu laborieuse, mais, fière de sa mission, elle fit consciencieusement semblant de semer des pétales de fleurs.

Il faudrait qu'elle lui conseille de contrôler son geste, durant la vraie cérémonie, nota mentalement Megan en l'observant. Parce que sinon, sa fille risquerait de vider son panier dès les premiers mètres.

Une fois la première partie de la répétition terminée, les invités se dirigèrent vers le petit salon situé à côté de la réception de l'hôtel, où les attendait le dîner. Ensuite, la mère et la sœur de Nick ayant insisté pour s'occuper des jumelles, Megan se sentit un peu désœuvrée, mais savoura néanmoins les mets exquis qui leur furent servis.

Au moment où elle s'apprêtait à dire aux filles qu'il était temps de rentrer, la mère de la mariée s'approcha d'elle, un verre de vin blanc à la main.

— Vous êtes Megan McNeil, la première femme de Nick, n'est-ce pas ? dit-elle sans autre préambule.

— En effet, répondit Megan après une légère hésitation.

Son interlocutrice plissa le front — autant que son lifting le lui permettait —, puis porta son verre à ses lèvres pour en prendre une longue gorgée.

— Je suis Donna Porter, la mère de Cara. Et j'avoue que j'ai été sidérée — mais vraiment *sidérée* —, lorsque mon fils m'a appris qui vous étiez. Je n'arrive pas à croire que vous ayez fait le voyage jusqu'à Hawaï pour assister au mariage de votre ex-mari avec ma fille !

Et alors ? se retint de répliquer Megan, suffoquée par le culot de cette femme. En quoi sa venue la regardait-elle ? Elle n'avait de comptes à rendre à personne ! Mais en lui disant le fond de sa pensée, elle n'aurait sans doute fait que compliquer une situation déjà très délicate.

— Mes filles souhaitaient être présentes au mariage de leur père, répondit-elle avec calme. Comme vous l'avez sans doute constaté, l'une d'elles n'est pas totalement autonome sur le plan moteur. Par conséquent, je ne pouvais pas l'envoyer à Hawaï sans être accompagnée.

Donna Porter la regarda un instant en silence, avant de tourner brièvement les yeux vers les jumelles, puis de se concentrer de nouveau sur Megan, le regard un peu flou.

— Je n'aurais conduit mes enfants à aucun des mariages de leur père. Sans compter que si j'avais dû le faire à chaque fois, je me serais ruinée ! Il en est à combien ? Cinq ?

— Je ne sais pas.

— Oui, cinq. C'est lui, là-bas. Hal, mon merveilleux premier mari. Vous avez vu la petite traînée qu'il a épousée, cette fois-ci ? Aberrant. Il pourrait être son père ! Comment peut-il ne pas se rendre compte qu'il se ridiculise ?

Ne sachant quoi répondre, Megan se contenta d'émettre un « hum » évasif.

— J'ai bien envie d'aller le lui dire en face, poursuivit Donna en serrant son verre entre ses doigts.

Megan jeta un coup d'œil du côté de Cara, qui bavardait avec un couple d'invités. De toute évidence, Donna avait trop bu et risquait fort de faire une scène, alors que ce n'était vraiment pas le moment…

Regardant à la ronde, Megan repéra Shane, qui parlait avec Nick et un petit groupe d'amis.

Eh bien, elle ne pouvait compter que sur elle-même, se dit-elle en posant rapidement la main sur le bras de Donna.

— J'aime beaucoup vos boucles d'oreille. Où les avez-vous achetées ?

— Oh ! C'est moi qui les ai faites. J'ai participé à un atelier bijoux, où j'ai appris à créer de véritables merveilles ! Elles sont plutôt réussies, celles-ci, non ?

— Magnifiques. J'aimerais beaucoup savoir en faire.

— Ce n'est pas difficile, commença Donna.

Ensuite, elle se lança dans des explications que Megan feignit d'écouter avec attention. Puis, une fois que Donna en eut terminé avec les boucles d'oreille, elle l'interrogea sur l'environnement où elle vivait, ses auteurs préférés, les gens qu'elle fréquentait — tout en s'efforçant de l'encourager à boire de l'eau au lieu du vin blanc qu'elle semblait affectionner particulièrement.

Trois quarts d'heure plus tard, Megan se sentait au bord de l'épuisement total. Et cette fois, ce n'était plus le décalage horaire qui était en cause.

Voyant que les invités commençaient à s'en aller, elle décida de ramener les filles au bungalow. Elle allait s'excuser auprès de Donna lorsque Shane s'avança vers elles.

Quand elle l'aperçut, sa mère se précipita à sa rencontre, d'une démarche pas très assurée, et passa le bras autour du sien.

— Megan, je vous présente mon fils, Shane, dit-elle d'une voix un tantinet pâteuse. Il est superbe, n'est-ce pas ?

Lorsqu'il la regarda d'un air embarrassé, Megan réprima un sourire.

— Absolument, répondit-elle, sincère.

— Les filles lui couraient déjà après alors qu'il avait à peine douze ans — vous vous rendez compte ? Et elles n'ont pas cessé depuis. C'est lui, qui devrait se marier, vous ne croyez pas ?

Cette fois, Megan sourit franchement.

— C'est à lui d'en décider, il me semble.

— Maman, je te raccompagne jusqu'à ton bungalow ?

— Déjà ? répliqua Donna en faisant la moue. Je comptais passer un moment au bar avant de rentrer.

— Tu y tiens vraiment ? La journée sera longue et fatigante, demain, et je suis sûr que tu veux être en forme pour le mariage de Cara. Et puis, tu ne lui as pas promis d'être disponible dans la journée, pour l'aider à se préparer ?

— Tu as sans doute raison, soupira-t-elle, avant de se tourner vers Megan J'ai eu beaucoup de plaisir à bavarder avec vous, fit-elle avec un sourire.

Sur ces mots, Donna la prit dans ses bras pour l'embrasser sur la joue — en vacillant légèrement. Puis elle recula d'un pas et la dévisagea un instant en silence.

— Megan, vous savez de quoi il a vraiment besoin, mon fils ? D'une femme charmante comme vous !

Cette fois, Shane eut l'air franchement horrifié par le comportement, ou les paroles, de sa mère. Megan s'efforça de ne pas être blessée à la pensée qu'il puisse être scandalisé d'être associé à « une femme comme elle ». Quoi qu'il en soit, il ne semblait pas apprécier qu'elle se soit occupée de sa mère à sa place.

— Viens, maman, dit-il en entraînant celle-ci. Je te raccompagne.

— Puisqu'il le faut…, répliqua Dona, résignée.

Après avoir adressé un regard indéchiffrable à Megan, Shane se détourna et quitta le salon avec sa mère.

Finirait-elle comme Donna ? Seule et malheureuse ? Réprimant un soupir, elle s'avança vers ses filles.

Une fois les jumelles endormies, après la routine du soir — médicaments de Grace, bain, pyjama, histoire —, Megan retrouva de l'énergie, comme c'était souvent le cas.

S'installant sur la terrasse avec un roman et une petite lampe de lecture, elle écouta le bruissement de la brise dans les palmiers et le murmure apaisant des vagues.

Tout le stress de la soirée s'était évanoui, à présent. Inspirant lentement, elle se détendit le cou, les épaules, puis appuya la nuque sur les coussins de la banquette en rotin et ferma les paupières pour mieux savourer sa solitude et l'atmosphère paisible qui l'entourait.

Elle avait dû somnoler un peu car lorsqu'elle rouvrit les yeux, Shane se tenait à un mètre d'elle et l'observait, immobile et silencieux.

Toujours vêtu du pantalon habillé noir et de la chemise hawaïenne qu'il portait lors de la répétition du mariage, il semblait plus grand et plus fort, dans la lumière diffusée par la lune. Et encore plus beau.

— Je suis désolé de t'avoir réveillée. Je t'ai aperçue avec un livre dans les mains et j'ai cru que tu lisais.

— Je ne dormais pas. J'avais seulement fermé les yeux.

— Et les filles ?

— Au pays des rêves. Je craignais qu'elles ne soient trop excitées par la perspective du mariage, mais elles n'ont pas fait long feu. Elles ne sont pas habituées à un tel mélange d'agitation et d'excitation festives.

— J'avoue que, bien qu'étant officier de police dans la « capitale du crime », il y en avait un peu trop à mon goût, de l'agitation…

Après l'avoir de nouveau regardée en silence, il s'avança et s'assit à côté d'elle sur la banquette.

— Je suis venu m'excuser, Megan.

— T'excuser ? Mais, de quoi ?

Il ne faisait tout de même pas allusion à leurs époustouflants baisers…

— Du comportement de ma mère, répondit-il avec un soupir. Je suis désolé que tu aies dû la supporter. J'aurais dû intervenir plus tôt, mais je ne m'étais pas rendu compte de son état. En général, elle ne boit pas beaucoup, car elle a assez de bon sens pour savoir que l'alcool lui monte directement à la tête. D'habitude, elle se contente d'un verre ou deux. J'aurais dû faire plus attention.

— J'ai géré la situation sans problème, ne t'en fais pas.

— Tu veux dire que tu l'as empêchée de faire une scène, c'est cela ?

Avec un tel flair, pas étonnant qu'il soit officier de police, songea Megan, amusée.

— Je n'ai pas eu beaucoup de mal à la distraire. J'ai pris les devants, un peu comme avec les filles, quand elles sont sur le point de piquer une colère.

— Eh bien, merci. Je te revaudrai cela.

— Mais non, protesta-t-elle, soudain embarrassée. Je n'ai rien fait… De toute façon, je te devais bien ça, après la découverte personnalisée de Kauai que tu nous as offerte cet après-midi.

— J'ai vraiment aimé les moments que nous avons partagés, répliqua-t-il sans la regarder. En vous faisant découvrir ces endroits, à toutes les trois, j'ai eu l'impression de les voir pour la première fois.

— Je les ai beaucoup aimés moi aussi, dit-elle doucement. Et je ne les oublierai jamais.

Il continua de contempler l'océan en silence. Peut-être avait-il besoin de calme, lui aussi.

Alors, Megan se laissa gagner par la douce chaleur qui émanait de ce moment avec Shane. Seule ainsi avec cet homme au cœur de cette nuit enchanteresse, elle se sentait encore plus proche de lui.

Une harmonie parfaite régnait entre eux et autour d'eux, sans qu'il aient besoin d'échanger une seule parole.

7.

Il n'aurait pas dû venir. Mais quand, après avoir raccompagné sa mère, il s'était dirigé vers son propre bungalow et avait aperçu Megan lisant sur la terrasse, Shane n'avait pu résister au désir de la rejoindre.

Seulement voilà, il ne savait plus que dire ni faire à présent, surtout qu'il ne pensait qu'à une chose : les baisers dévastateurs échangés sur la plage au petit matin. En fait, il brûlait de renouveler l'expérience.

— Shane, commença-t-elle tout à coup.

Sa voix glissa sur sa peau comme une caresse. Le simple fait d'entendre son prénom sur les lèvres de Megan le fit tressaillir.

Il *devait* l'embrasser.

Une fois. Rien qu'une fois. La nuit était si douce, si romantique…

Lorsque Shane se tourna vers elle, il trouva son beau visage levé vers le sien, comme si elle attendait qu'il prenne sa bouche. Laissant échapper un gémissement sourd, il oublia tout, excepté la femme merveilleuse qu'il embrassait.

Sa bouche avait un goût divin, de chocolat et de fraise, deux de ses douceurs préférées. Quand ses lèvres avaient effleuré les siennes, elle avait frémi contre lui et l'espace d'un instant, il avait cru qu'elle allait le repousser. Puis elle lui avait offert sa bouche, en même temps qu'elle refermait ses bras autour de son cou.

C'était de la folie pure, il en était conscient. Mais il ne pouvait s'en empêcher. L'embrasser l'enivrait. Des sensations uniques se déployaient en lui, aussi belles et envoûtantes que les montagnes émeraude s'élevant vers le ciel et l'océan aux eaux turquoise miroitant à perte de vue.

N'importe qui aurait pu passer sur la plage et les voir, songea-t-il en caressant la langue de Megan avec la sienne. Mais il aurait fallu que l'intrus se rapproche pour les distinguer dans la pénombre. Et de toute façon, il s'en fichait. Il ne pouvait s'arrêter de l'embrasser.

Les palmiers chuchotaient autour de la terrasse, une grenouille coassa quelque part, tandis que des roulements de tambours résonnaient au loin dans la nuit.

Shane brûlait de soulever Megan dans ses bras et de l'emporter dans son propre bungalow, pour l'allonger sur le jeté de lit aux ramages vert et orangé, et lui faire l'amour toute la nuit.

Un mélange confus d'émotions, aussi tendres que terrifiantes, se déchaîna soudain en lui.

Il était en train de craquer. Pour Megan.

Cela avait sans doute commencé dès ce fameux soir, à l'hôpital, quand elle l'avait taquiné pour détourner son attention de la douleur qui lui labourait le bras.

Le fait de la revoir, de découvrir en elle la femme douce après avoir apprécié l'infirmière attentionnée, n'avait fait qu'approfondir ce qu'il ressentait pour elle.

Jamais encore il n'avait éprouvé de telles sensations. De tels sentiments.

Sentiments qui le terrifiaient, et l'emplissaient soudain de craintes et d'incertitudes.

Ecartant doucement sa bouche de celle de Megan, il la regarda en silence.

Ainsi éclairée par la pâle clarté de la lune, elle était d'une telle beauté qu'il dut faire un effort pour ne pas la reprendre dans ses bras.

— Désolé, murmura-t-il. J'avais promis de ne pas recommencer.

Ses yeux paraissaient immenses, et même s'il ne pouvait déchiffrer son regard dans la semi-obscurité, Shane eut la vague impression que ses paroles l'avaient blessée.

— Oui, tu l'avais promis, acquiesça-t-elle lentement.

— Quand je suis avec toi, on dirait que je perds la tête…

Après un léger silence, elle répondit avec calme :

— Dans ce cas, c'est peut-être aussi bien que nous rentrions tous chez nous dans quelques jours… Loin de la tentation de faire quelque chose qui ne serait pas bon pour nous.

Ah ! Parce qu'elle ne le trouvait pas *assez bon* pour elle ? se demanda Shane, piqué au vif.

— Je ferais mieux de m'en aller, fit-il en se levant. J'ai promis à Nick de le rejoindre au bar : il a invité quelques amis à boire un verre, histoire d'enterrer sa vie de garçon.

— Amusez-vous bien, alors, répliqua-t-elle en détournant les yeux. Et merci encore pour cet après-midi.

Il n'avait pas envie de partir. Il n'avait même pas

vraiment envisagé d'aller rejoindre Nick et les autres. Il désirait rester là, avec Megan dans ses bras. Mais il savait que ce n'était pas le bon moment. Ni pour lui ni pour elle.

— Je ne veux pas aller me baigner, protesta Grace avec humeur. Il pleut !

— Presque pas, Gracie, répliqua sa sœur. Il tombe de toutes petites gouttes et cela ne nous empêchera pas de nous amuser.

— Je ne veux pas.

— Tu préfères regarder un film ? proposa Megan.

— Non !

— On lit une autre histoire du livre ?

— Non, murmura Grace d'une toute petite voix.

Megan réprima un soupir. Grace avait mal dormi, se réveillant plusieurs fois — et réveillant bien sûr toute la maisonnée.

Après lui avoir repris sa température, elle constata que sa fille n'avait que très peu de fièvre. Il n'y avait pas de raison de paniquer, même si elle peinait à chasser son inquiétude. A en juger par les symptômes, il s'agissait probablement d'une otite. Donc rien de bien méchant — mais pourquoi fallait-il que cela arrive précisément aujourd'hui ?

La pauvre chérie, ce n'était pas sa faute. Grace se montrait désagréable parce qu'elle se sentait patraque et qu'en plus, elle s'en voulait sans doute d'être malade.

Prenant son téléphone portable, Megan appela sa pédiatre de Chicago, avec qui elle entretenait une très bonne relation.

— Vu les circonstances, je vais devoir me fier à votre diagnostic, dit Anne Phillips après que Megan lui eut décrit les symptômes manifestés par Grace. Si vous êtes sûre que c'est une otite, je vais appeler une pharmacie proche de l'endroit où vous êtes et lui demander de vous délivrer un antibiotique. Vous dites que vous serez de retour demain soir ?

— Oui. Tard.

— Amenez-la-moi dès votre arrivée pour que je puisse l'examiner.

— Merci infiniment, Anne.

Dès qu'elle eut reposé son portable, Megan réalisa qu'elle n'avait pas de voiture à sa disposition. Pas grave, elle prendrait un taxi.

Elle venait d'appeler la pharmacie pour savoir si elle pouvait venir chercher le médicament, lorsqu'on frappa à la porte.

Quelques instants plus tard, Megan se retrouva face à un bouquet de fleurs tropicales aux teintes vives — et à l'homme somptueux qui les tenait dans ses bras.

Aussitôt, elle se remémora leurs baisers passionnés de la veille et sentit une délicieuse chaleur se propager en elle. Leurs étreintes avaient été si merveilleuses, si romantiques…

— Bonjour, dit-elle à Shane d'un ton neutre.

— Je suis de corvée pour Cara, ce matin. Voici les fleurs pour les cheveux des filles, avec un collier en plus pour toi.

— Oh ! Elles sont très belles. Je vais les mettre au réfrigérateur jusqu'à ce soir. Merci.

— Je vais vraiment les porter ? demanda Sarah en écarquillant les yeux.

— Oui. Et Grace aussi.

— Non, je n'en veux pas, contesta aussitôt celle-ci depuis le sofa du salon sur lequel elle était allongée.

Shane regarda Megan en haussant les sourcils. Il ne s'attendait visiblement pas à ce genre de réaction de la part de Grace. Et pour cause : sa fille se montrait toujours si courageuse et gaie — même lorsque l'infirmière lui faisait une intraveineuse.

— Ça ne va pas trop, aujourd'hui, murmura-t-elle à Shane. Je crois que c'est une otite, elle en a tous les symptômes. Je viens d'appeler sa pédiatre, qui lui a prescrit un antibiotique.

— Je peux t'aider ? proposa-t-il aussitôt. Il faut aller le chercher dans une pharmacie, je suppose.

— Non, merci. Je m'apprêtais à appeler un taxi.

— C'est stupide, répliqua-t-il d'un ton ferme. Je vais y aller pour toi. Vous êtes les dernières à qui je devais livrer des fleurs. De quelle pharmacie s'agit-il ?

Après lui avoir indiqué l'adresse et lui avoir confié sa carte d'assurance santé, Megan le remercia de nouveau.

— C'est vraiment gentil de ta part, Shane.

— Non, Sarah ! s'écria alors Grace derrière elle. Je ne veux pas jouer à ton jeu. Je te l'ai déjà dit !

— Pas la peine de t'énerver contre moi ! riposta sa sœur. Ce n'est pas ma faute si tu es malade.

— Du calme, les filles, intervint Megan en regagnant le salon.

Mon Dieu, pourvu que l'antibiotique agisse rapidement, de façon que Grace retrouve sa bonne humeur avant la cérémonie..., pria-t-elle en silence.

Shane, qui l'avait suivie, les regarda tour à tour toutes les trois avec compassion, puis sourit.

— Et si nous allions tous ensemble en ville ? Après la pharmacie, nous pourrions déjeuner quelque part, qu'en dites-vous ?

Cette fois, elle devait refuser. Passer davantage de temps avec lui n'était vraiment pas une bonne idée. D'un autre côté, Megan ne savait plus quoi faire pour dérider Grace. Aller faire un tour lui changerait les idées.

— D'accord. Mais laisse-moi d'abord aller mettre les fleurs au frais.

Quand elle revint au salon, Shane installait Grace dans son fauteuil roulant en faisant le genre de blagues qui ne pouvaient qu'amuser les jumelles.

Les larmes montèrent aux yeux de Megan. Il se montrait si prévenant envers les filles, il faisait preuve d'une telle patience avec elles…

Comme par magie, la pluie avait cessé lorsqu'ils sortirent du bungalow, et une myriade de parfums exquis montaient du sol et de la végétation.

— Regardez, les filles, dit Shane en désignant un petit animal sur la charpente en bois. C'est un gecko.

Il poussa le fauteuil de Grace pour qu'elle puisse voir le lézard.

— Ça mord ? demanda Sarah en s'approchant à son tour.

— Non, pas les geckos, répondit Shane. Il est mignon, non ?

— J'en veux un, déclara Grace. Je peux le ramener à la maison ?

Le rire de Shane, profond et sensuel, glissa sur Megan comme la plus douce des caresses.

— Je ne crois pas que cette petite bête apprécierait

nos froids hivers de Chicago, dit-il. Qu'est-ce que tu en penses ?

Grace plissa le nez, mais sembla admettre que Shane avait raison car elle n'insista pas, tandis que celui-ci la poussait vers le parking où était garée la jeep.

Emmener les filles en ville était une idée géniale, reconnut Megan en s'asseyant à l'avant du véhicule, une fois que jumelles et fauteuil furent installés à l'arrière. L'humeur de Grace s'améliorait d'instant en instant, et celle de sa sœur par répercussion.

Le drugstore proposait un rayon souvenirs, situé juste à l'entrée et attirant aussitôt l'attention des jumelles. Megan les y laissa en compagnie de Shane pour qu'elles choisissent des cadeaux à ramener à leurs copines de Chicago.

Après avoir récupéré l'antibiotique, elle les rejoignit et trouva Shane affublé d'un collier de fleurs artificielles, d'un chapeau rigolo et d'une paire de lunettes à la monture en forme d'ananas — et entouré des jumelles se tordant de rire.

— Non, essaye celui-ci, dit soudain Sarah d'un ton autoritaire.

Elle lui tendit un chapeau ressemblant à une noix de coco, et lorsque Shane se pencha pour la laisser échanger les couvre-chefs, Megan sentit de nouveau une délicieuse chaleur se propager en elle.

Sans qu'elle s'en rende compte, Shane avait pris une place capitale dans sa vie, et dans celles des filles. Il leur manquerait terriblement, une fois de retour à Chicago. A toutes les trois. Et leur existence leur paraîtrait bien terne, désormais.

Megan refoula la tristesse qui l'envahissait. Il n'y

avait pas de place pour un homme dans sa vie. Tout était déjà suffisamment compliqué.

— Pas mal, ton nouveau look, dit-elle en haussant les sourcils d'un air malicieux.

Il lui adressa un tel sourire qu'elle eut envie de l'embrasser. Là, devant les filles et les autres clients.

— Merci. Tout est dans les lunettes ananas, tu ne trouves pas ?

— Absolument. Mais dites-moi, les filles, vous ne comptez pas acheter tout ça ? J'avais parlé de petites friandises, de noix de macadamia, par exemple…

— On en a déjà pris, répondit Sarah en désignant le caddie derrière elle. On voulait juste voir comment ça irait à Shane.

— Moi, ce que je préfère, c'est le chapeau, dit Grace.

Il ôta celui-ci en souriant et le lui posa sur la tête.

— Dans ce cas, je vais te l'offrir. Et toi, Sarah, qu'est-ce qui te ferait plaisir ?

Après avoir réfléchi d'un air sérieux, Sarah choisit un T-shirt avec pour motif un adorable petit singe portant une jupe de *hula*.

Ils passèrent à la caisse, puis regagnèrent la jeep, et dès que Grace fut réinstallée à l'arrière, Megan lui donna une première dose d'antibiotique en se servant de la sonde gastrique. A vrai dire, elle n'aimait pas trop l'utiliser, mais de cette façon, Grace ne sentait pas le goût des médicaments.

Shane observa le processus avec intérêt.

— Nourriture et médicaments descendent directement dans l'estomac ? demanda-t-il.

Grace hocha la tête.

— C'est super, hein ? Quand elle est malade, Sarah

doit avaler des trucs dégoûtants mais moi, si je ne veux pas, je ne suis pas forcée !

Megan lui caressa doucement les cheveux. Adorable Grace, qui n'en voulait jamais à sa sœur de ne pas avoir à subir les mêmes désagréments qu'elle, et trouvait toujours le moyen de voir le bon côté des choses…

Quelques minutes plus tard, ils déjeunaient dans un restaurant proposant un plat du jour composé au choix de poulet, de crevettes ou de bœuf, servis avec du riz et un assortiment de sauces. Ils mangèrent à l'extérieur, sur une terrasse toute simple surplombant l'océan.

Megan savoura son poulet à l'ananas en s'efforçant de profiter de l'instant. Bientôt, ils retourneraient à leurs vies respectives, elle et les jumelles d'un côté, Shane de l'autre. Une fois de retour à Chicago, elle ne le reverrait sans doute jamais, songea-t-elle, le cœur serré.

Cinq minutes après avoir quitté le restaurant, les jumelles dormaient, blotties l'une contre l'autre à l'arrière de la jeep.

— Elles sont épuisées, dit Megan en fronçant les sourcils.

— A t'entendre, on croirait que c'est une mauvaise chose, remarqua Shane. J'aurais plutôt pensé que tu en profiterais pour souffler un peu.

— Oui, bien sûr. Mais j'espérais les faire dormir une petite heure en rentrant, de façon qu'elles soient en forme au mariage.

— Tu veux que je roule un peu pour les laisser dormir tranquillement ?

Megan hésita. Ce serait l'idéal pour les filles. Mais

pas pour elle, car en acceptant la proposition de Shane, elle prolongerait ce tête à tête avec lui.

— D'accord, répondit-elle enfin. Nous avons mal dormi toutes les trois à cause de cette otite. J'ai fini par envoyer Sarah dans mon lit pour rester avec Grace.

— Si tu le souhaites, tu peux faire une petite sieste toi aussi. Cela ne me dérange pas.

— Merci, mais ça va, répliqua-t-elle en souriant. Je ne suis pas fatiguée.

Ils restèrent un moment silencieux, tandis qu'une musique douce typiquement hawaïenne s'échappait des haut-parleurs stéréo.

Megan devait être plus fatiguée qu'elle ne le pensait, car elle finit par s'endormir. Lorsqu'elle rouvrit les yeux en battant des cils, ils étaient de retour au parking du complexe hôtelier. Et Shane la regardait, une expression indéchiffrable au fond des yeux.

Une sensation étrange l'envahit alors, comme si cette situation si agréable était naturelle.

— On dirait que je me suis assoupie…

Il sourit, ses dents blanches ressortant sur son teint hâlé.

— Oui. Deux minutes après avoir déclaré que tu n'étais pas fatiguée.

— Désolée de t'avoir laissé tomber…

— Je t'avais dit que cela ne me dérangeait pas que tu fasses la sieste. Et puis, je n'ai pas à me plaindre : soleil, paysages superbes, excellente musique et une femme ravissante à côté de moi… J'aurais pu continuer à rouler longtemps comme ça, mais je savais que les filles devaient se préparer pour ce soir.

— Merci. Au fait, quelle heure est-il ?

Quand il tendit le bras pour qu'elle puisse voir le cadran de sa montre, elle se redressa sur son siège.

— Nous avons intérêt à nous dépêcher ! Les filles participent à une séance de photos avant la cérémonie.

Une fois réveillée, Sarah descendit du véhicule, tandis que Shane prenait Grace encore à moitié endormie dans ses bras pour l'installer dans son fauteuil.

— Allez vite vous préparer, maintenant ! dit-il une fois qu'ils eurent regagné le bungalow.

— Merci pour le T-shirt ! s'exclama Sarah. Il est super beau !

Puis elle lui tendit les bras, et Shane demeura un instant immobile, avant de la soulever dans les airs pour l'embrasser sur le dessus de la tête.

— Moi aussi ! réclama Grace.

Il se pencha vers elle et la serra contre lui, puis lui déposa un baiser sur le front. Et quand il se redressa, il paraissait tout bizarre.

— Merci encore pour ton aide, dit Megan, émue par cette scène.

En réalité, elle lui aurait bien demandé de la serrer dans ses bras elle aussi — mais cela n'aurait vraiment pas été raisonnable.

— Tout le plaisir était pour moi. A tout à l'heure !

Il la regarda un instant en silence, une lueur étrange couvant au fond de ses yeux verts, puis quitta la pièce.

8.

— Je vous déclare mari et femme. Vous pouvez embrasser la mariée.

Megan s'essuya les yeux, émue par la joie qui irradiait des visages de Nick et Cara.

C'était vraiment un beau mariage, avec le coucher de soleil en toile de fond et le murmure des vagues comme accompagnement musical. La mariée était resplendissante et rayonnait de bonheur. Quant à Nick, jamais Megan ne l'avait vu aussi heureux.

Et si elle ne se sentait toujours pas à sa place, elle n'aurait pas voulu manquer la cérémonie.

Un peu plus tard, alors que le soleil disparaissait lentement à l'horizon et que les invités bavardaient par petits groupes, Megan surveillait discrètement les jumelles de loin lorsque Shane vint la rejoindre.

— Ça va ? demanda-t-il.

— Ils forment un beau couple, répondit-elle, sincère. Je suis très heureuse pour eux.

Il sonda son regard.

— Je ne connais pas beaucoup d'ex qui seraient capables de se réjouir de voir leur ancien mari filer le parfait amour avec une autre.

— Cara sera une merveilleuse belle-mère, je

n'aurais pas pu rêver mieux pour mes filles. C'est le plus important pour moi.

A cet instant, les jumelles s'avancèrent vers eux, Grace avec son déambulateur, suivies de près par Nick et Cara.

— Tu as vu, maman ? J'ai jeté les pétales juste comme il fallait, commença Grace d'un air triomphant.

De toute évidence, l'antibiotique avait déjà fait son effet ; elle semblait bien plus en forme qu'au matin.

— Tu as été parfaite, ma chérie, répondit Megan en l'embrassant. Je suis très fière de toi !

— Et moi ? fit Sarah. Comment j'étais ?

— Magnifique. Sans vous deux, le mariage de papa et Cara n'aurait pas été aussi réussi.

— C'est vrai, appuya Nick. Merci, les filles.

Il prit Megan dans ses bras.

— Merci d'être venue. Sans toi, les jumelles ne seraient pas là.

— C'était un beau mariage, répliqua-t-elle, avant de serrer à son tour Cara dans ses bras.

— Merci, dit celle-ci. La présence des filles y a beaucoup contribué.

Megan lui sourit affectueusement. La sœur de Shane était si douce, si bienveillante. Maintenant qu'elle en savait davantage sur leur enfance chaotique à tous deux, il lui paraissait miraculeux que Cara soit restée aussi spontanée et généreuse.

— J'attends avec impatience le jour où tu trouveras toi aussi la perle rare, reprit la mariée à voix basse.

S'efforçant de ne pas regarder Shane, Megan sentit son cœur se serrer. Côté mariage, elle n'aurait sans doute pas droit à une seconde chance.

— Je suis très heureuse comme ça, affirma-t-elle en souriant à Cara. Ne t'inquiète pas pour moi.

— Cara a organisé une petite réception et fait installer un parquet de danse un peu plus loin sur la plage, dit alors Nick. Vous venez ? J'aimerais bien danser avec mes filles.

Elle voulut décliner l'invitation. Vraiment. Grace était plus en forme qu'au matin, certes, mais loin d'être tout à fait rétablie, et Sarah était fatiguée. Mais maintenant qu'elles avaient fait tout ce chemin pour assister au mariage, elles n'étaient plus à une heure près…

— D'accord, nous allons rester encore un moment.

La réception était des plus informelles, façon buffet, un orchestre jouant à proximité de la piste de danse.

Après avoir choisi un assortiment de petits-fours salés, Megan s'installa à une table avec ses filles. Fascinées, les jumelles regardèrent Nick conduire Cara vers la piste, pour ouvrir le bal.

— Ah ! Je ne sais laquelle choisir de ces trois ravissantes dames, leur lança Shane à la fin du premier morceau. Avec qui vais-je danser en premier ?

Il ferma les yeux et tourna sur lui-même, le bras tendu devant lui, avant de s'arrêter en pointant le doigt vers… Grace.

— Ah ah ! On dirait que le hasard t'a choisie, Grace !

La petite fille gloussa, ravie à la perspective de danser avec son nouvel ami.

— Dans le fauteuil, ou sans fauteuil ? demanda Shane en souriant.

— Sans, répondit-elle aussitôt.

Sarah n'eut même pas le temps de songer à bouder, car Nick vint s'incliner devant elle.

— Me ferez-vous le plaisir de danser avec moi, mademoiselle ?

Gloussant à son tour, elle prit le bras que lui tendait son père et s'avança fièrement avec lui vers la piste.

Le cœur débordant d'amour, Megan regarda ses deux filles. Nick évoluait gracieusement avec Sarah, tandis que Shane restait au bord de la piste et se mouvait lentement pour s'adapter aux mouvements un peu raides de Grace.

Lorsqu'il se pencha pour dire quelque chose à l'oreille de sa jeune partenaire puis qu'ils se sourirent, Megan les contempla en retenant son souffle, la gorge nouée par l'émotion.

Elle était bel et bien tombée amoureuse de lui.

Cette prise de conscience subite fit s'écrouler toutes ses défenses. Elle aimait Shane. Elle s'était éprise d'un homme fabuleux, bon et tendre. D'un être entier, dévoué à son métier et à sa famille, et qui faisait preuve d'une gentillesse extrême envers Grace, et d'une patience extraordinaire avec Sarah.

Quand elle se trouvait dans ses bras et qu'il l'embrassait avec un mélange de douceur et de passion, Megan avait l'impression de pouvoir relever n'importe quel défi, affronter toutes les difficultés. Avec lui, elle entrevoyait de nouvelles perspectives, auxquelles elle croyait avoir renoncé pour toujours à cause des choix de vie qu'elle avait été amenée à faire.

— Les filles ont l'air de bien s'amuser.

Sursautant, Megan tourna la tête vers Jean, la mère de Nick.

— Oui, répliqua-t-elle d'une voix rauque. Elles s'amusent comme des petites folles ! ajouta-t-elle après s'être raclé la gorge.

— J'avoue que je n'étais pas très enthousiaste, lorsque Nick et Cara m'ont fait part du lieu qu'ils avaient choisi pour la cérémonie. Pourquoi aller aussi loin pour se marier ? me suis-je demandé. Nous ne manquons pas de sites parfaits pour ce genre d'événement, à Chicago ! Mais je reconnais maintenant que j'avais tort. J'ai passé des moments vraiment délicieux dans cet endroit paradisiaque. Et je suis heureuse d'avoir pu les partager avec les filles, Megan. Merci de les avoir amenées jusqu'à Hawaï.

Megan embrassa son ex-belle-mère sur la joue.

— Ça a été magique, pour nous trois.

La musique s'arrêtant soudain, elle vit Nick et Shane échanger leurs partenaires en souriant. Puis elle bavarda avec Jean de choses et d'autres, alors que Shane riait avec Sarah.

Les filles l'aimaient elles aussi, songea-t-elle avec une profonde tristesse. Et quand elles quitteraient la douceur d'Hawaï pour aller retrouver la froidure de Chicago, elles auraient toutes les trois le cœur brisé.

A cet instant, la musique cessa de nouveau et Shane revint vers leur table avec Sarah.

— Jean, vous voulez bien rester avec les filles pendant que je danse avec Megan ?

Jean les regarda alors tour à tour, et Megan n'apprécia pas trop la lueur spéculative qui brillait dans ses yeux.

— Mais oui, bien sûr. Prenez tout votre temps !

Elle se tourna vers les jumelles en souriant.

— N'est-ce pas, mes chéries ?

Sans lui demander son avis, Shane prit la main de Megan et l'entraîna vers la piste au moment où l'orchestre entamait un morceau typiquement hawaïen, lent et romantique, qu'elle ne reconnut pas.

Refusant d'écouter la petite voix qui lui disait que c'était sans doute la dernière fois qu'elle aurait la chance d'être dans ses bras, Megan se laissa entraîner par le rythme de la musique, tandis que le guitariste faisait une impressionnante démonstration de *slide*.

Durant toute la soirée, Shane n'avait pu détacher son regard de Megan.

Vêtue d'une robe sans manches, coupée dans un tissu imprimé de motifs floraux à dominante bleu clair, elle était encore plus féminine, plus gracieuse. Elle portait par ailleurs des créoles en argent, et le collier coloré qu'il lui avait apporté ce matin-là. Avec ses cheveux remontés sur le dessus de la tête en chignon et mettant en valeur son cou gracieux, elle était d'une beauté à couper le souffle, renforcée encore par la lueur des torches tiki éclairant son visage aux traits fins.

A présent, la joue appuyée contre son torse, elle ne disait rien. Lui non plus, grisé par le parfum subtil montant de ses cheveux et dont l'effet était plus enivrant que celui de l'alcool.

Shane ferma les yeux pour mieux savourer ces instants uniques. Il aurait été incapable de dire quel morceau jouaient les musiciens, ni même s'il y avait de la musique. Il n'était conscient que d'une chose, ou plutôt que d'un seul être : la femme merveilleuse qu'il tenait dans ses bras.

Il devait en fait y avoir de la musique, car il entendit le silence se faire soudain, puis, rouvrant les yeux, il vit les danseurs regagner leurs tables. Ne restaient plus qu'eux deux, immobiles sur la piste.

Lentement, Shane recula d'un pas, alors qu'il brûlait de reprendre Megan dans ses bras et de l'embrasser.

Mais c'était impossible. Non seulement ils se trouvaient exposés à tous les regards, mais il se sentait en proie à une irrépressible mélancolie qui lui étreignait la poitrine.

Rien n'était possible entre eux. Il le savait au fond de son cœur. Et chaque fois qu'il posait les yeux sur les adorables jumelles, la réalité reprenait brutalement ses droits.

Cela faisait déjà longtemps qu'il s'était juré de ne pas fréquenter une femme ayant des enfants. Il était hors de question de faire subir à d'autres ce qu'il avait subi lui-même autrefois. Shane désirait ce qui devenait de plus en plus rare, un mariage traditionnel, la fusion de deux partenaires totalement libres de tout devoir familial hérité d'une précédente union.

C'était peut-être vieux jeu. Voire rétrograde. Mais lorsque l'envie lui prenait de revenir sur la promesse qu'il s'était faite à lui-même en tant qu'adolescent blessé et en colère, Shane n'avait qu'à regarder ses parents pour se ressaisir. Comme il le faisait maintenant, alors que son père enlaçait, très étroitement, sa dernière épouse en date tandis que de son côté, sa mère flirtait outrageusement avec un barman hawaïen des plus sexy.

Un flot de souvenirs envahit sa mémoire, il se revit ballotté entre les deux avec Cara, ne se sentant désiré ni chez l'un ni chez l'autre. Il repensa aux batailles à couteaux tirés, jusqu'au divorce, aux conflits et aux rancœurs qui s'en étaient suivis, lui et sa sœur se retrouvant immanquablement pris en otage entre leurs parents.

Il ne ferait vivre cela à aucun enfant.

Une douleur s'insinua dans sa poitrine, enfla. Il aurait bien aimé que tout soit différent — tout en percevant l'ironie de la situation. Car il n'aurait pas souhaité que la vie de Megan soit autre. Ses filles étaient adorables, exceptionnelles, et il soupçonnait que la femme qui occupait toutes ses pensées était devenue ce qu'elle était grâce aux jumelles, et non en dépit de celles-ci.

Sachant qu'il avait raison d'agir ainsi — même si c'était terriblement douloureux —, Shane raccompagna Megan à sa table.

— Merci pour la danse. Et pour avoir rendu ce séjour… inoubliable.

— Je t'en prie, murmura-t-elle.

Elle parut sur le point de dire autre chose, mais n'en fit rien.

— A quelle heure est votre vol ? demanda Shane.

— Tôt. 9 heures.

— Ah ! Je pars plus tard. Je prends le vol de nuit.

— Je ne pouvais pas imposer cela aux filles.

— Non, bien sûr.

Il aurait voulu lui dire des millions de choses. Mais mieux valait s'abstenir. Pour l'un comme pour l'autre.

— Bon voyage, alors.

— Merci. A toi aussi.

Délicatement, il lui déposa un léger baiser sur le front, en s'efforçant de se convaincre que l'émotion qui lui nouait la poitrine n'était pas de la tristesse ou du vide, ni des regrets.

Ensuite, il se dirigea droit vers le bar avec l'intention de commander quelque chose de costaud, lorsque Cara l'arrêta au passage.

— Ah ! te voilà ! dit-elle en lui prenant le bras. Danse avec moi.

— Toujours aussi autoritaire, soupira-t-il d'un air faussement ulcéré.

Pour toute réponse, elle l'entraîna vers la piste.

— Tu es rayonnante, petite sœur, fit-il au bout de quelques instants. Je te l'ai déjà dit mais je le répète : je suis très heureux pour toi et Nick.

— Ces quelques jours ont été réussis, non ? Exactement comme je les avais rêvés.

— Oui. Tout était parfait.

— Je t'ai vu danser avec Megan, tout à l'heure. Elle est merveilleuse, tu ne trouves pas ?

Les émotions qui se bousculaient en lui étaient encore trop intenses, trop vives pour qu'il puisse en parler. Oui, Megan était merveilleuse. C'était même la femme la plus merveilleuse qu'il eût jamais rencontrée. Déjà, la douleur s'intensifiait dans sa poitrine.

— Vous allez très bien ensemble, continua Cara sans attendre sa réponse. Vous avez prévu de vous revoir, à Chicago ? Nick et moi, nous aurons les filles un week-end sur deux et le mercredi soir. Par conséquent, Megan sera libre à ces moments-là. Je dis ça comme ça.

Shane sentit un muscle tressaillir dans sa mâchoire. Et ne sachant pas quoi dire, il resta silencieux.

— Tu n'envisages pas de la revoir, c'est ça ? poursuivit sa sœur.

— A quoi cela servirait-il, franchement ? répliqua-t-il enfin.

Voyant le regard de Cara s'assombrir, et ne voulant pas l'incommoder le jour de son mariage, il reprit à la hâte :

— L'orchestre que tu as choisi est vraiment excellent. Comment l'as-tu trouvé ?

— Merci. Sur Internet.

Mais s'il pensait avoir réussi à détourner la conversation, il se trompait, évidemment. Quand elle s'était mis quelque chose en tête, Cara pouvait faire montre d'une obstination farouche.

— Revenons à Megan. Je ne te comprends pas, Shane. Qu'est-ce qui cloche avec toi ? Elle est *fantastique*.

— Je suis d'accord avec toi. Mais elle n'est pas pour moi, c'est tout.

Elle s'arrêta pour le regarder bien en face.

— C'est complètement fou, Shane. Elle te plaît, cela crève les yeux. Et je peux me tromper, mais j'ai l'impression que tu ne lui es pas indifférent non plus. En plus, vous vivez dans la même ville, et pas très loin l'un de l'autre. Alors, pourquoi ne pas la revoir, et ensuite, voir comment ça évolue entre vous ?

— Laisse tomber, Cara. Je ne veux pas me disputer avec toi le jour de ton mariage.

— Il ne s'agit pas de nous disputer, mais de discuter… Avec un peu d'animation.

— Parle pour toi, je suis très calme.

— Non, tu es fou, riposta-t-elle en le prenant par la main.

Après l'avoir emmené un peu à l'écart, elle le regarda un instant en silence.

— Je sais quel genre de femmes tu fréquentes, commença-t-elle d'une voix radoucie. Enfin, j'ai eu l'occasion d'en voir quelques-unes. Eh bien, *aucune* d'entre elles n'arrive à la cheville de Megan. Je viens d'épouser son ex-mari et je l'aime déjà comme une sœur, bon sang ! Cela devrait te suffire, non ? Qu'est-ce que tu lui trouves comme défaut ? C'est une mère exceptionnelle, une infirmière consciencieuse et dévouée, une amie formidable…

Shane n'avait vraiment pas besoin de se l'entendre dire. Il le savait déjà. Par conséquent, Cara ne faisait que remuer le couteau dans la plaie.

— Megan est fantastique, c'est vrai. Mais ça ne pourrait pas marcher entre nous.

— Pourquoi ?

— Il faut vraiment qu'on en parle maintenant ? répondit-il avec un soupir. C'est ton mariage, au cas où tu l'aurais oublié. Tu as invité des gens qui ont fait des milliers de kilomètres pour fêter l'événement avec toi. Alors, ce n'est pas le moment de disséquer ma lamentable vie amoureuse.

— Très bien. Alors dis-moi où est le problème pour que je te démontre que tu te conduis comme un imbécile. Et ensuite, nous pourrons retourner célébrer mon mariage avec mes invités.

Inutile de rêver. Elle ne laisserait pas tomber…

— C'est très simple. J'aime beaucoup Megan.

Pour un euphémisme, c'était un euphémisme…

— Mais nos vies sont trop différentes, poursuivit-il. Pour commencer, elle a deux filles.

— Et alors ? fit-elle en fronçant les sourcils. Qu'est-ce qui ne va pas, avec les filles ?

— Rien. Absolument rien. Elles sont formidables. Drôles, intelligentes… Adorables.

Il les aimait aussi, réalisa Shane. Il était tombé amoureux de toutes les trois. De la mère et des jumelles.

— Eh bien, où est le problème ?

Se penchant vers Cara, il l'embrassa sur le bout du nez.

— Ce n'est pas le moment, petite sœur. Nous en reparlerons plus tard, je te le promets.

— Non, répliqua-t-elle, les mains posées sur les hanches.

Et quand elle se tourna brièvement vers la piste où évoluait leur père avec sa jeune épouse glamour, Shane vit presque une petite ampoule s'allumer au-dessus de sa tête, comme dans les bandes dessinées.

— Ça y est, j'ai compris ! s'exclama-t-elle en haussant les sourcils. Les filles. Tu as toujours dit que tu ne sortirais jamais avec une femme ayant des enfants. C'est *ça*, le problème, hein ?

Il laissa échapper un profond soupir.

— Cara, tu sais ce que nous avons vécu à cause de nos parents, de leur séparation et de leurs remariages successifs. Et aussi que j'ai décidé il y a très longtemps de ne jamais faire vivre ce genre d'enfer à un enfant. Megan me plaît énormément, c'est vrai, et j'adore Sarah et Grace. Mais leur vie n'est pas si facile, alors il est hors de question qu'elle devienne encore plus compliquée à cause de moi. Point final. J'ai pris ma décision et je ne reviendrai pas dessus, Cara. Et maintenant, je préférerais vraiment que tu me laisses tranquille — et que tu ne me fasses pas la leçon, s'il te plaît.

9.

« Megan me plaît énormément, c'est vrai, et j'adore Sarah et Grace. Mais leur vie n'est pas si facile, alors il est hors de question qu'elle devienne encore plus compliquée à cause de moi. Point final. J'ai pris ma décision et je ne reviendrai pas dessus. »

Immobile derrière le buisson de fleurs rose vif dont s'exhalait un doux parfum, Megan sentit son cœur lui marteler la poitrine. Shane avait prononcé ces paroles d'un ton si déterminé, si catégorique…

Au fond, elle n'aurait pas dû être surprise. Elle s'était bien doutée qu'il avait des raisons très personnelles de se comporter comme il le faisait, se montrant disponible et proche vis-à-vis d'elle et des jumelles, mais gardant néanmoins ses distances.

Cependant, le fait d'entendre Shane l'affirmer ainsi, haut et clair, lui avait porté un coup terrible. Venue par là uniquement pour reprendre les paniers des filles et les mignonnes petites poupées hawaïennes offertes par Cara, elle n'avait pas du tout eu l'intention de les espionner. Mais Shane avait prononcé son prénom, et elle n'avait pu s'empêcher de tendre l'oreille.

A présent, elle comprenait tout. L'attirance irrésistible qu'il semblait éprouver pour elle, la façon dont il la couvait des yeux avec un éclat tendre et passionné, avant de s'éloigner sans explication. Son attitude étrange quand, après avoir dansé avec elle en la serrant contre lui comme s'il ne voulait jamais la laisser partir, il l'avait reconduite jusqu'à sa table — et l'avait bientôt quittée, en l'embrassant sur le front d'un air presque détaché.

Elle contempla les fleurs aux pétales fuchsia. Leur parfum exquis demeurerait-il associé au profond sentiment de tristesse qui l'étreignait maintenant ?

Une larme roulant sur sa joue, Megan l'essuya d'un geste irrité. Non, elle ne se laisserait pas anéantir par cette… déconvenue. Elle ne pouvait se le permettre. Elle avait deux filles, deux trésors précieux, qui avaient besoin d'une mère forte et déterminée.

Et puis, il n'y avait pas de quoi en faire un drame. Elle aimait un homme qui ne s'autorisait pas à l'aimer en retour. C'était douloureux. Très douloureux, même. Et elle n'avait qu'une envie : se cacher quelque part sur la plage pour pleurer tout son soûl, à moins qu'elle puisse hurler sa colère face à l'océan.

Mais elle s'en remettrait. Un cœur brisé, cela finit toujours par guérir.

D'un certain côté, elle comprenait même le point de vue de Shane. Son enfance chaotique lui avait laissé une vision biaisée de la vie. Et elle ne pouvait lui en vouloir pour cela, ni se battre contre cette réalité, aussi dure soit-elle.

Il ne l'aimait pas. Ou plus exactement, il les aimait toutes les trois, ses filles et elle, mais il ne se permettrait pas de les mêler à sa vie à cause des complications qu'il considérait comme inévitables.

Si seulement elle avait pu lui dire que la vie est rarement aussi lisse et simple qu'on le souhaite. Qu'elle comporte au contraire toutes sortes d'aspérités, de perpétuels hauts et bas, et s'avère souvent difficile. Megan en savait quelque chose, notamment à cause de Grace et de ses difficultés. Mais elle savait aussi que de la beauté peut naître du chaos — à condition d'avoir la force et le courage d'affronter les épreuves. Cela aussi, c'était Grace qui le lui avait appris.

Le fait de penser à ses filles redonna du courage à Megan. Après avoir essuyé une nouvelle larme, inspiré à fond, elle rassembla les affaires qu'elle était venue chercher et partit les rejoindre.

Elle devait se concentrer sur Grace et Sarah, maintenant. La journée avait été longue et animée, et Grace n'était pas encore tout à fait dans son assiette. En outre, le retour serait éprouvant. Par conséquent, elle-même aurait besoin d'être en forme.

Le moment était venu de retourner à la vraie vie, loin de ce paradis tropical. Et de ce rêve enchanteur, grisant — et impossible.

Une fois arrivées au bungalow, les filles restèrent silencieuses. Elles étaient fatiguées toutes les deux, et Grace un peu agitée.

Mais heureusement, elles allèrent néanmoins se coucher sans trop rechigner.

Quand elles furent endormies, Megan prépara un maximum de bagages afin de ne plus avoir grand-chose à faire le lendemain matin. Ensuite, elle se sentit soudain un peu perdue, vide. Mais elle n'était pas fatiguée — elle avait le cœur bien trop serré pour avoir sommeil. Cédant à une impulsion subite, elle s'empara du babyphone, le fourra dans sa poche et sortit du bungalow.

Après avoir ôté ses tongs, elle s'avança vers l'océan. La lune répandait sa pâle clarté sur la surface de l'eau, ondulant légèrement à chaque nouvelle vague ; l'air embaumait le parfum des fleurs auquel se mêlaient les senteurs salées et uniques du sable et des embruns.

Mais cette fois, le charme avait du mal à opérer sur elle, et les larmes contenues un peu plus tôt menaçaient de rompre la digue.

Elle avait vraiment le cœur brisé, s'avoua Megan en retenant un sanglot. Elle avait connu l'amour et la perte en si peu de temps. Quel mal y aurait-il à s'abandonner au chagrin, là, maintenant, alors qu'elle était seule dans la nuit ?

Retournant sur le sable sec, elle s'assit et remonta les jambes contre elle, puis laissa couler ses larmes en silence.

Mais pas longtemps. *Assez pleurniché*, se sermonna-t-elle en s'essuyant vigoureusement les joues. Elle n'avait rien perdu de ce qu'elle possédait avant de venir à Hawaï. Un métier qu'elle aimait, deux filles superbes, une maison confortable et accueillante. Alors, elle s'en remettrait. Il lui faudrait un peu de temps, c'était tout.

Toujours assise sur le sable, elle ferma quelques instants les yeux pour tenter de retrouver la magie ressentie le soir de leur arrivée. Mais alors qu'elle s'apprêtait à se relever, elle sentit quelqu'un approcher.

Et n'eut pas besoin de tourner la tête pour savoir de qui il s'agissait.

— Je ne te dérange pas ? demanda Shane.

Si, eut-elle envie de répliquer. Il lui avait brisé le cœur. La blessure finirait par cicatriser, mais elle n'avait pas besoin que Shane vienne attiser sa souffrance.

Il portait toujours son pantalon habillé, roulé sur les mollets. Et il était pieds nus.

— Je n'ai même pas eu le temps de dire au revoir aux filles. Vous avez disparu si vite… Tout va bien ?

Hormis son cœur qui saignait, oui, tout allait bien.

— Oui. Elles étaient fatiguées et demain, la journée sera longue et difficile. Je redoute un peu le voyage avec Grace et son otite.

— Cela fait beaucoup de choses à gérer seule. Je peux essayer de changer mon billet, si tu veux.

— Ça ira. Je me débrouillerai, murmura-t-elle. Mais je te remercie.

Il resta silencieux un long moment, puis tendit la main pour mêler ses doigts aux siens.

— Tu es stupéfiante, dit-il doucement. Tu m'épates… Et tu me fascines, je l'avoue.

Au lieu d'être flattée par ses paroles, Megan sentit subitement la colère monter en elle. C'était de la torture, ou quoi ? Il ne l'avait pas encore fait assez souffrir ?

Dégageant sa main d'un mouvement vif elle se leva tout aussi brusquement, secoua sa robe pour la débarrasser du sable, puis se pencha pour ramasser ses tongs.

— Il faut que je rentre. J'ai les bagages à faire, prétendit-elle.

Il se leva à son tour, l'air plus grand encore dans la pâle lumière diffusée par la lune. Plus viril et plus sexy.

— Attends.

Megan redressa le menton, en espérant qu'il ne remarque pas ses yeux gonflés et son nez rougi. Plus que quelques moments de supplice et ensuite, ce serait terminé.

Soudain, Shane parut nerveux, son attitude tranchant avec son aspect imposant et sa carrure d'athlète.

— Oui ? demanda-t-elle comme il restait silencieux.

— J'aimerais te revoir, à Chicago. Je peux t'appeler ? A condition que tu me donnes le bon numéro, cette fois-ci…

Une douleur vive lui traversa la poitrine. A quel jeu cruel jouait-il, maintenant ?

— Pourquoi ? demanda-t-elle dans un souffle.

Il battit des paupières, l'air déconcerté.

— J'ai beaucoup aimé ces moments passés avec toi, durant ces quelques jours. Je… Je me suis attaché à toi et à tes filles. En fait, j'adore être avec vous trois. Quand je suis avec toi, avec vous, je suis… heureux.

Le cœur battant à tout rompre, Megan serra ses tongs contre sa poitrine. Les paroles de Shane dansaient dans sa tête, dans son cœur, comme des papillons lumineux et colorés, mais elle refoula la sensation délicieuse que ce ballet intérieur faisait naître en elle.

— Pourquoi perdre notre temps ? finit-elle par répliquer.

Sa voix lui parut si rauque qu'elle dut se racler la gorge avant de continuer.

— Je t'ai entendu parler avec Cara, tout à l'heure.

Une expression confuse passa sur les traits de Shane, vite remplacée par une consternation totale.

— Ah !

— Je n'avais pas l'intention de vous écouter. J'étais seulement venue chercher les affaires des filles. Mais j'ai entendu ce que tu penses à propos des enfants, et comme je ne peux pas changer cet aspect de ma vie, je ne vois pas pourquoi nous nous reverrions à Chicago. Je ne suis pas la femme dont tu as besoin et tu n'es pas l'homme que je croyais.

Les derniers mots étaient cruels, mais elle fut incapable de les retenir.

Shane ferma les yeux. Quand il les rouvrit, ils étaient emplis de souffrance et de regret, et d'une autre émotion qu'elle ne reconnut pas.

— Je ne peux pas remettre en question tes dernières paroles, commença-t-il d'une voix sourde. Mais je peux te certifier que tu es exactement la femme dont j'ai besoin. J'ai menti, tout à l'heure.

— Tu as menti à propos de quoi ? demanda-t-elle, confuse.

— J'ai dit que tu me plaisais énormément. Ce n'est pas vrai.

— Tu… Je…

Il secoua la tête et se rapprocha d'elle.

— Enfin, ce n'était pas vraiment un mensonge, plutôt un euphémisme stupide. Ce que je ressens pour toi est bien plus profond et plus intense que cela.

Les papillons se posèrent sur le cœur de Megan, doux et légers.

— Je t'aime, Megan, murmura Shane. Je crois que je suis tombé amoureux de toi dès la première fois, ce soir-là, à l'hôpital. En tout cas, je n'ai pas cessé de penser à toi depuis, et j'ai même failli retourner aux urgences rien que pour te revoir…

Megan se concentra sur sa respiration. Elle avait l'impression de voguer en pleine mer sur un fragile esquif, ballotté en tous sens par les vagues et le vent. Elle *désirait* croire Shane, de tout son cœur, mais la souffrance de ces dernières heures restait encore trop vive.

— Et… Et les filles ?

— Je les aime aussi. Elles sont merveilleuses, Megan. Intelligentes, gaies, courageuses. Comment pourrais-je ne pas les aimer ?

— Je ne comprends pas. Je t'ai entendu dire à Cara que tu ne sortirais pas avec une femme ayant des enfants.

— Jusqu'à quel moment as-tu écouté notre conversation, exactement ?

— Je suis partie aussitôt après t'avoir entendu affirmer que tu avais pris ta décision et que tu ne reviendrais pas dessus.

Un léger sourire se dessina sur la bouche de Shane.

— Alors tu as raté le meilleur, le moment où la ravissante et respectable mariée m'a balancé à la figure que je n'étais qu'un idiot, un crétin et un imbécile.

— En effet. Je regrette d'avoir manqué ça.

— Elle n'en a pas démordu. Elle m'a dit que seul un imbécile s'en tiendrait à une promesse faite dans un moment de rage et de rébellion adolescente, et qu'il fallait vraiment être un crétin pour laisser partir une femme aussi merveilleuse que toi.

— Elle a dit cela ?

— Absolument. Elle m'a également annoncé d'une voix ferme — je crois même qu'elle a nettement haussé le ton à ce moment-là —, que je n'étais qu'un idiot, et que si je laissais encore la conduite de nos parents influencer mes décisions d'adulte, je ne méritais pas de connaître des êtres aussi fantastiques que toi et les jumelles.

— J'adore ta sœur. Je te l'ai déjà dit ?

Shane rit doucement, de ce rire lent et sensuel qui faisait naître des frissons au creux des reins de Megan.

— Moi aussi, je l'adore. Même quand elle joue les donneuses de leçons.

Cessant de rire, il lui prit la main et cette fois, elle ne la retira pas.

— Cara a raison, Megan. Je me suis conduit comme un imbécile. Je t'aime et je veux être avec toi. A Hawaï, à Chicago, au pôle Sud, je m'en fiche. Et j'aime les filles. Je ne peux pas t'imaginer sans elles. Elles et toi formez un tout indissociable et unique. Et je ne voudrais pour rien au monde qu'il en soit autrement.

Une joie immense se déploya dans le cœur de Megan, irradia dans sa poitrine, dans tout son être.

— Moi aussi, je t'aime. Ces quelques jours passés avec toi ont été magiques, et je ne veux pas qu'ils se terminent. Je redoutais tellement de retourner à mon existence d'avant…

Il l'interrompit d'un baiser. Tendre et voluptueux. Vibrant d'amour. Tandis que Megan lui refermait les mains sur la nuque en se délectant de sa chaleur et de sa force.

Quand ils s'écartèrent l'un de l'autre après être restés un long moment étroitement enlacés, tous deux avaient le souffle saccadé et, dénoués par Shane, les cheveux de Megan cascadaient sur ses épaules et dans son dos.

— Je vais changer mon billet, dit-il d'une voix rauque. Je ne veux pas que vous rentriez à Chicago sans moi.

— Tu renoncerais à ton dernier jour de paradis pour nous ?

— Non, répondit-il en secouant la tête. Dorénavant, mon jardin d'Eden, c'est toi, et il me suffira d'être auprès de toi pour goûter au paradis. Où que tu sois.

Gagnée par une émotion indicible, Megan posa la joue contre la poitrine ferme de Shane, tandis qu'il la serrait contre lui.

Les feuilles de palmier bruissaient doucement, la brise tiède et parfumée lui caressait les cheveux, et l'océan leur murmurait un chant d'amour, destiné à eux et rien qu'à eux.

LORETH ANNE WHITE

Le secret des sables

Traduction française de
MARIE VILLANI

HARLEQUIN

Titre original :
SHEIK'S CAPTIVE

Ce roman a déjà été publié en 2013.

1.

Kathleen Flaherty se tenait à l'entrée de sa tente bédouine, les pans de sa djellaba voletant autour de ses chevilles alors qu'elle regardait le crépuscule descendre sur la sèche et lointaine ligne d'horizon des montagnes sahariennes. Le plateau d'Adrar se trouvait au-delà de cette chaîne de pics escarpés. A en croire ses guides, ils l'atteindraient peut-être d'ici à demain soir, mais la piste serait de plus en plus accidentée.

Peu lui importait. Pourvu qu'Adrar recèle quelque indice susceptible d'expliquer ce qui était arrivé à sa sœur, Jennie, disparue depuis neuf mois maintenant. Le mystique plateau d'Adrar était l'endroit où un vieux Bédouin affirmait avoir aperçu une femme ressemblant à la photographie de Jennie qu'elle avait montrée à travers tout Tessalit. C'était son dernier espoir. Si aucune nouvelle information ne faisait surface à Adrar, la piste de sa sœur s'arrêterait, et elle perdrait alors toute chance de la retrouver.

Mais, alors que sa propre anxiété grandissait à la perspective de ce que demain pourrait apporter, Kathleen avait senti une tout autre sorte de tension naître chez ses deux guides au fur et à mesure qu'ils approchaient de ces montagnes. Elle l'avait perçu dans certains coups d'œil hâtifs, un bref échange de regards, des gestes un peu nerveux. Et elle commençait à avoir l'impression que leur minuscule convoi s'aventurait peut-être en territoire hostile.

Les bourrasques de vent, chargées de la fumée du campement, forcirent, furetant sous les rabats, gonflant la structure de toile. Bien que ce fût un changement appréciable par rapport aux lourdes, implacables températures que leur petite caravane avait traversé au cours de la journée, elles n'offraient que peu de répit. L'air était toujours chaud, sec et, dans son imagination, il bruissait d'avertissements à propos de ce danger inconnu tapi quelque part, au-delà des montagnes. Elle s'efforça de chasser cette notion idiote, mais c'était là sa faille : une tendance à dramatiser, et une imagination débordante. Dommage qu'elle ne brillât pas aussi par sa bravoure. Ce qu'elle était en train de faire ici, au Sahara, la terrifiait.

Mais quel autre choix avait-elle ? Personne — ni le département d'Etat américain, ni le FBI, ni Interpol, ni le gouvernement du Burkina Faso ou n'importe quelle autre agence — n'avait été capable de l'aider à localiser sa sœur disparue alors que, depuis neuf mois, elle ne cessait de les harceler. Elle en était même venue à penser que leur inertie était délibérée. Alors, en dernier recours, elle avait fait ses bagages, et s'était envolée pour Tessalit, au nord du Mali, d'où une carte postale lui était parvenue, avec au dos une très énigmatique phrase hâtivement griffonnée de l'écriture de sa sœur, en gaélique :

« *taim i gcruachais anois.* »

Un appel à l'aide, dans la langue de leurs ancêtres, que Jennie lui avait apprise lorsqu'elle était enfant. C'était leur oasis réservée, leur moyen de communication secret au sein d'une famille dysfonctionnelle entre une mère absente et un père coureur de jupons et alcoolique.

Kathleen pivota pour regarder le vieux guide berbère accroupi près du feu qu'il avait allumé au centre de leur campement. Penché en avant, il veillait sur une marmite noircie suspendue au-dessus des flammes. Il resterait certainement là toute la nuit, à entretenir le feu jusqu'à ce que l'aube ondule de nouveau sur le Sahara.

Le plus jeune montait d'habitude la garde près du feu en compagnie du vieil homme et, de l'intérieur de sa tente, elle écoutait leurs tranquilles et intermittents bavardages en arabe — son humain réconfortant dans la vaste obscurité désolée du désert.

Mais, ce soir, le jeune Berbère était quelque part à la périphérie du campement, là où les chameaux avaient été entravés afin de pouvoir brouter de rares touffes d'herbe entre les rochers. Elle ne pouvait le distinguer dans la pénombre, mais elle entendait les frêles notes de sa flûte. Elle se demanda pourquoi il avait choisi précisément cette nuit-ci pour s'éloigner du confort des flammes.

Avec un sentiment de malaise grandissant, elle abaissa le rabat de l'ouverture de la tente en vue d'un peu d'intimité, puis alluma une bougie. La flamme crachota alors qu'elle revêtait sa chemise de nuit, l'odeur de cire chaude évocatrice d'un lointain passé, ou du moins l'historienne, en elle, se l'imagina-t-elle. Elle aimait les vieilles choses, les belles choses, celles qui prenaient du temps à être façonnées et l'étaient avec soin et passion. A ses yeux, elles étaient synonymes de qualité, de respect, d'engagement.

S'asseyant sur son lit de camp, elle se saisit de sa sacoche de selle en toile et en sortit son journal relié de cuir — le tout dernier cadeau d'anniversaire offert par Jennie. Le contact du vieux cuir sous ses paumes l'apaisa. Alors qu'elle l'ouvrait, la carte postale de Jennie s'en échappa et tomba sur le sable, et elle se sentit de nouveau déstabilisée.

Elle ramassa la carte, image d'une oasis avec, au verso, l'inscription en gaélique. Il n'y avait dans son esprit aucun doute qu'elle provenait de Jennie. Sa poitrine se serra alors qu'elle la retournait. Jennie était en grande difficulté et elle s'était efforcée de communiquer ce message en secret à sa sœur. Pourquoi ? De quoi avait-elle peur ?

Où était-elle en ce moment ?

Comment diable avait-elle pu simplement disparaître sans laisser la moindre trace de la convention médicale à laquelle elle assistait au Burkina Faso, pour se retrouver à Tessalit, petite bourgade au nord du Mali ? Ça n'avait aucun sens.

Kathleen replaça la carte au fond de son journal, puis ouvrit ce dernier sur une page vierge.

Elle commença à écrire.

Nous ne sommes plus très loin d'Adrar à présent, et j'avoue que j'ai peur. Je ne suis pas sûre de savoir si je dois craindre davantage d'apprendre une terrible vérité sur Jennie, ou de ne rien trouver et que ma quête s'achève sur une impasse. Mais, étrangement, derrière ma peur, derrière le pur désespoir qui m'a conduite ici, j'apprends peu à peu quelque chose sur moi-même... Le Sahara, son histoire, ses peuples qui, autrefois, ne vivaient que dans mes rêves et entre les pages de mes bien-aimés, vénérables tomes, ont pris vie. Et, d'une certaine manière, moi aussi. J'ai été arrachée aux pages de mes livres pour fouler concrètement, en personne, ce sable brûlant, pour rencontrer ces gens qui ont fait de ces plaines désolées leur foyer, et cela éveille quelque chose en moi...

Son stylo se figea.

Kathleen releva les yeux. Etait-ce le tintement d'un harnais qu'elle venait d'entendre ?

Le vent s'était tu. Les frêles, claires notes de la flûte aussi. Elle tendit l'oreille, à l'affût d'un autre son, mais n'entendit rien. Pourtant, elle sentait une présence dans l'air.

Elle se leva lentement, souleva le rabat de la tente. Son guide était toujours accroupi près du feu, le dos tourné, sa tête enturbannée abaissée alors qu'il tisonnait les braises. Des étincelles orange jaillirent en direction du ciel d'encre. Tout paraissait normal. Peut-être le jeune guide s'était-il tout simplement endormi.

Reprenant sa place, elle se remit à écrire.

Sayeed Ali mit pied à terre, atterrissant souplement sur le sable tiède. Des cartouchières bardées de munitions s'entrecroisaient sur sa poitrine. Un cimeterre et une dague pendaient, dans leurs fourreaux de cuir, à sa taille. Une tunique noire, un pantalon noir, des bottes noires et un turban noir qui ne laissait qu'une fente pour ses yeux le rendaient presque invisible dans l'obscurité.

Le clair de lune fit étinceler les filets d'acier alors que les douze hommes du commando d'exécution encerclaient sans bruit le campement avec leurs montures. Similairement vêtus, ils se mouvaient telles des taches noires sur la toile de fond obscure de la nuit saharienne.

Main levée, Sayeed leur signifia d'un geste d'attendre à la périphérie du campement. Puis, accroupi, il se dirigea vers la tente de la femme, la poignée de sa dague courbée tiède dans sa paume.

La sentinelle qu'ils avaient trouvée à l'extérieur du camp gisait inerte, le sang échappé de sa carotide absorbé par le sable assoiffé, sa flûte muette entre ses doigts. L'homme n'avait ni vu ni entendu arriver les chevaux. Sa destinée avait été vite scellée.

S'approchant de la tente de Kathleen Flaherty, Sayeed repéra une déchirure, dans la toile, au travers de laquelle oscillait un rai de clarté jaune. Ses ordres étaient clairs : localiser le campement de l'Américaine, et la tuer à vue, elle et quiconque voyageait avec elle. Aucun témoin ne devait rester en vie.

Ecartant un des bords de la déchirure, il jeta un coup d'œil par l'interstice.

Une onde de choc le traversa.

Assise sur un lit de camp, sa cible écrivait dans un recueil à la lueur d'une bougie. Elle portait une chemise de nuit de coton blanche qui lui tombait jusqu'aux chevilles, avec de petits œillets de dentelle au niveau de l'ourlet. Vieux jeu mais étonnamment sexy à ses yeux. Nus, ses pieds fins à la cambrure délicate reposaient sur un vieux tapis élimé qu'elle avait étendu sur le sable. Des cheveux de la couleur du coucher de soleil au Sahara retombaient en une luxuriante cascade en travers de sa joue, alors qu'elle se tenait penchée. Sa peau était d'albâtre mais, comme elle accrochait une mèche auburn derrière son oreille, il put voir que le soleil du désert l'avait brûlée par endroits et parsemée de taches de rousseur sur le nez et sur les pommettes.

Tout en écrivant, elle se mordillait la lèvre inférieure, et Sayeed nota qu'elle utilisait un stylo plume, et que la reliure du journal était en cuir. Il avait vu quelques touristes occasionnels braver cette partie du Sahara, habituellement des Allemands, parfois un Américain égaré. Ils s'équipaient plutôt des plus récentes nouveautés en matière de vêtements et de matériel de navigation high-tech, mais cette femme, si belle et si douce, paraissait droit sortie d'un passé colonial, et la vision le déstabilisa.

Il pouvait percevoir en Kathleen Flaherty les échos génétiques de sa sœur aînée. Si ce n'était que, alors que Jennie Flaherty était aussi mince qu'un lévrier de course avec des traits anguleux et des cheveux plus blond miel que roux, cette femme, bien plus jeune, dégageait avec ses courbes douces une très suave, très féminine sensualité qui, de manière tout à fait inattendue, le fit décrocher. Le fascina. Et, l'espace d'un étrange instant, le laissa immobile, indécis. Et il le paya cher.

Car, avant qu'il ait pu se forcer à déchirer la toile pour réclamer sa proie, il entendit Qasim aboyer l'ordre.

Avec de grands cris, les Maures s'abattirent sur le campement, les sabots de leurs chevaux assourdissants sur le sable dur. Hurlant telle une bande de maraudeurs, leurs machettes et leurs cimeterres brandis très haut, ils fondirent sur le vieux guide berbère accroupi près du feu.

L'adrénaline se déversa brusquement en Sayeed.

Il se rua sur le devant de la tente, leur cria d'arrêter. Mais il était déjà trop tard.

Des cris à glacer le sang déchirèrent la nuit, et Kathleen, avec un hoquet de saisissement, lâcha son journal, submergée d'une terreur brute, primitive. Se précipitant sur l'ouverture de la tente, elle rejeta le rabat, et son estomac se souleva face à la vision d'horreur qui s'offrait à elle.

Silhouettés par la clarté du feu, des hommes montés sur des chevaux noirs et armés de cimeterres brandis au-dessus de leurs têtes se ruaient sur son guide. D'une voix haut perchée, celui-ci implora leur pitié en arabe, les paumes en l'air, mais, d'une poussée, l'un d'eux le projeta en direction des flammes.

Alors qu'il passait derrière au galop, un autre se pencha, puis le frappa de son cimeterre.

Le vieux Berbère parut un instant suspendu dans l'air, puis retomba lentement sur ses genoux, avant de s'abattre au sol. Des flammes commencèrent à lécher sa djellaba blanche, les brûlantes étincelles orange fusant et crépitant dans la nuit.

La bile remonta dans la gorge de Kathleen. Avant qu'elle ait pu bouger, le tueur l'aperçut. Elle se figea. Le regard de l'homme étincelait d'une lueur démoniaque au travers de la fente de son chèche noir. Pointant sa lame dans sa direction, il hurla en arabe. Puis, talonnant son cheval, il fonça sur elle à plein galop, son cimeterre en avant telle la lance d'un chevalier. Le vacarme de sabots des montures des autres cavaliers résonna derrière lui, mêlé à une nouvelle salve de hurlements sauvages.

Kathleen se réfugia dans sa tente, dans une quête désespérée d'une arme quelconque, mais le cavalier abattit sa lame sur l'un des montants de support, et la lourde toile s'écroula sur elle. Tombée à genoux, prise au piège par la toile et les cordes, elle fut tirée à travers le sable, sa tête heurtant des pierres dont l'une, tranchante, lui entailla une tempe.

Le tueur arrêta abruptement son cheval, qui se cabra. Se dégageant promptement de la toile, Kathleen se releva pour s'enfuir. Son assaillant rit, la tête rejetée en arrière en direction du ciel puis, avec un hululement féroce, fonça de nouveau sur elle et, d'un grand moulinet du bras, fendit l'air de son sabre derrière elle.

Kathleen se jeta à terre, se recroquevillant sur elle-même alors qu'elle heurtait le sable. Ratant sa cible, la pointe de la lame ne fit que transpercer l'arrière de sa chemise de nuit, et ne lui infligea qu'une légère, brûlante zébrure dans le dos, aussi fine qu'une coupure de rasoir.

Avec un bruyant juron, l'homme sauta à bas de son cheval et s'avança à grands pas vers elle.

Il l'agrippa par les cheveux, avec une telle brusquerie qu'elle fut soulevée de terre, ses orteils s'agitant dans le vide juste au-dessus du sable. Fulgurante, la douleur, sur son cuir chevelu, fut si violente que le souffle, dans ses poumons, lui manqua pour crier. Dégageant sa dague de son fourreau, l'homme en pressa le tranchant sur sa gorge.

Kathleen articula une prière silencieuse.

C'est alors que, avec un bruyant cliquetis, la dague échappa à la main de son agresseur, puis décrivit un grand arc de cercle avant de retomber sur le sable.

Un autre membre de la bande, de plus haute taille et de plus forte carrure, également entièrement vêtu de noir, s'avança.

— C'est à moi de donner le coup de grâce, déclara-t-il en arabe.

2.

— Je vous en prie, chuchota Kathleen, le regard tellement embué de larmes que l'homme, au-dessus d'elle, ne fut plus qu'une sombre silhouette indistincte. Je vous en supplie, ne me tuez pas.

L'homme brandit son sabre. Mais, au lieu d'abattre la lame sur son cou, il la rengaina dans son fourreau, et dit :

— Mon nom est Sayeed Ali.

En anglais. Pas en français. Ni en arabe, ni en aucune des langues plus communément parlées au Sahara. Main tendue, il se penchait pour l'aider à se relever lorsque l'autre homme se rua sur lui avec son cimeterre.

Son sauveur s'écarta vivement, évitant de justesse la lame. Dans le même mouvement, il sortit sa propre dague courbée et, d'un geste prompt, précis, trancha le poignet de l'assaillant.

Lâchant son cimeterre, ce dernier porta sa main libre à la blessure, foudroyant du regard le dénommé Sayeed, les tendons de son cou bandés de rage, ses yeux noirs crépitant de fureur.

Ayant eux aussi mis pied à terre, les autres hommes

s'approchèrent, leurs chevaux tenus par la bride. La tension s'accrut, pesante et silencieuse.

Kathleen voulut se sauver mais, abattant l'extrémité de sa botte de cuir sur l'ourlet de sa chemise de nuit, son sauveur l'épingla au sol.

— Pourquoi la laisses-tu vivre ? aboya son attaquant dans un vieux dialecte arabe qui surprit Kathleen, un dialecte que sa passion d'érudite l'avait poussée à apprendre. Nos ordres étaient de la tuer sur-le-champ !

— Nous la tuerons, Qasim. Mais d'abord, nous devons l'interroger.

Sayeed Ali avait répondu dans le même dialecte, d'une voix calme, succession d'intonations gutturales, ondulantes.

Des hennissements retentirent alors que le cercle d'hommes se resserrait.

— L'interroger ! Es-tu stupide ? Bakkar a dit qu'il la voulait *morte* !

L'homme du nom de Qasim engloba les alentours d'un vaste geste du bras.

— Ses ordres étaient que tout le monde dans ce campement meure. Et tu laisses notre principale cible vivre ?

— Et toi, tu as défié mon commandement de ce raid, contra Sayeed, la voix basse, mais menaçante et lourde de sous-entendus.

Les autres hommes paraissaient guetter leur moindre parole, la moindre nuance de mouvement — maraudeurs féroces et sans loi, curieux de voir lequel de ces deux chefs sortirait victorieux de l'affrontement.

— Bakkar a très clairement fait comprendre que j'étais en charge.

— Tu as mis trop longtemps derrière la tente.

— Et toi, tu as fait une erreur en n'ayant pas eu assez de patience pour attendre mon signal ! rétorqua Sayeed, avant de désigner Kathleen, toujours à terre. Cette femme sait peut-être quelque chose. Elle a peut-être parlé à d'autres. Ça pourrait entraîner une autre équipe de recherche dans cette direction. Le cheikh Bakkar Al Barrah n'aimerait pas ça, ce pourrait être fatal à notre projet. Nous allons la ramener au camp et l'interroger là-bas. Bakkar décidera ensuite ce qu'il voudra faire d'elle.

Kathleen commença à trembler. Ils avaient dû faire erreur. Elle n'était pas la femme qu'ils cherchaient.

Assurément, lorsqu'ils s'en apercevront, ils me relâcheront ?, songea-t-elle confusément.

Qasim foudroya de nouveau Sayeed du regard tandis que les autres hommes remuaient nerveusement d'un pied sur l'autre. Puis, enfin, son assaillant ramassa son sabre, le rengaina. Après quoi, non sans marmonner un juron très explicite entre ses dents, il tourna abruptement les talons et siffla son cheval.

— Qu'est-ce que vous regardez, bande d'imbéciles ? aboya-t-il en direction des hommes alors qu'il se hissait sur sa selle à pompons. Remuez-vous ! Brûlez tout et, ensuite, tirez-vous !

Puis, sur un violent coup de talon, il s'élança au galop dans la nuit dans un fracas de sabots, un nuage de poussière dans son sillage.

— Fouillez d'abord la tente, ordonna Sayeed tout en regardant son adversaire s'évanouir dans l'obscurité. Je veux le journal de cette femme et la moindre photographie que vous pourrez trouver. Brûlez tout le reste.

Se penchant, il agrippa la main de Kathleen. Sa poigne était tiède, forte, sa paume calleuse. Il la hissa sur ses pieds.

— Marchez, lui enjoignit-il, la poussant en avant. Jusqu'à mon cheval, là-bas.

Mais Kathleen tremblait tant que ses jambes se dérobèrent sous elle. Il la rattrapa, la remit debout, puis la fit avancer tout en la maintenant fermement contre lui. Son corps était dur, chaud, l'étoffe de sa tunique rêche contre la peau de son dos, là où sa chemise de nuit avait été déchirée.

Kathleen tordit le cou, anxieuse de voir ce qui se passait. Les hommes s'écartaient du feu avec, en main, des brindilles enflammées. Ils les jetèrent sur la tente et sur ses possessions. La toile s'enflamma avec un brûlant *whoooosh*, cependant qu'un des hommes s'en éloignait, muni de son journal et d'une pile de clichés de Jennie.

— Non !

Elle lutta pour se libérer.

— Attendez, c'est à moi ! Je vous en prie, ne…

Sayeed la fit taire d'un brusque coup de genou dans le dos, puis lui tordit violemment le bras en arrière.

— Taisez-vous ! grinça-t-il. Et continuez à avancer. Luttez, essayez de vous échapper, et peut-être que je ne serai pas en mesure de vous sauver la prochaine fois !

Il la poussa en avant.

L'atroce odeur de brûlé et une épaisse fumée noire saturaient l'air. Kathleen songea à ses guides, les hommes qu'elle avait entraînés jusqu'ici et qui, par sa faute, étaient à présent morts. Elle tremblait de plus en plus violemment, en de grands et incoercibles soubresauts de tout le corps qui, une fois encore, la firent trébucher. Il la releva de nouveau. Des larmes roulaient sur ses joues, et elle s'efforça de les essuyer, mais sa main lui revint poisseuse. La plaie, à sa tempe, suintait, et sa chemise de nuit était couverte de son propre sang.

Sayeed la hissa sur son cheval. L'installant de manière qu'elle repose entre ses cuisses sur la selle, il monta derrière elle, puis l'enserra de ses bras pour agripper les rênes.

— Comment vous appelez-vous ? murmura-t-il tout contre son oreille.

— Ka... Kathleen Flaherty.

— Faites-moi confiance, Kathleen. Faites tout ce que je vous dis, et vous survivrez peut-être. Vous comprenez ?

— Pourquoi ? implora-t-elle, se tortillant pour le regarder, des larmes plein les yeux. Pourquoi avez-vous fait ça ? Que voulez-vous de moi ? Qui êtes-vous, tous ?

— Chuuut...

Le souffle était tiède dans ses cheveux, son attitude presque douce à présent qu'ils étaient momentanément hors de vue des autres hommes. L'espace d'une seconde, les cuisses et les bras masculins, autour d'elle, lui parurent protecteurs, et un âpre accès d'émotion la fit hoqueter.

— Pou... pourquoi voulez-vous mes photos ? Mon journal ? Est-ce que ça a quelque chose à voir avec ma sœur ? Connaissez-vous le Dr Jennie Flaherty ?

Savez-vous ce qui lui est arrivé ? balbutia-t-elle d'une voix que le désespoir rendait suraiguë.

— Je ne sais rien.

— Alors pourquoi cet homme a-t-il voulu me tuer ? Pourquoi…

… un certain Bakkar Al Barrah me veut-il morte ?

Kathleen referma la bouche. L'instinct, tout à coup, lui soufflait de ne pas en dire davantage. Ces hommes ignoraient qu'elle comprenait leur dialecte, et qu'elle les avait entendus dire qu'un dénommé Bakkar avait commandité ce raid pour les tuer, elle et son escorte. Cette connaissance de leur langue pourrait peut-être lui être de quelque utilité pour s'échapper, et il lui fallait se saisir du moindre avantage à sa portée.

— Voilà qui est mieux, commenta-t-il. Et maintenant, restez tranquille, ne luttez pas, et peut-être, je dis bien peut-être, aurons-nous une petite chance de vous sauver la vie.

Nous.

Il affectait d'être de son côté.

Or elle l'avait entendu affirmer que c'était à lui d'assener le coup de grâce, et l'unique raison pour laquelle elle était encore en vie en cet instant était qu'il souhaitait l'interroger d'abord. Elle devait le convaincre qu'il se trompait de personne.

— Si cela n'a rien à voir avec ma sœur, alors je crois que vous avez commis une terrible…

— Yaaa !

Un coup de talon, et le cheval s'élança dans la direction que leur attaquant avait prise. Kathleen s'agrippa désespérément au pommeau de la selle. Les autres hommes enfourchèrent leurs montures puis, sur d'ultimes hululements de triomphe à glacer le sang, galopèrent à leur suite. Le ciel, derrière eux, se teinta d'orange sang alors que la cavalcade plongeait dans la noire obscurité du Sahara.

Son sauveur venait de se transformer en ravisseur.

Ils galopèrent pendant des heures à travers la nuit, Kathleen, uniquement consciente par intermittence et le corps douloureux, ne s'éveillant que de temps à autre pour se découvrir enserrée entre les puissants bras de Sayeed Ali, les cuisses dures comme le roc de ce dernier la maintenant fermement en place sur la selle. Sa bouche était aussi sèche que du sable, sa gorge enflée. La nausée lui soulevait l'estomac par vagues. La Voie lactée tout entière paraissait s'être déplacée dans le ciel. L'aube ne tarderait plus. Dans de rares moments de lucidité, elle s'efforça de rejouer l'horreur des événements de la nuit, essayant de trouver un sens à ce qui lui arrivait. Et il lui apparut que l'anglais de Sayeed était impeccable avec même, étonnamment, un accent américain. Pour une malencontreuse et inexplicable raison, cet insignifiant détail dans cet environnement hostile, étranger, suscita en elle une étincelle d'espoir, et elle s'y accrocha, alors que l'autre partie d'elle-même conservait une très claire compréhension de la réalité. A savoir que, blessée, en sang, pieds nus, uniquement vêtue d'une chemise de nuit déchirée, et sans nourriture, eau, carte ni même moyen de transport, elle était entièrement à la merci de cet homme.

Sayeed Ali était l'unique rempart qui existait entre

elle et une mort certaine de la main de ces autres hommes.

Mais combien de temps la garderait-il encore en vie ?

Et, s'il s'agissait d'une malheureuse méprise d'identité, la laisseraient-ils seulement partir alors qu'elle les avait vus massacrer ses guides ?

La peur et l'anxiété resurgirent de plus belle en elle, lui retournant l'estomac. Elle se força à demeurer lucide, mais un nouveau vertige la saisit, et elle sombra dans une bienheureuse inconscience.

Le mouvement d'ondulation du cheval de Sayeed faisait remuer les fesses de Kathleen Flaherty de manière très suggestive contre son entrejambe, et les jambes à demi nues de la jeune femme se frottaient, tièdes, contre l'intérieur de ses cuisses. Il n'avait hélas aucun contrôle sur ce que ce massage très concret provoquait en lui. Au lieu de quoi l'extrême vulnérabilité de sa captive l'incitait à vouloir la protéger, ce qui nourrissait la colère qu'il éprouvait à son égard.

La seule présence de cette Américaine au Sahara l'avait mis dans une impasse, et forcé à commettre une grave erreur.

Il aurait dû laisser Qasim la tuer.

Cela aurait cimenté sa couverture auprès de Bakkar.

Mais, même si ses supérieurs de la CIA et du FBI auraient sans aucun doute estimé la mort de Kathleen Flaherty comme un dommage collatéral nécessaire, il n'avait pas eu le cœur de le permettre.

A présent, s'efforcer de la maintenir en vie était susceptible de révéler son identité d'emprunt et de faire capoter une opération internationale conjointe dans laquelle avaient déjà été déversés des millions de dollars. Ce qui coûterait la vie à des milliers d'Américains ainsi que d'autres civils innocents de par le monde.

Sayeed jura intérieurement. Il avait été damné à la seconde où il avait posé les yeux sur cette femme. Et cet instant d'indécision initiale, ainsi que les événements qui s'étaient ensuivis, l'avait conduit à cela : être contraint d'emmener une captive blessée et vulnérable au cœur d'un camp d'entraînement de Berbères du Maghreb. Et, plus il approcherait Kathleen Flaherty de la dangereuse tanière de Bakkar, plus il leur serait difficile de trouver un moyen de se sortir tous deux en vie de ce sanglant imbroglio.

Tout en chevauchant, Sayeed observait les silhouettes sombres des autres cavaliers. Ils le flanquaient, ombres dans la nuit, mais gardaient leur distance. Il pouvait entendre les cliquetis des harnais, apercevoir de temps à autre le miroitement du clair de lune sur le métal.

Des hyènes, songea-t-il, des hyènes à l'affût du moindre signe de faiblesse qui puisse leur permettre de décider qui soutenir et où se trouvait leur intérêt. Il avait peut-être vaincu Qasim dans ce bras de fer pour le pouvoir, mais le mal était fait : il sentait déjà son autorité lui échapper.

Il sentait aussi la vie s'échapper de la captive qu'il tenait dans ses bras. Elle avait perdu beaucoup de sang, et la déshydratation était une source de préoccupation majeure. Il lui fallait s'arrêter rapidement, lui donner de l'eau, évaluer l'étendue de ses blessures. L'anxiété chevillée au corps, il ralentit un peu de manière à rester un peu en arrière puis, une fois hors de portée d'écoute et de vue immédiate des autres hommes, décrocha son outre en peau de chèvre de sa selle.

— Kathleen ? chuchota-t-il, s'efforçant de lui offrir le goulot.

Mais, bien que très droite entre ses bras, elle ne réagit pas.

— Restez avec moi, Kathleen, insista-t-il tout contre son oreille, la fragrance de ses longs cheveux et le contact de sa peau contre sa joue éveillant de drôles d'émotions en lui.

De profondes émotions. Des émotions qui lui rappelaient qui il était réellement — Rashid Al Barrah, agent du FBI sous contrat avec la CIA, et donc un homme peu habitué à la très secrète et solitaire mission d'infiltration à laquelle il se consacrait depuis près de trois ans dans ce désert. Il n'avait eu d'autre choix, dans ce cadre, que de se fondre dans la peau de Sayeed Ali, un homme dangereux et aux noirs desseins, et à vivre sous couverture dans un camp terroriste.

Sa mission, hautement délicate, nécessitait qu'il se focalise sur son objectif, et c'était exactement ainsi qu'il voulait que ce soit.

Alors qu'à présent cette inconnue le troublait et éveillait son instinct protecteur, et son identité d'emprunt s'en trouvait écornée, si bien qu'il éprouvait d'autant plus d'amertume à son égard.

Il lui fallait rester Sayeed, ne songer à lui-même qu'en tant que Sayeed jusqu'à ce que *tout* soit terminé.

— Kathleen ? chuchota-t-il un peu plus urgemment.

Elle demeura silencieuse, bringuebalant d'un côté et de l'autre alors qu'ils chevauchaient. Un sentiment d'urgence l'étreignit. Alors qu'ils approchaient du lit asséché d'un *wadi*, et que le clair de lune laissait entrevoir un petit bosquet de palmiers, il accéléra pour rejoindre l'avant de la troupe.

— Halte ! leur enjoignit-il, tirant sur ses rênes. Arrêtons-nous ici une heure.

Les hommes se rassemblèrent en demi-cercle autour de lui, hormis Qasim, qui resta légèrement en arrière, la queue de son étalon noir s'agitant furieusement, la robe de l'animal luisante de sueur au clair de lune.

— Nous devrions continuer, argua-t-il. L'aube n'est plus très loin.

— Les chevaux ont besoin de se reposer, contra Sayeed.

— Tu fais ça pour la fille. Ce que je dis, moi, c'est de la laisser mourir.

— Si elle meurt, nous n'aurons pas de réponse.

Sayeed mit pied à terre. Il sentit les autres le regarder, curieux de savoir ce qu'il allait faire de leur captive blessée. Se saisissant de celle-ci, il la porta telle une poupée de chiffon désarticulée en direction du bosquet de palmiers tandis que, après quelques secondes d'hésitation, les autres hommes établissaient finalement le campement à quelque distance.

Retournant à son cheval, Sayeed sortit de sa sacoche de selle une couverture et la trousse de premiers secours qu'il y conservait. Il la rapporta sous les palmiers, tout en prêtant l'oreille aux bavardages en provenance du feu de camp, autour duquel les hommes faisaient bouillir du thé. La voix de Qasim s'éleva, plus virulente que les autres.

— Sayeed raconte n'importe quoi ! Nous devrions

la tuer dès maintenant ! Bakkar verra rouge si nous rentrons au camp avec notre cible encore en vie !

Sayeed sortit de la trousse pansements, lingettes désinfectantes et bandelettes de suture adhésives. La couverture roulée, il la glissa précautionneusement sous la nuque de la jeune femme. Le mouvement fit glisser la chemise de nuit, déchirée à l'arrière par la lame de Qasim, de son épaule, ce qui exposa un sein nu. Sayeed se figea, fasciné par cette vision d'une beauté pure. Soyeuse et d'un blanc crémeux, la peau de Kathleen luisait à la clarté argentée de la lune, contrastant avec son mamelon brunâtre. Il déglutit péniblement, puis ôta vivement son chèche pour recouvrir le tout. Mais, déjà, son corps avait de nouveau réagi contre sa volonté, et le sang pulsait sourdement dans son aine.

Il n'était pas différent des autres hommes qui vivaient au camp d'entraînement. Il n'avait pas vu la peau nue d'une femme depuis qu'il y était arrivé, plus de deux ans plus tôt, pas plus qu'il n'avait été en contact avec une femme au cours des neuf mois précédents, alors qu'il œuvrait pour infiltrer la cellule et gagner la confiance du cheikh Bakkar Al Barrah.

D'un geste doux, il repoussa les mèches incrustées de sang séché de la joue de la jeune femme.

— Dieu sait pourquoi vous êtes venue seule dans ce désert, Kathleen, murmura-t-il, davantage pour lui-même que pour elle. Vous êtes soit très stupide, soit diablement courageuse.

Elle remua légèrement avec une plainte sourde, et le soulagement, ainsi qu'un curieux sentiment de tendresse, l'inonda. Il accéléra ses gestes.

Heureux de disposer d'un peu de clarté grâce à la

lune, il déchira l'emballage d'une lingette désinfectante et entreprit d'essuyer le sang coagulé autour de la tempe de la jeune femme. Mais, comme les voix, autour du feu, s'animaient, sa main se figea.

— Sayeed a peut-être raison, déclara un des hommes. L'Américaine a dû dire à quelqu'un où elle se rendait. Et si c'est le cas, mieux vaut que nous sachions à qui et quand. Nous pourrons alors anticiper l'irruption d'éventuels curieux et changer nos plans.

— Il est trop tard pour changer de plan ! L'échéance est fixée, les billets d'avion achetés. Les volontaires se préparent. Plus rien ne peut être remanié maintenant.

— Raison de plus pour que nous cherchions à savoir si quelqu'un viendra y fourrer son nez.

— Si c'est si important que ça, contra Qasim, que Sayeed l'interroge ici même, sur-le-champ. Elle pourrait mourir en chemin, et nous nous retrouverons exactement dans la même situation que si nous l'avions tuée à son campement !

— Elle est inconsciente. Elle ne peut pas parler pour l'instant.

Avec un juron, Qasim bondit sur ses pieds et jeta le restant de thé de son gobelet dans le feu. Les flammes crépitèrent.

Sayeed maniait Qasim avec des gants depuis le tout premier jour. L'homme était violent, vif d'esprit, aussi imprévisible et assoiffé de pouvoir qu'un psychopathe. Et, bien qu'il ait gagné la confiance de Bakkar et de Marwan, Qasim se méfiait toujours de lui.

C'était même davantage que de la méfiance. Qasim avait clairement fait comprendre que Marwan, son père, eût dû l'investir, *lui*, de davantage d'autorité au sein de la cellule, plutôt que l'étranger qu'était Sayeed. Et sa jalousie le rendait dangereux.

Qasim était loin de se douter que Sayeed était en fait son cousin, le fils depuis longtemps banni de Bakkar Al Barrah. Un goût amer lui emplit la bouche à la pensée que Qasim et lui partageaient le même sang, que leurs tempéraments avaient peut-être quelque ressemblance et que, n'eût-il échappé aux griffes de son père bien des années plus tôt, il eût lui-même pu devenir un Qasim.

Il ouvrit le sachet de sutures adhésives, et disposa soigneusement les bandelettes de manière à refermer la plaie à la tempe de Kathleen.

Un rire d'homme, gras, malveillant, résonna soudain.

— C'est que, Qasim, même si ton oncle Bakkar est furieux, ton père, lui, sera ravi que nous ramenions cette femme au camp bien en vie !

Des rires tapageurs se joignirent au premier.

— Oui, enchérit un autre en se tapant sur la cuisse. Marwan baiserait une chèvre s'il le fallait ! Ce sera une prise de choix, pour lui ! Et tu gagneras sa faveur, Qasim, si tu lui laisses penser que c'était ton idée ! Peut-être même te confiera-t-il enfin le commandement d'une prochaine mission !

Alors que l'individu ricanait, ravi de sa propre blague, le son d'un cimeterre sorti de son fourreau fit aussitôt taire les autres.

Sayeed se raidit, conscient, tout à coup, que ses propres armes étaient hors de sa portée.

Une courte dispute et des cris suivirent, puis l'écœurant râle d'un homme en train de mourir. Ponctué d'un brusque, lourd silence.

Sayeed sentit son pouls s'accélérer, et s'activa de plus belle, non sans se dire que l'homme à présent mort avait raison : Marwan deviendrait bel et bien un problème dès qu'il apercevrait Kathleen. Peut-être aurait-il dû laisser cette dernière mourir sous le sabre de Qasim. La mort était probablement plus douce que d'être brutalement violée et sadiquement torturée par le cruel Marwan.

Le souvenir de ce qui était arrivé à sa mère surgit inopinément dans son esprit.

Bon sang !

Non seulement Kathleen menaçait sa couverture et la vie de milliers d'innocents de par le monde, mais elle lui faisait également revivre les plus douloureux souvenirs de sa vie.

Elle lui remémorait la véritable raison pour laquelle il avait accepté cette mission : tuer Bakkar et Marwan, et laver son honneur ainsi que celui de sa mère en administrant la justice à l'ancienne manière de son clan. Ce qu'il comptait faire aussitôt après qu'il aurait mis en branle le raid des opérations spéciales sur leur camp d'entraînement.

Kathleen allait-elle lui coûter cela aussi ?

Tout à coup, les paupières de la jeune femme papillonnèrent, puis s'ouvrirent. A sa vue, elle lutta pour se redresser.

— Du calme, dit-il, la retenant par les épaules. Si vous vous levez trop vite, vous allez vous évanouir. Tenez, vous avez besoin de vous hydrater.

Lui soutenant l'arrière de la tête, il la souleva pour qu'elle puisse boire, essuyant l'eau qui lui dégoulinait sur le menton. Le regard rivé au sien, elle but et, même dans la pénombre, il put déceler la confusion et la crainte dans ses yeux. Elle voyait son visage pour la première fois depuis qu'il avait ôté son chèche pour l'en recouvrir. Et Sayeed n'ignorait pas que ses traits n'étaient pas exactement avenants — sa structure osseuse agressive, ses yeux noirs étaient plus effrayants qu'amicaux, tout particulièrement dans les rais obliques argentés et frangés d'ombre de l'obsédante lune.

— Qui êtes-vous donc ? croassa-t-elle d'une voix à peine distincte.

— Je vous l'ai dit : je suis Sayeed Ali.

— Non, je veux dire… qui sont tous les autres ? Que voulez-vous de moi ?

Avant qu'il ait pu répondre, un homme traversa le sable dans sa direction, le fardeau des mauvaises nouvelles évident dans sa posture. Il venait lui annoncer qu'un des leurs avait été assassiné pour avoir porté atteinte à l'honneur de Marwan Al Barrah.

— Restez tranquille, Kathleen, chuchota-t-il. Mieux vaut qu'ils pensent que vous êtes toujours inconsciente. J'ai nettoyé votre plaie autant que je le pouvais dans l'immédiat. J'y jetterai de nouveau un coup d'œil à notre arrivée au camp.

— Je ne veux pas aller à ce camp ! protesta la jeune femme.

— Vous avez trois options, rétorqua Sayeed. Soit vous y venez avec moi, soit ces hommes vous tuent, soit le désert vous tue. A vous de choisir.

3.

L'aube éclata en violentes traînées orange, projetées en travers du sable. Immédiate, la chaleur heurta Kathleen tel le souffle d'air chaud d'un four. La sensation de sécheresse s'accrut dans sa gorge, et son cerveau lui parut s'épaissir.

Son ravisseur lui avait donné son chèche, ainsi qu'une autre écharpe trouvée dans sa sacoche. La longue bande d'étoffe du chèche était à présent déployée autour de ses épaules, de manière à couvrir la déchirure de sa chemise de nuit. Il lui avait enjoint de draper l'écharpe sur sa tête, et de recouvrir la majeure partie de son visage en guise de protection contre la brûlure du soleil. Il faisait chaud sous l'étoffe rêche, la plaie, à sa tempe, l'élançait, et les coupures, sous ses plantes de pied, la picotaient. Elle s'efforça d'ignorer cet inconfort en s'intéressant à son environnement. Ils se dirigeaient vers le nord, à en juger par l'endroit d'où le soleil était apparu, et le terrain changeait graduellement au fur et à mesure de leur avancée, les dunes s'entrecoupant d'étendues de steppe, le sol de plus en plus dur et pierreux.

Puis, comme sortis d'un mirage, les contours voilés d'une falaise apparurent au loin.

Oscillant sur la selle, s'efforçant de s'y accrocher tant bien que mal alors qu'ils progressaient au trot, Kathleen se demanda si la vision était réelle, ou si c'était un mirage. A moins que ce ne fût une hallucination due aux pertes de sang, à la chaleur, au choc ou à l'épuisement. Elle se fia aux puissants bras de Sayeed pour la maintenir en selle. Avait-elle le choix ? Sans son soutien, elle aurait déjà lâché prise et chuté.

Les autres hommes, devant eux, prenaient peu à peu de l'avance. Kathleen s'avisa que Sayeed devait avoir délibérément ralenti lorsque, alors que ses acolytes franchissaient le sommet d'une dune, puis disparaissaient momentanément de leur vue, il arrêta promptement son cheval, ôta le bouchon de son outre, puis la lui offrit. Il n'y restait plus beaucoup d'eau, et elle y but avidement avant qu'il ne la lui arrache des mains.

— Nous devons économiser le reste, décréta-t-il, replaçant le bouchon. Au cas où.

Kathleen nota que lui-même ne se désaltérait pas. En l'absence de son chèche, le soleil tombait férocement sur ses cheveux d'un bleu-noir profond, et sa peau étincelait. Elle ne put s'empêcher de le dévisager un instant.

Ses traits étaient marqués, aristocratiques. Il était beau, d'une manière âpre et provocante. Ses yeux étaient tels deux éclats d'obsidienne, très enfoncés, ses sourcils arqués très haut, ses lèvres fermement sculptées, sa peau lisse et d'une riche couleur moka. Il était de l'étoffe même des hommes du désert sur lesquels elle fantasmait depuis toujours — grand, ténébreux, incontestablement menaçant et éminemment sensuel, le type même des héros qui peuplaient ses chers contes de cavaliers arabes et de conquérants du désert.

Elle s'en trouva hypnotisée, déconcertée.

Mais, plus que tout, ce fut la franchise du regard qu'il lui rendit qui piqua sa curiosité.

— Vous avez l'air surprise, Kathleen ?

— Je…

Elle déglutit. Elle devait décidément être en train de délirer pour trouver son ravisseur séduisant !

— Sayeed, je vous en prie, dites-moi ce que vous me voulez. Pourquoi avez-vous attaqué mon campement ? *Pourquoi Qasim a-t-il dit qu'un homme du nom de Bakkar avait donné l'ordre de me tuer, alors que vous ignoriez mon nom ?*

Il reporta le regard sur l'horizon, là où les hommes avaient momentanément disparu de leur champ de vision. Sa mâchoire se crispa, sa nuque se raidit.

— Si ça n'a vraiment rien à voir avec ma sœur, je crois que vous avez kidnappé la mauvaise personne.

Le regard noir vacilla, puis s'étrécit brusquement.

— Couvrez correctement votre visage, ordonna-t-il. Votre peau va brûler. Et vous devrez rester couverte à tout instant lorsque nous arriverons au camp.

— Je n'irai pas dans ce camp ! rétorqua Kathleen. Pas tant que vous ne m'aurez pas dit pourquoi vous m'avez kidnappée !

Il éclata d'un rire amer, qu'il lui jeta en plein visage.

— Je vous en prie, sautez donc du cheval et courez. Si ces hommes, au-delà de la crête, là-bas, ne vous rattrapent pas pour vous tuer, ce sera certainement le Sahara qui le fera. Et croyez-moi, je serai heureux d'être débarrassé de vous !

Elle le foudroya du regard, l'amertume s'entrelaçant à sa peur. Elle était à sa merci. Elle avait besoin de lui pour survivre, et il le savait.

— Si c'est le cas, pourquoi ne les avez-vous pas laissés me tuer au campement ?

— Bakkar, notre chef, doit d'abord obtenir réponse à certaines questions.

— J'ai comme l'impression que vos hommes ne sont pas d'accord avec vous, argua Kathleen.

Elle s'interrompit, guetta une réaction dans son regard.

— Et vous avez un accent américain. Vous avez appris l'anglais aux Etats-Unis, n'est-ce pas ? La plupart de ceux qui l'apprennent en Afrique le font avec l'accent britannique. Ou ils parlent français, comme au Congo, ou allemand comme en Namibie, en Tanzanie et au Togo. Ou encore portugais comme au Mozambique et en Angola, selon la puissance coloniale qui…

— Qui diable êtes-vous, une encyclopédie vivante ?

— Je lis beaucoup.

— Oui, eh bien, je *voyage* beaucoup. Et c'est comme ça que j'ai appris l'anglais.

— Et donc, vous êtes allé aux Etats-Unis ?

Une pointe d'irritation échauffa Sayeed, en plus de la chaleur grandissante.

— Ça ne vous regarde pas !

— Qui sont ces autres hommes ?

— Des criminels, répondit-il plus calmement. Une bande de voyous du désert.

— Pourquoi veulent-ils me tuer ?

— Parce que c'est ce qu'ils font, Kathleen : détrousser

et tuer les gens. Et croyez-moi, ils pourraient faire bien pire que simplement vous tuer !

— Est-ce ce que vous faites aussi, Sayeed Ali, tuer les gens ? Les détrousser, les terroriser ?

— Oui.

Elle le dévisagea longuement, durement, ses yeux telles deux flaques aigue-marine, pures et claires, et Sayeed put y lire de l'incrédulité. L'espace d'un fol instant, il lui en fut reconnaissant. Cette femme ne croyait pas que tout était mauvais en lui et, pour quelque raison enfouie, il en avait besoin en ce moment. Et cela l'effraya.

Il lança brusquement son cheval au galop, et elle s'agrippa frénétiquement au pommeau de la selle pour ne pas perdre l'équilibre.

Alors qu'ils approchaient de la falaise ondoyante dans la brume de chaleur, le soleil monta encore plus haut dans le ciel, et frappa plus fort. Kathleen sentit la sueur perler, puis goutter entre ses seins. Elle s'ombragea les yeux d'une main, et scruta l'étrange amas pierreux visible au sommet de la falaise.

— Que sont ces ruines, là-haut ?

— Juste quelques vieilles pierres, éluda Sayeed.

Le plateau qu'ils traversaient se transformait peu à peu en une sorte de canyon, la falaise de calcaire à leur droite et une paroi rocheuse similaire, effritée, à leur gauche. Alors que la vallée s'étrécissait, Kathleen perçut un changement dans la posture de son ravisseur — une tension accrue dans ses cuisses, une raideur dans la manière dont il chevauchait. Le hongre, lui aussi, paraissait nerveux, comme s'il sentait qu'il approchait de l'écurie. Ou d'un danger.

Kathleen étudia les hommes, devant elle. Elle crut sentir un changement dans leur attitude, à eux aussi. Le canyon s'étrécit encore, occultant le soleil par endroits, des saillies rocheuses projetant des ombres sur le sable.

Tordant le cou, elle scruta de nouveau les ruines. La structure paraissait être un restant de forteresse, construite dans de la roche rouge taillée à même la paroi. Une étroite sente en épingle à cheveux menait précairement de la vallée au sommet.

— On dirait les vestiges d'une vieille forteresse, probablement de l'époque de la première croisade.

Il ne répondit rien.

— Vous voyez là ?

Elle pointa l'index.

— On le devine par l'emplacement de ce qui ressemble aux ruines de tourelles.

— Comment savez-vous tout ça ?

— Je…

Kathleen se rappela d'être prudente, et de ne pas paraître trop savante ni de trahir le fait qu'elle parlait plusieurs dialectes arabes, donnait des conférences sur la littérature arabe, et étudiait l'architecture de cette région avec la passion et l'empressement d'une érudite.

— Je suis historienne, et je me suis toujours intéressée à l'histoire de cette partie du monde.

Elle demeura silencieuse un long moment, puis reprit à voix basse :

— Je ne pensais pas que j'y viendrais en personne un jour. Du moins pas dans ces circonstances.

Sayeed éprouva un pincement de remords.

— D'où venez-vous ?

Il le savait déjà, mais poser ce genre de questions renforcerait sa couverture.

— Seattle.

— Au nord-ouest, côté Pacifique. Très pluvieux.

Elle le confirma d'un hochement de tête, puis détourna abruptement le visage, mais il eut le temps d'apercevoir le miroitement des larmes, dans ses yeux. Son cœur se serra, et il éprouva lui aussi les tiraillements de son propre mal du pays. La fraîcheur de la pluie lui manquait. Les jours d'automne piquants de Washington DC, les tempêtes de neige, les lucioles, en été. Il était depuis trop longtemps loin de chez lui, et vivre auprès de son père et de son oncle l'avait rendu haineux. Or cette belle, jeune captive lui ramenait les pieds sur terre et lui rappelait d'être fidèle à ses valeurs.

L'ironie de la situation ne lui échappa pas.

Lesdites valeurs — le fait même qu'il ne pouvait permettre qu'elle devînt un dommage collatéral — risquaient de saborder cette mission du Pentagone et de ses alliés.

Et donc, de laisser se répandre une nouvelle souche génétiquement modifiée de fièvre hémorragique à travers le monde entier.

En sauvant une unique femme, Sayeed pouvait condamner la vie de milliers d'autres.

Au nom du ciel, qu'était-il censé faire d'elle à présent ?

Au sortir d'un virage, les parois de la falaise se resserrèrent encore. Relevant la tête, Sayeed aperçut un éclat métallique tout en haut. Il leva la main en guise de salut alors qu'il passait dessous.

Perchée très haut dans une anfractuosité de rocher, une sentinelle sortit de sa cachette pour lui retourner son salut, sa djellaba et les extrémités de son chèche claquant dans le vent qui s'engouffrait violemment entre les parois. L'homme portait un fusil d'assaut, et à portée de sa main se trouvait un lance-roquettes. Une deuxième sentinelle pareillement armée était positionnée sur la paroi opposée, gardes stratégiques de ce qui constituait le portail géographique d'entrée au camp terroriste berbère.

Il remarqua que Kathleen notait leurs positions. A présent, ils chevauchaient en file indienne dans l'étroit canyon, Qasim en tête.

L'estomac de Kathleen se crispa. Elle regarda de nouveau en direction des sentinelles, et s'avisa que, à condition de longer à la base même cette étroite partie de la falaise, des surplombs rocheux l'abriteraient de la ligne de vision directe des gardes. Déjà, elle prévoyait de s'échapper.

Tout à coup, le canyon s'évasa en une large vallée écrasée de soleil, et émaillée de tentes militaires. Des armes de masse, incluant ce qui avait tout l'air d'être des lance-missiles, étaient bâchées de treillis de camouflage destinés à les rendre invisibles du ciel. Au loin, des hommes s'exerçaient à un parcours d'obstacles sous les ordres impérieux d'un autre.

— Quel est cet endroit ? chuchota-t-elle.

— Taisez-vous, grommela Sayeed entre ses dents.

Et elle sentit en lui une réelle anxiété qui, tout à coup, la terrifia plus que tout : cette anxiété trahissait qu'il n'était pas le chef ici, et que sa vie à elle dépendait du degré d'autorité, quel qu'il soit, dont il disposait dans ce camp.

Les hommes mirent pied à terre, et plusieurs adolescents vêtus de tuniques poussiéreuses accoururent, le visage détourné en signe de soumission. Se saisissant des chevaux, ils les entraînèrent dans un enclos qui, en partie surplombé par un affleurement rocheux, leur offrait un abri contre l'ardeur du soleil. Les cavaliers, toutefois, s'attardèrent, curieux de voir comment Sayeed allait gérer l'arrivée de leur captive au camp. Leurs regards étaient hostiles, certains lascifs. La peur chevillée au ventre, Kathleen détourna elle aussi les yeux et fixa le sol, priant pour qu'ils la relâchent, quand bien même elle avait été témoin de l'assassinat de ses guides.

Soudain, de tranquilles murmures s'élevèrent. Kathleen entendit prononcer le nom de Bakkar, puis les hommes reculèrent. Descendu de cheval, Sayeed s'empara de sa main. Leurs regards entrèrent en collision, et le message, sur ses traits, fut sans appel — *pour l'amour du ciel, n'ouvrez pas la bouche !* Il la tira sans ménagement à terre. Ses pieds entaillés et enflés atterrirent violemment au sol, et elle grimaça de douleur.

Au travers de la foule qui s'écartait avança un homme de haute taille à la peau sombre, vêtu d'une *jalabiya* d'une blancheur immaculée sanglée à la taille par une corde colorée à glands. Une dague et un cimeterre y pendaient. Une cicatrice plissée, irrégulière, zébrait ses traits agressifs du haut de son sourcil gauche jusqu'au côté droit de son menton. Son œil gauche s'affaissait et, bien malgré elle, Kathleen le fixa, se demandant s'il était aveugle de cet œil-là.

L'homme vint s'immobiliser devant elle, mais il ne la regarda pas. Au lieu de quoi, il foudroya Sayeed du regard, et attendit sans un mot.

Kathleen sentit son estomac se liquéfier.

— Cheikh Bakkar Al Barrah, débuta Sayeed en arabe, la tête inclinée avec déférence. J'ai quelque chose pour toi.

Tout en parlant, il poussa Kathleen en avant. Elle trébucha au sein du cercle d'hommes, avant de s'immobiliser à quelques centimètres de Bakkar. Elle jeta à Sayeed, par-dessus son épaule, un regard terrifié.

Le regard noir était sans expression, ses traits implacables.

— Sayeed ? lâcha-t-elle dans un chuchotement de terreur.

— A genoux ! ordonna-t-il en anglais.

— Sayeed, je vous en prie…

— Tout de suite !

S'avançant, il l'agrippa par les épaules et, l'ayant fait pivoter pour qu'elle fasse face à Bakkar, il appuya un genou à l'arrière de ses cuisses, la forçant à tomber sur le sable.

— Baisse les yeux !

Tremblante, les yeux brûlants, lancinants, elle s'exécuta, ses cheveux retombant sur ses joues.

— Voici la femme que tu voulais, Bakkar.

Pointant l'index sur elle, Sayeed retourna au dialecte arabe. Kathleen fut alors certaine qu'ils ignoraient qu'elle comprenait leur échange.

Bakkar s'avança, la main à la poignée de son cimeterre, comme s'il s'apprêtait à tout instant à lui trancher la tête. Il tourna lentement autour d'elle tandis que Kathleen regardait ses bottes. Elle se mit à trembler violemment. La plaie à sa tempe s'était rouverte, et elle se focalisa désespérément sur les taches de sang rouge sombre qui s'étalaient sur le sable.

— Pourquoi, s'enquit-il d'une voix très mesurée, un rien enrouée, est-elle toujours en vie ?

— Nous devons l'interroger.

Bakkar cessa de tourner autour d'elle.

— Je t'ai donné des instructions, Sayeed. Et ces instructions étaient de la tuer sur-le-champ !

La voix de Sayeed demeura égale.

— Elle sait peut-être quelque chose qui pourrait nous être utile. Peut-être relayait-elle sa position à une tierce personne qui pourrait déclencher des recherches, attirer l'attention internationale. Il nous faut savoir exactement à qui elle a dit quoi, et nous préparer. Cette captive doit absolument être interrogée. Faute de quoi cela pourrait nous coûter…

— C'est moi qui prends les décisions, aboya Bakkar, pas toi !

Il pivota sur ses talons pour faire face à la troupe d'hommes, ajoutant :

— Personne d'autre ici que moi !

Un autre homme sortit de l'assemblée, comme pour le défier.

Kathleen inclina légèrement la tête de côté de manière à apercevoir le nouveau venu dans son champ de vision périphérique. Il était grand, semblable en carrure et en stature à Bakkar, et l'autorité émanait également de son maintien et de l'avancée résolue de son menton.

— Ou Marwan, bien sûr, nuança Bakkar à sa vue. En mon absence, la parole de mon frère vaut la mienne.

Marwan marcha à son tour lentement autour de Kathleen. Elle garda le regard à terre, sur les bottes dudit Marwan. En dépit de l'environnement poussiéreux, elles étincelaient comme un sou neuf. Il s'arrêta directement devant elle, puis dit, en arabe :

— Dis-lui de me regarder.

Sayeed demeura silencieux, et Kathleen maintint la tête baissée, priant pour qu'il intervienne.

— Dis-lui de me regarder !

A son ton bas, menaçant, Kathleen sentit un frisson lui parcourir le dos.

— Regarde cet homme, lui enjoignit Sayeed, traduisant calmement ce que Kathleen avait déjà compris.

Elle obtempéra. Lentement.

Ce qu'elle vit lui glaça le sang. Les yeux étaient comme la voix, menaçants. Noirs. De l'effrayante fixité de ceux d'un serpent. Ses traits rappelaient ceux de Bakkar, mais en plus vil, même sans la cicatrice. Son regard était lascif, ses lèvres épaisses et humides, ses cheveux tirés en arrière en une queue-de-cheval formant un V austère à la lisière de son scalp au-dessus d'un front très haut. Et Kathleen vit le mal. Elle vit un cœur cruel. Elle le sentit, de tout son être.

— Peut-être que Sayeed Ali n'a pas tout à fait tort, Bakkar, déclara-t-il sans se hâter. Cette femme pourrait être… utile. Une fois qu'elle aura été interrogée, et avant qu'elle meure, évidemment.

Le silence s'abattit sur la chaleur. Les hommes remuèrent.

Kathleen entendit le cri d'un oiseau de proie, haut dans le ciel, et se sut condamnée. Sa poitrine se souleva. Elle pria alors d'avoir simplement la force, le courage, de supporter ce qui allait s'ensuivre, quoi que ce fût.

— Soit, décréta finalement Bakkar. Sayeed, tu es le seul ici qui parle couramment anglais. Fais-le. Obtiens toutes les réponses dont tu as besoin, par n'importe quel moyen, je m'en fiche. Ensuite, tue-la.

Sur ces derniers mots, Bakkar décocha à son frère un regard appuyé. Marwan le lui rendit, ses lèvres toujours incurvées en un rictus.

Le défi, entre les deux chefs de clan, était évident. Bakkar affirmait sa domination en accordant à Sayeed le contrôle sur leur captive. Et, à en juger par l'expression des traits de Marwan et à la manière dont Qasim fit un pas en avant, elle devina que ça n'allait pas être si simple.

— Je veux l'information avant minuit, lança Bakkar par-dessus son épaule alors qu'il repartait à grands pas vers sa tente.

— Ça pourrait prendre plus longtemps, protesta Sayeed.

Bakkar se figea, puis pivota lentement, le regard acéré, la voix dangereusement basse.

— Tu as jusqu'à minuit, Sayeed. Pas une seconde de plus. Ensuite, tue-la.

Il marqua une pause, puis assena :

— Ou c'est moi qui te tuerai.

4.

La panique prit Kathleen à la gorge. Soit elle mourrait, soit ils mourraient *tous les deux*. Elle jeta un regard terrifié à Sayeed. Le visage de ce dernier était dur, ses yeux tels du silex. Et elle fut tout à coup convaincue que Sayeed Ali — un parfait étranger qui, contre toute attente, s'était déjà mis dans une situation délicate pour elle — ne sacrifierait pas sa vie, tout particulièrement dans la mesure où elle allait perdre la sienne de toute manière. Pourquoi le ferait-il ?

Il lui agrippa un bras, la hissa sur ses pieds, puis la traîna au travers du sable. Quasiment aveuglée de terreur, Kathleen chancela et trébucha derrière lui alors qu'elle luttait en vain pour se stabiliser. Il atteignit une des tentes de style militaire, ouvrit le rabat, la poussa à l'intérieur avec une telle force qu'elle atterrit sur les mains et les genoux. Il l'insulta violemment en arabe, et elle sentit des larmes se déverser sur ses joues.

Sayeed ferma le rabat qui servait de porte… et se tut aussitôt, sans plus faire le moindre geste. La fureur crépitait dans ses yeux, la sueur brillait sur son front. Il se mit à trembler.

Kathleen n'osa plus bouger. Humiliée, meurtrie, elle le fixa, attendit qu'il fasse ou dise quelque chose mais, pendant plusieurs minutes, il parut incapable d'émettre la moindre parole.

— Levez-vous, lui enjoignit-il enfin. Allez vous asseoir sur le lit.

Sans le quitter des yeux, circonspecte, Kathleen se releva péniblement, et marcha à reculons en direction du lit de camp. Elle prit précautionneusement place au bord de la couverture rêche qui le recouvrait, les palpitations de sa poitrine si violentes qu'elle crut qu'elle allait avoir une crise cardiaque.

Il la dévisagea en silence pendant de longues minutes, comme s'il s'efforçait de décider quoi faire d'elle, puis reprit :

— Attendez ici. Je sors chercher ma trousse de premiers secours. Si vous sortez de cette tente seule, ils vous tueront sans hésiter. C'est compris ?

Kathleen déglutit péniblement, puis hocha la tête, les yeux embués d'émotion.

Sayeed quitta la tente, et elle s'efforça d'inspirer, ses deux mains tremblantes pressées contre sa poitrine en un effort pour calmer la folle course de son cœur, tout en étudiant son environnement. Elle devait être dans les quartiers privés de Sayeed, lesquels étaient spartiates. Une petite table pliante surmontée d'une cuvette et d'un broc était disposée près du lit avec, au-dessus, suspendu à la toile, un miroir de rasage rond. A côté, un frêle portant de métal et une tringle où pendaient, sur des cintres de fil de fer, quelques tuniques. A l'opposé, un étroit bureau et une chaise. Un tapis aux couleurs défraîchies recouvrait le sol, et un rideau était attaché près du lit.

Entendant des pas crisser sur le sable à l'extérieur

de la tente, elle sentit son cœur s'affoler de nouveau. Le rabat s'ouvrit, et Sayeed entra, muni d'un bidon d'eau, de désinfectant, de pansements et d'un paquet de linge brun grisâtre.

Déposant le tout sur la chaise, il versa de l'eau dans un gobelet d'étain, puis le lui offrit. Mais ses mains tremblaient tellement que Kathlein ne put porter le gobelet à sa bouche sans en répandre partout. Sayeed s'avança, plaça ses deux mains autour des siennes de manière à raffermir suffisamment sa prise pour qu'elle puisse avaler plusieurs gorgées. De si près, Kathleen put voir une veine pulser à sa tempe. Son cou était tendu à craquer, de même que sa mâchoire. Son odeur était très masculine, enivrante. Et en cet instant précis, il la fit se sentir en sécurité. Même si elle s'avisa aussi que c'était le désespoir qui lui inspirait ce sentiment : il était l'unique rempart qui demeurait entre elle et ces tueurs, là-dehors.

L'espace d'un instant, quelque chose s'adoucit dans le regard noir, liquide, alors qu'il la regardait boire. Mais, aussitôt, il le détourna, puis déposa le gobelet sur la table. Après quoi, un long moment, il resta immobile, le dos tourné.

— Sayeed ?

Il pivota, et Kathleen lut le conflit dans ses yeux.

— Qu'a dit cet homme sur moi ? Est-ce votre chef ?

Il inspira profondément, puis se passa une main dans les cheveux.

— Bakkar. Oui, c'est notre chef. L'autre homme est Marwan, le frère de Bakkar et commandant en second.

— Commandant… comme dans un camp militaire ?

Ignorant la question, il rapprocha la table pliante du

lit. Sur celle-ci, il déposa un flacon de désinfectant, des pansements, du coton et une serviette.

— Vous n'allez pas me dire ce que Bakkar a dit ?

Kathleen avait besoin de l'entendre de sa bouche, et aussi de savoir s'il aurait la franchise de le lui répéter.

— Il ne veut que des informations, Kathleen. Il veut savoir pourquoi vous vous êtes lancée dans le désert toute seule et…

— Je n'étais pas seule. J'avais deux guides. Des hommes bien, que vous avez tués !

— Je ne les ai pas tués.

— Vos hommes l'ont fait.

La colère crispa les traits de Sayeed, mais il ne répondit rien, s'activant à verser de l'eau dans la cuvette. Kathleen se rappela qu'elle marchait sur une corde raide avec cet inconnu — elle ignorait jusqu'où elle pouvait le pousser dans ses retranchements, et sa vie était entre ses mains.

— Qu'est-ce que Bakkar souhaite savoir d'autre de moi ? s'enquit-elle plus calmement.

— Pourquoi vous êtes venue à Adrar à l'origine, et si vous avez dit à quiconque que vous y étiez.

Kathleen ouvrit la bouche pour répondre, mais il secoua la tête.

— Pas maintenant. Laissez-moi d'abord m'occuper de ça.

Kathleen se tut, suspectant qu'il essayait de s'accorder un peu de temps afin de décider que faire d'elle. Elle avait entendu Bakkar déclarer qu'il avait jusqu'à minuit.

Sayeed trempa un coin de serviette dans l'eau, puis entreprit d'essuyer le sang et la poussière de son visage. Ses gestes étaient si étonnamment tendres comparés avec son attitude d'un peu plus tôt, que l'émotion étreignit douloureusement Kathleen. Elle lutta pour la contenir, mais cette douceur soudaine, dans ce contact, était trop, et des larmes s'échappèrent sur ses joues.

La main de Sayeed se figea lorsqu'il vit les larmes de sa captive couler. Il déglutit, en proie au tourment. C'était sa faute. Il n'aurait jamais dû l'amener ici. Il lui avait fait gagner quelques heures de vie de plus, et alors ?

Il savait qu'il était incapable de la tuer.

Et aussi que, s'il ne la tuait pas, il était fichu. Et la mission aussi.

Il *devait* rester en vie pour presser le bouton du dispositif de positionnement par satellite qu'il dissimulait dans l'ourlet d'une de ses tuniques. Activer ce bouton enverrait un signal unilatéral aux troupes des opérations spéciales massées à la frontière, et mobiliserait un raid militaire sur le laboratoire de haute sécurité caché dans les entrailles des ruines de la forteresse, sur la crête. Et le timing était crucial. Il ne pouvait presser le bouton avant que tous les kamikazes n'y soient arrivés, et il lui fallait le faire aussitôt après que le virus leur aurait été injecté. Le bombardement de la forteresse interviendrait exactement soixante minutes après son signal. Le camp, dans la vallée, serait pris d'assaut simultanément, en vue de capturer les terroristes vivants.

D'immenses yeux aigue-marine se relevèrent sur lui. C'en fut trop pour Sayeed. Il réprima l'impulsion d'essuyer les larmes de Kathleen et s'efforça d'en distraire son attention en nettoyant soigneusement l'entaille de sa tempe. Elle allait en garder une cicatrice, songea-t-il, avant de se retenir de justesse d'en rire tout haut — elle ne vivrait pas assez longtemps pour, hélas ! Nom d'un chien, *il devait* trouver un moyen d'aider cette femme ! De la sauver !

Il versa un peu de désinfectant sur un carré de coton, puis appliqua celui-ci sur la plaie. Kathleen inspira brusquement, mais ne protesta pas.

Autant lui rendre cette justice : elle avait beau avoir été naïve, et idiote d'être venue seule dans cette région du Sahara, elle était courageuse. Et de cela, il ne pouvait qu'être admiratif.

Il appliqua de nouvelles bandelettes de suture, s'efforçant de son mieux de rapprocher soigneusement les bords de l'entaille. Ce faisant, incapable de s'en empêcher, il s'autorisa à laisser sa main s'attarder brièvement sur le côté de son visage. Sa peau était si douce !

— Vous vous êtes brûlée, murmura-t-il. Vous n'auriez pas dû vous exposer tant au soleil.

Elle s'écarta vivement, la bouche pincée de colère.

— Et vous, vous n'auriez pas dû attaquer mon campement !

— Ravi de voir que vous allez un peu mieux !, ironisa Sayeed.

— Allez-vous faire voir !

Il hocha la tête avec l'ombre d'un sourire.

— Et comment va cette coupure, sur votre dos ?

— Parfaitement bien, merci !

Ah ça, il n'allait tout de même pas insister pour y jeter un coup d'œil ? Elle était déjà suffisamment sur les nerfs.

— Soit, décréta-t-il froidement, irrité contre lui-même d'avoir trahi qu'il s'en souciait, et d'avoir peut-être même révélé qu'il la trouvait attirante.

Par tous les feux de l'enfer, qu'est-ce qui clochait chez lui ?

Furieux contre la terre entière, il plaqua une pile de vêtements entre les mains de la jeune femme.

— Voici une tunique et un pantalon de coton prêté par un des garçons d'écurie. Ça devrait vous aller. Il reste de l'eau dans la cuvette pour vous rincer les pieds, et voici des chaussures.

Il lui tendit une paire d'espadrilles à semelle de corde.

— Tirez le rideau si vous ne voulez pas que je vous voie vous changer.

Il s'exprimait d'une voix cassante, et il le savait.

Elle le foudroya du regard, puis tira violemment le rideau qui isolait le coin nuit.

Sayeed s'activa à ranger son matériel de premiers secours, anxieux de gagner encore un peu de temps. Ils avaient survécu à la confrontation avec Bakkar, mais tout juste. Et pour l'instant, ils étaient probablement à l'abri de Marwan. Mais les aiguilles tournaient…

Il entendit qu'on tirait de nouveau le rideau, et leva les yeux.

Kathleen avait rassemblé ses épais cheveux roux en une queue-de-cheval qui accentuait la pâleur et la délicatesse de son visage. La tunique et le pantalon lui allaient relativement bien. Les espadrilles avaient l'air un peu grandes, mais c'était toujours mieux que de marcher pieds nus.

Attentif à ne pas lui effleurer les doigts, il lui tendit un bol de dattes agrémentées de quelques noisettes.

— Je vous apporterai davantage à manger plus tard.

Elle prit place sur la chaise, et dévora avidement son offrande. Le soulagement se fraya un chemin en Sayeed lorsqu'il vit un peu de rose affluer à ses joues.

— Donc, débuta-t-elle posément entre deux bouchées. Bakkar souhaite savoir pourquoi je suis venue au Sahara ?

Sayeed hocha la tête.

— Vous pouvez lui répondre que je suis à la recherche de ma sœur, le Dr Jennie Flaherty. C'est une biologiste moléculaire qui a disparu d'une convention médicale qui se tenait au Burkina Faso. Elle y avait été invitée en tant qu'oratrice principale d'une conférence sur les fièvres hémorragiques.

Sayeed le savait, naturellement, de même que Bakkar, mais il n'en laissa rien paraître, attendant qu'elle poursuive, et espérant qu'elle trahirait quelque chose susceptible de l'aider à lui sauver la vie sans condamner la sienne ou, pire, faire capoter toute l'opération.

— Jennie est une spécialiste de renom international de ce type de pathologie. Le virus Ebola est…

La voix de la jeune femme vacilla, et des larmes d'émotion et de désespoir voilèrent ses yeux. Elle s'interrompit, regarda fixement les dattes, dans le bol, tout en luttant pour se ressaisir.

— Le virus Ebola est l'une de ses spécialités avec notamment une souche récemment découverte, l'Ebola Botou. C'est… c'est pourquoi elle a été conviée au Burkina Faso, pour en parler.

Sayeed le savait aussi. C'était la raison pour laquelle les Maures du Maghreb, comme se dénommaient eux-mêmes les hommes de Bakkar en l'honneur de leurs ancêtres, l'avaient spécifiquement ciblée, sous l'ordre direct du mystérieux chef de l'organisation, le grand Maure lui-même. Le Dr Flaherty était l'une des rares personnes au monde potentiellement capable de faire en sorte que l'Ebola Botou se propage par voie aérienne. Et, contrairement aux autres souches Ebola, Botou avait une période d'incubation très précise, quoique encore instable génétiquement. Les personnes infectées devenaient contagieuses sous quatorze heures et, néanmoins, n'en trahissaient aucun signe extérieur avant de succomber soudainement vingt et un jours plus tard. Il était donc idéalement adapté au projet d'attaque biologique-suicide des Maures, surtout si transmissible par l'air.

Le scientifique iranien à l'origine des recherches en vue de la transformation de la souche en virus aérien s'était suicidé alors qu'il touchait au but onze mois plus tôt, ayant apparemment estimé la mort préférable à ce qu'il s'apprêtait à accomplir.

Le plan des Maures avait failli en rester là, ce qui était certainement ce que le biologiste espérait. Jusqu'à ce que le service de renseignements clandestin du Maghreb, qui tenait à l'œil ce genre d'information, apprenne qu'un des plus éminents experts mondiaux sur la question, susceptible d'achever la tâche de l'Iranien, était attendu en Afrique, non loin des limites du Sahara. L'enlèvement de Jennie Flaherty était déjà donc en cours d'élaboration deux bons mois avant qu'elle ne pose le pied sur le sol africain.

— Je crois que Jennie a été kidnappée, dit Kathleen.

— Et pourquoi pensez-vous cela ?

— Quelle autre explication y aurait-il au fait qu'elle

a disparu d'un hôtel où se tenait une conférence internationale sans laisser la moindre trace ?

— C'est l'Afrique. Il s'y passe de drôles de choses.

Elle se pencha en avant, les traits crispés par l'amertume.

— Mais bien sûr ! Tout comme être emmenée de force dans un camp de terroristes berbères !

Sayeed sentit la douloureuse morsure de la frustration. Cette conversation ne menait nulle part !

— Soit. Si vous pensez que votre sœur a été enlevée au Burkina Faso, qu'est-ce qui, bon sang, vous a amenée jusqu'ici, sur le plateau d'Adrar ?

— Une carte postale.

Il arqua un sourcil.

— Votre sœur vous a envoyé une carte postale d'*Adrar* ?

— Non, de Tessalit. Ecrite en gaélique, et m'appelant à l'aide. Je me suis rendue à Tessalit pour y montrer une photo de Jennie, et plusieurs villageois m'ont dit qu'ils l'avaient brièvement aperçue, vêtue de vêtements berbères. Ils pensaient qu'elle voyageait sans doute en direction du nord en compagnie d'une troupe d'hommes. Puis un petit groupe de nomades est arrivé au village en provenance du nord-ouest, et l'un des plus âgés a affirmé qu'il avait vu une femme à la peau claire qui lui ressemblait traverser le plateau d'Adrar avec une caravane d'hommes à dos de chameau.

Bakkar n'apprécierait pas cette information-*là*, songea Sayeed.

Le Dr Flaherty avait tenté de s'échapper à Tessalit. Elle avait réussi à fuir ses ravisseurs, mais avait été recapturée en quelques heures — laps de temps suffisant, manifestement, pour qu'elle griffonne quelques mots sur une carte postale, qu'elle avait ensuite dû confier à un villageois pour qu'il la poste pour elle. Et elle avait été assez maligne pour appeler à l'aide dans une langue que personne ne pouvait lire, en dehors de sa sœur apparemment. Le cachet de la poste ne pouvait qu'indiquer une localisation, point de départ pour des recherches.

— Pourquoi êtes-vous venue seule, Kathleen ?

— Parce que, répondit-elle d'un ton neutre, personne — ni au département d'Etat, ni au FBI, ni à Interpol, ni au gouvernement du Burkina Faso — n'a été en mesure de m'aider à la localiser. Et croyez-moi, je les ai pourtant tous harcelés, pendant neuf longs mois. Au point que j'en suis venue à me convaincre qu'on me cachait quelque chose, et que j'étais délibérément contrée.

Sayeed savait de source sûre que c'était effectivement le cas. Les autorités américaines avaient été informées, par lui-même, que le Dr Flaherty avait été capturée par les Maures du Maghreb et travaillait sous la contrainte dans leur laboratoire secret. Décision avait été prise au plus haut niveau de l'y laisser jusqu'au jour prévu du raid. Toute tentative de l'en extraire plus tôt compromettrait cette très sensible, et conjointe, opération internationale. Malheureusement, sur ordre du Pentagone, de la Maison-Blanche, et de la CIA, la sœur de Kathleen Flaherty était devenue un minuscule pion sur un très vaste et très dangereux échiquier. Il était fort peu probable qu'elle s'en sorte vivante.

— Que pouvais-je faire d'autre que de venir seule ? Je m'étais déjà adressée aux médias, aux lobbys politiques. J'ai même rencontré des activistes, des députés, la hiérarchie de l'université où elle exerçait. J'ai aussi créé un blog en son nom, où lancer un appel à toute information utile. Rien, absolument rien, n'en est ressorti. Comment quelqu'un peut-il tout simplement disparaître, Sayeed ? S'évanouir dans les airs, juste comme ça ? Comment se fait-il que personne ne sache rien, alors qu'on l'a *vue* à Tessalit et sur le plateau d'Adrar ?, s'emporta-t-elle, avant de se taire brusquement, le regard rivé au bol qu'elle tenait sur les genoux, dans un évident effort pour reprendre le contrôle de ses émotions.

Lorsqu'elle releva les yeux, Sayeed sentit son cœur se serrer.

— Il me fallait le faire, reprit-elle calmement. Jennie est… Elle m'a élevée. C'est la personne la plus importante de ma vie.

— Et vos parents ?

Sayeed avait posé la question sans réfléchir, et il s'avisa que quelque chose d'étrange se passait en lui. Il se montrait curieux. Il souhaitait en savoir davantage sur elle, de manière tout à fait personnelle. Et il se haïssait d'éprouver tant d'intérêt.

Sa bouche se pinça, et elle détourna les yeux.

— Kathleen. Je vous en prie, parlez-moi. Tout ce que vous voudrez bien me dire pourrait être susceptible de m'aider.

Le regard de la jeune femme se reporta vivement sur lui.

— *Vous* aider ? releva-t-elle, les traits déformés de dégoût.

— Oui, confirma-t-il sèchement. M'aider à vous sauver la vie !

— Pourquoi diable le voudriez-vous ?

Il la dévisagea un instant, et s'aperçut qu'il n'était même pas certain de la réponse.

— Ecoutez, c'est moi qui pose les questions, ici, éluda-t-il, et si vous ne coopérez pas, vous ne survivrez pas.

Elle bondit sur ses pieds, et le bol chuta bruyamment à terre.

— Je ne comprends même pas ce qu'ils cherchent à obtenir de moi !

— Asseyez-vous et répondez à ces fichues questions !

Elle le foudroya du regard, colère et frustration lui enflammant les pommettes.

— Soit ! A votre aise !

Elle se rassit lentement.

— Mes parents étaient des universitaires, enchaîna-t-elle d'une voix sans timbre. Docteur en philosophie, ma mère était si immergée dans l'analyse de sa vision du monde et ses écrits qu'elle en oubliait complètement qu'elle avait une famille et des enfants. Elle est partie lorsque j'avais cinq ans. Mon père était un professeur de littérature qui estimait nécessaire de ramener chez lui une conquête après l'autre. Quand ce n'était pas le cas, il restait dehors à se soûler plusieurs nuits d'affilée. Jennie est mon aînée de douze ans. C'est elle qui s'occupait de moi, s'assurait que je prenais un bain, que je dînais, que j'écoutais une histoire avant de m'endormir. Jennie…

Sa voix se brisa, et de nouvelles larmes affluèrent.

— Jennie m'a tout appris. Elle est… mon foyer.

Ma vraie famille. Je ne sais pas si quelqu'un comme vous peut le comprendre.

Quelqu'un comme moi.

Sayeed songea à sa propre famille. Aux brutes qu'étaient son père et son oncle. A sa mère terriblement défigurée et pourtant si belle. A sa propre loyauté à l'égard de cette femme à présent décédée qui l'avait élevé, et qui s'était tant sacrifiée pour qu'il ait une vie décente aux Etats-Unis. Elle était la raison pour laquelle il avait rejoint le FBI, pour traquer les méchants comme son père et son oncle. Pour réclamer justice au nom de victimes comme sa mère. C'était la raison pour laquelle il avait accepté cette dangereuse mission.

C'était la raison pour laquelle il observait Kathleen Flaherty en cet instant, et lui posait toutes ces questions.

Et il se souciait d'elle parce que, plus que toute autre chose dans sa vie, il aspirait depuis toujours, lui aussi, à une vie de famille normale, à un véritable foyer.

— Vous avez raison, concéda-t-il froidement. Un homme comme moi n'aura jamais de véritable famille. Comment pouvez-vous être sûre que cette carte était de votre sœur ?

— Je connais son écriture. Et c'est Jennie qui m'a appris le gaélique quand nous étions enfants. Nous l'utilisions comme langage secret. Et sur le recto figurait une oasis. Jennie avait l'habitude de dire que le gaélique était notre oasis au sein d'un foyer à la dérive, une langue que nous étions seules à comprendre.

— Une idée de la raison pour laquelle votre sœur aurait été kidnappée ? s'enquit Sayeed.

Bakkar tiendrait à savoir si Kathleen avait d'éventuelles suspicions, et si elle en avait informé quelqu'un.

— Non. Il n'y a eu aucune demande de rançon ou quoi que ce soit d'autre. Je sais que les étrangers sont kidnappés pour l'argent, dans certains pays d'Afrique. Et que ça arrive souvent dans des endroits comme le Nigeria en protestation contre les intérêts pétroliers occidentaux ou autre. Mais Jennie n'était impliquée dans rien de tout ça. Peut-être s'agit-il de trafic sexuel ou d'une autre sorte de trafic d'êtres humains…

Une fois encore, ses yeux s'embuèrent, et elle ravala une boule d'émotion.

Sayeed la fixa. Cette femme était si loin de ses repères que c'en était invraisemblable !

— Je n'arrive pas à décider si vous êtes incroyablement courageuse ou atrocement stupide d'être venue seule ici, observa-t-il lentement. Le Sahara n'est pas un endroit pour une femme !

— Raison de plus pour se battre pour Jennie. Elle a besoin de moi. Je suis tout ce qui lui reste, maintenant. Elle s'est tant sacrifiée pour moi. C'est mon tour à présent. Et si je ne sors pas de ce fichu camp vivante, je serai au moins morte en essayant de l'aider.

Que le diable l'emporte mais, en cet instant, Sayeed éprouvait une profonde empathie pour cette femme. Il la comprenait, sincèrement. Parce que lui aussi aurait été aux confins de la terre pour quelqu'un qu'il aimait, pour sa famille, pour l'honneur. D'ailleurs, il l'avait fait, c'était même précisément ce pourquoi il était là.

— Quelqu'un, chez vous, sait-il que vous êtes à Adrar ? reprit-il à voix basse.

Elle renifla, se frotta le nez.

— Non. La compagnie aérienne américaine et l'agence de voyages que j'ai utilisées savent seulement que je me suis rendue à Tessalit. J'aurais dû appeler et prévenir quelqu'un que je suivais une piste jusqu'à Adrar, mais j'étais si découragée que les autorités ne m'écoutent pas que j'ai d'abord voulu trouver des preuves concrètes à leur apporter.

Elle marqua une pause, puis conclut :

— Si j'ai fait quoi que ce soit de stupide, Sayeed, ce n'est pas d'être venue seule au Sahara, c'est de ne pas avoir fait en sorte que quelqu'un sache où j'étais à chaque étape, parce que, là, personne ne va même remarquer que j'ai disparu.

— Vous ne l'avez même pas dit à un ami ?

Elle abaissa les yeux.

— Non.

Sayeed se passa les doigts dans les cheveux. Bakkar serait ravi de cette nouvelle. Mais ensuite ? Une fois qu'il le lui aurait dit, Kathleen serait pour ainsi dire morte !

Elle se leva de la chaise, fit un pas dans sa direction. L'espace, dans la tente, parut soudain se rétrécir.

— Mais vous savez quoi ? reprit-elle, amorçant un autre pas vers lui.

Il s'humecta les lèvres, son sang en ébullition, sa tête bourdonnant de tension.

— Quoi ?

— Je ne vous crois pas. Je ne crois à rien de ce que vous avez dit. Ce que je crois, c'est que vous savez quelque chose à propos de ma sœur. Et c'est pourquoi vous avez pris mes photos.

Sayeed ne pouvait plus respirer. Elle était trop près. Il avait besoin de réfléchir. D'air. De la toucher, bon sang !

Il recula hâtivement en direction du rabat avant de céder à la tentation.

— Ne bougez pas d'ici.

L'inquiétude s'inscrivit sur ses traits.

— Pourquoi ? Où allez-vous ?

Sans répondre, Sayeed émergea à l'extérieur. Il laissa retomber le rabat derrière lui, puis expira longuement. Le crépuscule se transformait en nuit, et le feu, au centre du camp, avait été allumé. Rassemblés en tailleur autour des flammes, les hommes se passaient un narguilé cependant que les plus jeunes déposaient plats de nourriture et pots de thé à la menthe sur des nattes sous une tente adjacente, consacrée aux repas.

Sayeed escalada un affleurement rocheux, à quelques pas de là, et s'assit sur la roche tiède.

Une lune dans son troisième quartier s'élevait peu à peu au-dessus des ruines de la forteresse, projetant de fantomatiques dessins en relief sur la crête. Et une brise s'abattait, de l'air nocturne plus frais qui descendait le long de la falaise pour remplacer la chaleur résiduelle échappée de la vallée. Sayeed observa les ombres autour du feu, écouta les rires intermittents. Bakkar et Marwan exigeraient son rapport dans quelques heures à peine.

Il se frictionna le front, torturé par la décision qu'il allait être contraint de prendre.

A l'intérieur de la tente, Kathleen arpentait le tapis. Elle s'immobilisa devant la tringle de métal sur laquelle Sayeed avait suspendu ses vêtements. Il avait posé sa ceinture par-dessus, et son cimeterre était encore dans le fourreau. Une décharge d'adrénaline la traversa. Tendant la main, elle en effleura la poignée. Il devait avoir sa dague avec lui, mais il avait laissé son arme principale ici. Pouvait-elle s'en servir ? Elle grommela entre ses dents, puis éclata d'un rire un peu hystérique. Cette arme, il ne l'avait pas laissée ici par négligence. Sayeed *savait* qu'elle ne lui ferait aucun mal. Sans Sayeed pour la protéger, elle était pour ainsi dire morte. Donc, comment diable sortir de ce bourbier ? Elle pivota, se remit à arpenter le tapis.

Elle devait réfléchir de manière positive, croire qu'elle allait s'en sortir, pour le bien de Jennie. Si elle mourait ici, l'espoir pour sa sœur mourrait, lui aussi.

Sayeed était la clé. Il lui fallait faire tout ce qui était en son pouvoir pour qu'il *veuille* la garder en vie. Et, avant tout, surveiller ses paroles.

Elle entendit un bruit de pas à l'extérieur. Lorsque le rabat s'ouvrit, elle pivota brusquement… et se figea d'horreur.

Ce n'était pas Sayeed, mais l'un des autres hommes.

Il pénétra lentement dans la tente, la dévorant du regard, les traits empreints de concupiscence. Il s'avança vers elle, menaçant.

Kathleen plongea en direction du cimeterre, mais c'était trop tard. L'homme bondit et, du revers de la main, la frappa en plein visage. Une onde de douleur la transperça, et un voile noir de vertige tournoya en spirale dans son esprit. Elle se plia en avant, une main appuyée sur le bureau, s'efforça de rester consciente. Un goût de sang, métallique, lui emplit la bouche. Il se rua sur elle par-derrière, plaqua sa paume contre sa bouche, la forçant à avaler son sang. Elle tenta de le mordre, mais ne le put. Il l'arracha au bureau et, dans sa tentative désespérée de s'y accrocher, elle sentit la paire de petits ciseaux que Sayeed avait utilisée pour découper les pansements. Elle la crispa dans son poing alors que l'homme la traînait hors de la tente, puis à travers la poussière.

Une fois derrière la tente, il l'entraîna entre deux rochers et la poussa à terre. Un bras en travers de son cou, il l'épingla dos au sol, et Kathleen s'efforça désespérément d'inspirer cependant que l'homme lui relevait sa tunique, puis entreprenait d'abaisser son pantalon. Kathleen se contorsionna, tenta de crier, mais en vain. L'étoffe se déchira. Elle s'avisa soudain qu'elle avait toujours les ciseaux en main et, alors que l'homme s'acharnait sur son pantalon, elle le frappa à la tête.

Sous le choc, il se rejeta en arrière.

Kathleen en profita pour hurler, puis se dégager de son poids. Mais, alors qu'elle se relevait pour courir, il plongea en direction de ses jambes, et la replaqua dans la poussière.

5.

Un cri terrifiant déchira la nuit. Sayeed bondit — *Kathleen ! Ils étaient en train de la tuer !* Il dévala les rochers, se rua sur l'entrée de sa tente. Le rabat en était ouvert, mais personne à l'intérieur. Il l'entendit crier de nouveau. Le son provenait de quelque part entre les rochers, derrière la tente. Il s'y précipita.

Là, dans la pénombre, hors de vue des hommes rassemblés près du feu, un proche acolyte de Qasim clouait au sol Kathleen d'un bras sur son cou, et s'agitait sur elle.

La rage explosa dans ses veines. Il sortit son *jambiya.* Comme il allait se jeter sur lui, l'homme lâcha Kathleen et sauta sur ses pieds tel un acrobate, tout en se saisissant de sa propre dague. Il fit face à Sayeed, les pieds écartés, l'arme lancée en rythme d'une main à l'autre, tandis que Kathleen, à l'aide de ses mains et de ses pieds, reculait hâtivement, toujours à demi allongée sur le sable.

Sayeed ne détourna pas une seule seconde son attention de l'assaillant.

— Retournez dans la tente, grommela-t-il à l'attention de Kathleen, cependant que l'homme et lui commençaient à évoluer lentement l'un autour de l'autre, leurs lames étincelant au clair de lune.

L'homme plongea. Sayeed l'évita. Du coin de l'œil, il vit Kathleen ramper à quatre pattes en direction de la tente, sa peau crémeuse transparaissant au travers des déchirures de la tunique. L'adrénaline le rendit violent. Il bondit en avant, sa lame en direction de l'abdomen de son adversaire, mais ce dernier para le coup, le souffle court, les yeux mauvais.

Sayeed attaqua de nouveau. Cette fois, il sentit sa lame entrer en contact avec quelque chose. L'homme jura bruyamment. Avant que Sayeed ait pu la détourner, l'extrémité de la lame courbe de son opposant le heurta à la hanche, l'entaillant d'un brûlant sillon. Le cœur de Sayeed s'emballa. Le sang suinta. Il se remit à tourner autour de l'homme, le corps à demi ramassé, les muscles tendus, sa lame brandie devant lui.

A la périphérie de son esprit, il prit conscience que les bavardages, autour du feu, s'étaient tus. Tous les hommes tendaient l'oreille, mais personne ne paraissait sur le point d'interférer. Leur intention était de laisser Sayeed et son opposant se battre jusqu'à la mort au besoin.

Du coin de l'œil, il vit Kathleen revenir de la tente avec, entre les mains, le cimeterre qu'il avait laissé à l'intérieur. Son assaillant fut momentanément pris de court par sa réapparition, et Sayeed en profita pour réattaquer. L'homme bondit en arrière, et un de ses talons heurta un rocher. Il trébucha, tomba lourdement sur le dos, et l'air s'échappa bruyamment de ses poumons. L'espace d'une fraction de seconde, il parut sonné. Kathleen se rua sur lui, agrippant le cimeterre des deux mains pour le brandir au-dessus de sa tête.

— Non ! hurla Sayeed. Ne faites pas ça, Kathleen !

Elle hésita, lui coula un regard.

— Ils vous tueront. Et il n'y aura rien que je pourrai faire pour les arrêter.

Elle parut se débattre un instant dans l'incertitude.

— Posez ça à terre, Kathleen, et faites-le glisser vers moi. Je vous en prie.

Elle recula lentement, puis plaça l'arme sur le sable et, d'un coup de pied, la projeta dans sa direction. Mais, alors que Sayeed se baissait pour la récupérer, l'homme roula de côté et se saisit de son propre sabre, qu'il avait laissé au pied d'un rocher pendant qu'il attaquait Kathleen. Cimeterre en main, il pivota, sauta sur ses pieds puis, avec un hurlement, se rua sur Sayeed. Au moment où la lame s'abattait sur lui, Sayeed la bloqua de la sienne. Le métal heurta le métal, le son ricochant sur les parois du canyon, puis se répercutant au travers des ruines de la forteresse, au-dessus.

Alors que Sayeed prenait un nouveau coup sur la hanche, Kathleen hurla, puis se mit à lancer des pierres. L'une d'elles heurta violemment le front de son agresseur, l'étourdissant brièvement. Sayeed saisit l'occasion. D'un coup de cimeterre, il fouetta son poignet en vue de lui faire lâcher son arme. Le sang gicla. Sous le choc, les yeux de l'homme s'écarquillèrent, et il fixa avec horreur sa main sanguinolente, son cimeterre chutant à terre avec un bruit sourd.

Sayeed se jeta sur lui et, de tout le poids de son corps, le fit tomber de tout son long. Tout ce qu'il avait à faire, c'était de l'achever. La sueur coulait dans ses yeux, les brûlait. Le souffle court, il saignait, lui aussi.

Mais il sentit Kathleen le regarder, et il ne put le faire. Il ne put se résoudre à la soumettre à davantage d'horreur. Il ôta sa lame, se redressa, puis décocha un coup de pied dans le flanc de l'homme.

— Hors de ma vue, tas d'excréments ! Remets un pied près de mes quartiers ou de ma prisonnière, et je te pendrai moi-même haut et court avant de te laisser en pâture aux vautours. C'est compris ?

Se relevant tant bien que mal, sa main valide autour de son poignet ensanglanté, l'homme s'enfonça en trébuchant dans l'obscurité.

Sayeed reporta son attention sur Kathleen. Au clair de la lune, elle était blanche comme un linge, ses yeux assombris par le choc. Son visage était couvert de poussière, sa tunique déchirée au niveau de la poitrine, le galbe de ses seins visible en dessous.

— Vous… vous a-t-il…

C'est à peine s'il put parler, le souvenir de Marwan frappant et violant sa mère affluant, vivace, rouge et violent à sa mémoire, suivi de celui de Bakkar projetant de l'huile bouillante sur le beau visage de celle-ci, la blâmant elle plutôt que son frère, et la défigurant afin que plus aucun homme ne la regarde. Après quoi, il l'avait bannie du campement, l'abandonnant seule et démunie dans les vastes étendues du Sahara avec ses plaies à vif. Il se mit à trembler.

— Non, lâcha-t-elle dans un souffle. Vous êtes arrivé avant qu'il ait pu faire quoi que ce soit. Merci, Sayeed.

L'émotion l'envahit, et elle se mit à hoqueter violemment.

Je ne suis pas Sayeed ! voulut-il crier. *Je suis Rashid Al Barrah, et j'étriperai ces hommes de mes mains nues plutôt que de les laisser vous toucher !*

La rage, aussi brute que de la lave volcanique, bouillonnait dans ses veines, et menaçait de faire se craqueler son identité d'infiltration. Il agrippa le bras de Kathleen et, au lieu de la réconforter, l'entraîna de force jusqu'au-devant de la tente, après quoi il marcha à pas martiaux en direction des hommes silencieux rassemblés autour du feu de camp.

Comme il traînait Kathleen devant eux, tous relevèrent les yeux, stupéfaits. Elle demeura là, tremblante, en pleine confusion, sa peau exposée d'une blancheur d'albâtre sous le clair de lune.

Plusieurs hommes se penchèrent en avant. D'autres se levèrent, la main à la poignée de leur cimeterre ou de leur dague. D'autres, encore, émergèrent de leurs tentes.

Sayeed vit Bakkar repousser le rabat d'ouverture de ses quartiers privés et en sortir. Les ombres projetées par les flammes jouèrent sur sa vilaine cicatrice, celle infligée par son fils de onze ans. Ce garçon était désormais un homme, et Bakkar ignorait qu'il s'agissait précisément de celui qui réclamait l'attention de tous en cet instant, devant le feu.

Marwan, lui aussi, sortit de sa tente, et l'adrénaline se mit à déferler violemment dans la poitrine de Sayeed.

— Et maintenant, écoutez-moi tous !

Il poussa Kathleen en avant, puis la désigna de la pointe de son cimeterre.

— Cette prisonnière est à moi !

Il dévisagea l'un après l'autre chacun des hommes

rassemblés autour du feu, puis enchaîna, pointant la pointe de son cimeterre sur plusieurs d'entre eux :

— Et comprenez bien ça : si toi, ou toi, ou n'importe lequel d'entre vous s'approche d'elle, il mourra. Je l'ai interrogée. Elle ne sait rien. Kathleen Flaherty n'est qu'une stupide Américaine venue dans le désert en quête de sa sœur parce que aucune autorité n'a voulu l'aider. Elle est la risée de tous dans son pays, et elle n'a dit à personne qu'elle venait à Adrar.

Il scruta les regards des hommes, le sien s'attardant en un grand mouvement panoramique sur chacun d'entre eux.

— Elle est stupide, mais pas inutile.

Un des hommes sourit, ses dents étincelantes dans la clarté des flammes, et Sayeed pointa sa lame sur lui.

— Oui, reprit-il d'un ton menaçant, vous savez tous ce que ça veut dire. Je revendique publiquement cette prisonnière. Je vais la prendre pour femme, et le clan doit l'accepter selon les anciens rites, ceux qui autrefois nous rendaient forts. Ceux que certains d'entre vous…

Il dévia la pointe sur l'un des sbires de Qasim.

— … ont oubliés. Il nous faut nous souvenir de là d'où nous venons, adhérer à nos anciens codes de justice et d'honneur.

Cette fois, il regarda directement Bakkar.

— C'est pour ça que nous nous battons. Notre passé, notre honneur. Et c'est pourquoi nous deviendrons une force incontournable lorsque le monde entier apprendra ce que nous avons fait. Et ça veut aussi dire que vous resterez loin de ma femme, sans quoi vous me forcerez à invoquer le code de la justice et à réclamer votre vie, ou à mourir ce faisant.

Un silence de mort plana sur le camp, uniquement interrompu par les crépitements du feu et le sifflement d'une bouilloire.

Plusieurs hommes, dont Qasim, regardèrent en direction de la tente de Bakkar. Son silence fut pris comme un aval tacite. Marwan, toutefois, s'avança d'un pas, l'esquisse d'un sourire narquois sur le visage.

— Tu me surprends, Sayeed Ali, déclara-t-il posément. Peut-être même m'impressionnes-tu un peu. Prends cette femme, puisque c'est ton bon plaisir. Et que les anciens rites tiennent lieu de loi.

Il marqua une pause, le temps d'effacer son sourire, puis nuança :

— Pour l'instant.

Sayeed reprit Kathleen par le bras. L'attirant brusquement à lui, il pressa sa bouche sur la sienne, l'embrassant de force à la vue de tous, tout en la faisant reculer avec rudesse jusqu'à l'entrée de sa tente.

Une fois à l'intérieur, il la relâcha aussitôt, la respiration saccadée.

Kathleen trébucha, et se rattrapa à la table pour ne pas perdre l'équilibre, le cœur cognant sourdement dans sa poitrine. Elle regarda Sayeed, choquée. Ses lèvres brûlaient encore de son baiser, du goût viril de sa langue dans sa bouche, et ses jambes tremblaient de terreur.

Elle avait parfaitement compris ce qu'il avait dit à ces hommes. Elle avait, aussi, perçu le désir primitif dans son baiser, ainsi que la dure pression de son érection contre son bassin. Sayeed la désirait. Et il avait le pouvoir de la prendre maintenant, de faire ce qu'il souhaitait d'elle, pour son propre compte. Ce qu'il ne faisait pas.

Il l'avait fait pour elle. Une fois encore, il avait mis sa propre vie en jeu pour sauver la sienne.

Ils s'entre-regardèrent, l'étrange, terrifiante puissance de leur baiser encore entre eux, entremêlée à l'adrénaline, à la peur, au danger.

— Couvrez-vous !, dit-il abruptement.

Sayeed se mit à arpenter la pièce d'un pas furieux, comme s'il s'efforçait de s'éloigner d'elle, d'échapper à son propre désir. Impossible, parce qu'il était coincé sous cette tente avec elle, et que des bêtes sauvages rôdaient dehors. Il pivota brusquement pour lui faire face. Et Kathleen vit que son corps tout entier tremblait, et que son regard s'embuait d'émotion.

— Seigneur, je regrette tellement, murmura-t-il.

Kathleen déglutit, incertaine de ce qu'elle devait répondre à cet aveu.

Sayeed s'approcha d'elle, et lui prit le visage entre ses mains, ses grands yeux noirs liquides, doux.

— C'était le seul moyen. Je… je leur ai dit que je vous réclamais pour moi, Kathleen, comme compagne, et que si quiconque se risquait à vous toucher, j'aurais l'obligation selon l'ancien code de justice de notre clan de le tuer. Quant au baiser… il fallait que ça ait l'air vrai !

Ça, pour avoir l'air vrai…, songea-t-elle confusément, avant de murmurer :

— Et Bakkar ?

— Je lui ai dit que vous ne saviez rien. Je…

Sayeed jura en arabe.

— … je crois qu'il nous laissera tranquille quelque temps. Je vais vous trouver d'autres vêtements, enchaîna-t-il à la vue de sa tunique déchirée, mais pas tout de suite. Il est préférable de laisser les choses retomber un peu. Il faut qu'ils croient que…

— Que nous sommes en train de faire l'amour, acheva tranquillement Kathleen.

Le regard de Sayeed s'obscurcit, avide, tout à coup. Kathleen sentit ses pommettes s'enflammer. Il détourna les yeux, se saisit, sur le lit, d'un drap de coton, qu'il lui tendit.

— Pouvez-vous utiliser ça en attendant ?

Elle hocha la tête, et s'en drapa, tremblant toujours de tous ses membres.

— Etes-vous sûre que cet homme ne vous a fait aucun mal ? insista-t-il d'une voix de nouveau rauque et très basse.

— Sûre et certaine.

Il la foudroya du regard, l'air d'être prêt à argumenter. Au lieu de quoi, il se détourna, puis se remit à arpenter la pièce comme un lion en cage.

Tout à coup, il se laissa choir sur un tabouret, puis enfouit son visage entre ses mains. Il resta assis ainsi un long moment, le visage caché dans ses paumes.

Kathleen resserra les pans du drap autour d'elle, mal à l'aise. Elle amorça un pas vers lui et, sans réfléchir, plaça une main sur la puissante épaule.

— Ça va aller, Sayeed.

L'émotion eut raison de Sayeed. Il n'osa pas relever les yeux, ni même articuler un mot. Cette femme vivait un véritable enfer, et il en était responsable. Il ne méritait pas sa compassion, et néanmoins elle la lui offrait. Cette femme si belle, si douce, était trop pure pour lui.

Trop pure pour se trouver dans ce désert maudit, aux mains de scélérats fanatiques. Bien trop pure pour être projetée au milieu de ce cauchemar.

— Sayeed ?

Il releva lentement la tête. Elle s'agenouilla devant lui, le drap fermement entortillé autour d'elle. Son beau visage était éraflé, sale, son menton bleui.

— Pourquoi ? s'enquit-elle posément. Pourquoi avez-vous fait ça ? Pourquoi risquez-vous votre vie pour sauver la mienne ?

Il la dévisagea, puis répondit :

— Pourquoi avez-vous risqué la vôtre, Kathleen, pour tenter de trouver votre sœur ?

— Je vous l'ai dit, murmura-t-elle. Jennie est tout pour moi. Je l'aime. Elle m'a élevée, et je lui dois tout ce que j'ai de bien dans ma vie.

Elle marqua une pause, puis conclut :

— Je l'ai fait parce que c'était la chose à faire, Sayeed. Je ne pouvais pas ne pas le faire.

— Pareil pour moi, enchérit alors Sayeed. Je vous aide parce que c'est la chose à faire. Parce que je ne peux pas ne pas le faire.

Répète-le donc au Pentagone quand cette mission tournera au drame, et que des milliers de gens commenceront à mourir. Tout ça parce que tu ne peux pas te résoudre à l'idée qu'une parfaite inconnue devienne un dommage collatéral !

Il jura sans bruit entre ses dents, pris d'une soudaine nausée.

— Je ne comprends pas pourquoi vous êtes avec ces hommes, Sayeed… vous êtes si différent d'eux.

— Ce ne sont pas vos affaires.

— Au contraire. Vous m'avez enlevée et amenée ici. C'est vous qui m'avez mise au milieu de tout ça. Je crois donc que ça me donne le droit de savoir.

Elle avait raison. Il lui devait une explication, qu'il n'était malheureusement pas libre de lui donner.

Il se leva, piégé, furieux.

— Sayeed ? Regardez-moi, exigea-t-elle d'une voix rendue plus aiguë par la frustration. Je ne suis pas idiote. Je vois bien qu'il s'agit d'une sorte de camp militaire. Vous avez de l'armement lourd ici, des lance-missiles et autres, dissimulés sous des treillis de camouflage. J'ai vu des hommes s'entraîner, et…

— C'est ce que font les renégats du désert, Kathleen, coupa-t-il sèchement. Ils trempent dans la contrebande d'armes, l'attaque de touristes…

— Et les enlèvements contre rançon ?

Elle le regarda droit dans les yeux, si directement qu'il redouta de ne plus pouvoir lui mentir.

— Vos hommes ont-ils kidnappé Jennie ? Quelque chose a-t-il mal tourné ? Est-ce pourquoi il n'y a eu aucune demande de rançon — parce qu'elle est morte ?

La bouche de Sayeed s'assécha.

— Je vous l'ai dit, répondit-il froidement. Je ne sais rien à propos de votre sœur.

— Je n'en crois rien ! rétorqua-t-elle. Je ne crois pas que vous soyez venus à mon campement par accident. Vos hommes ont des yeux dans ce désert, un réseau d'information. C'est forcé, parce qu'il est clair que vous menez quelque chose d'important ici, que vous tenez à cacher. Et vous avez pris mes photos, mon journal, mais pas mon argent. Pourquoi ?

— Nous avons pris votre argent, la contredit-il, et tout ce qui avait de la valeur.

— Je ne vous crois pas.

— Ecoutez, Kathleen. Votre sœur a disparu au Burkina Faso. C'est un tout autre pays. Ça n'a absolument rien à voir avec les hommes de ce camp !

— Alors pourquoi êtes-vous venus saccager le mien ?

— Pour vous détrousser. Nous avons entendu dire qu'une Américaine montrait partout des photos et voyageait vers le nord. Alors nous vous avons prise pour cible, histoire de voir si vous aviez des objets de valeur.

La bouche de la jeune femme se pinça, ses yeux s'étrécirent.

— Vous mentez. Vous aviez pour ordre de me tuer.

Une circonspection soudaine fit hésiter Sayeed.

— Qu'est-ce qui vous fait dire ça ?

Elle déroba son regard.

— C'est… c'est évident, vous ne croyez pas ?

Un léger frisson parcourut Sayeed. Avait-il sous-estimé cette femme ? Comprenait-elle l'arabe ? Se jouait-elle de lui ?

— Kathleen, reprit-il très lentement, très calmement. Je sais que vous avez traversé beaucoup d'épreuves aujourd'hui, et que vous êtes à cran, mais aussi désespérément le souhaitez-vous, tout ça n'a rien à voir avec votre sœur.

Les épaules de la jeune femme s'affaissèrent de découragement. Elle renifla.

— Vous ne savez donc vraiment rien à propos de Jennie ? Absolument rien qui puisse m'aider ?

— Je regrette.

Une unique larme creusa un sillon dans la poussière, sur sa joue.

— Pouvez-vous me promettre que c'est la vérité ?

Il faillit en rire.

— Une promesse ? De *moi* ? Le scélérat qui vous a kidnappée ? Quelle valeur cela pourrait-il avoir à vos yeux ?

— Vous m'avez sauvé la vie plusieurs fois, et j'ai comme l'impression que vous l'avez fait au risque de vous mettre vous-même en difficulté. Je vous fais confiance, Sayeed. Je le dois.

Confiance.

Sayeed sentit sa poitrine se serrer. Il lutta contre l'envie de la réconforter, de lui dire ce qu'il savait.

Elle s'approcha, sa voix se fit plus douce, plus suave.

— Quelque chose me dit que, au fond, vous êtes un homme bien, Sayeed, et que vous n'avez vraiment pas votre place parmi ces hommes.

Ses yeux le picotèrent. Il brûla d'un besoin insondable. Le besoin d'être caressé, aimé. D'aimer en retour. Il brûla d'avoir un foyer. Il désirait cette femme. Et, tout à coup, il aspira à toutes les choses qu'il avait sacrifiées, celles qu'il ne pouvait avoir, et il sut que s'il ne s'écartait pas d'elle immédiatement, il allait commettre une regrettable erreur.

— Il reste un peu d'eau dans le broc, là, reprit-il sèchement. Rafraîchissez-vous. Prenez le lit, et tirez le rideau. Vous avez besoin de dormir. J'attendrai à l'extérieur jusqu'à ce que vous soyez installée.

Une lueur de souffrance traversa les yeux de Kathleen qui, tout à coup, parut abandonnée, découragée, minuscule. Vulnérable. Esseulée. Il ne pouvait qu'imaginer ce qu'elle éprouvait en cet instant.

Bon sang, si ça pouvait l'apaiser, ne serait-ce que cette nuit. La tranquilliser, et lui permettre de trouver le sommeil.

— Je vous le promets, dit-il. Je ne sais rien à propos de votre sœur.

Après quoi, il sortit de la tente avec l'impression qu'il venait de descendre d'un cran de plus dans la bassesse, pour peu que ce fût possible.

6.

Kathleen feignait de dormir mais, au travers d'une déchirure dans le rideau, elle regardait Sayeed nettoyer la blessure de sa hanche à la clarté d'une petite lampe à kérosène.

Il était nu, en partie caché par la table sur laquelle il avait placé la cuvette d'eau, et il s'efforçait d'examiner la plaie à l'aide du miroir de rasage. A la vive clarté de la flamme, sa peau était d'or sombre.

Trempant un carré de tissu dans l'eau, il essuya le sang. De là où elle se trouvait, l'entaille ne parut pas très profonde à Kathleen, mais le pantalon de coton qu'il avait plié sur la chaise était recouvert de sang.

Il ouvrit le flacon de désinfectant, puis grimaça alors qu'il en appliquait. Kathleen éprouva pour lui un curieux élan de compassion. La plaie n'était pas très bien placée, et elle aurait voulu l'aider, mais elle était bien trop embarrassée par la manière dont sa nudité lui enflammait les sens !

Il était superbe, autant le reconnaître. Puissant, sensuel, sombre, dangereux, tout comme chacun des guerriers du désert et des cheikhs qui peuplaient depuis toujours ses fantasmes. Mais c'était tout ce que c'était, des fantasmes car, bien qu'elle aimât rêver de princes basanés sur d'étincelants étalons, d'hommes qui la feraient se sentir vraiment femme, elle était loin d'être naïve au point de les imaginer réels. Pas plus qu'elle n'entretenait d'illusions sur le mariage et les lendemains heureux. Elle en avait trop vu se briser. Celui de ses propres parents avait été un véritable fiasco, et son enfance en avait pâti. La vie, elle le savait, n'était pas si simple.

Et elle avait beau avoir rêvé d'être enlevée de force et entraînée dans un pays lointain et exotique, la réalité de la chose était tout autre. Cet homme nu, ce camp, cette bande de voleurs n'avaient rien d'un conte des *Mille et Une Nuits*. Ils étaient carrément terrifiants, et elle commençait même à douter de s'en sortir en vie.

Sayeed repositionna le miroir, puis contourna le coin de la table afin d'avoir un meilleur angle de vision de sa blessure. Kathleen retint son souffle alors qu'il lui apparaissait de front.

Classiques du genre, ses abdominaux étaient parfaitement ciselés et plats, et dessous s'évasait une toison noire, entre deux cuisses puissantes, musclées. Et son sexe était… impressionnant. Kathleen sentit la pointe de ses seins la picoter, sa gorge s'assécher.

Elle voulut se détourner, s'arracher à la contemplation de ce corps masculin, au lieu de quoi… au lieu de quoi elle s'oublia complètement et, sans plus feindre de dormir, se mit à l'observer avec une fascination éhontée.

Et, alors qu'elle détaillait son physique puissant, sa peau lisse et sombre, la manière dont ses touffes de poils noirs étincelaient sur son torse à la clarté de la lampe, celle dont ses muscles roulaient sous sa peau comme il s'activait, son propre corps s'échauffa, et le souvenir de son farouche baiser lui revint. Une onde de chaleur se répandit dans son abdomen, et un ardent désir palpita en elle, un éveil qui lui était inconnu, et qu'elle sentait naître confusément en elle depuis que, arrivée en Afrique, elle s'était aventurée dans le désert.

Puis, comme Sayeed se contorsionnait pour fixer une suture adhésive sur la plaie, il lui tourna complètement le dos, et elle avisa un tatouage à la base de sa colonne vertébrale. Une onde de choc la traversa lorsqu'elle reconnut l'emblème d'un clan ancien, le Clan du Soleil, une farouche tribu de Maures qui, autrefois, régnait sur une grande partie des montagnes de l'Atlas.

Son pouls s'affola. Seuls les cheikhs — ou les princes — de la plus pure lignée étaient autorisés à porter cette marque. Elle se demanda si Sayeed l'avait usurpée, ou s'il était possible qu'il fût réellement un des descendants de l'ancien Clan du Soleil.

Notion qu'elle rejeta aussitôt. Que ferait un prince du Clan du Soleil parmi une bande de scélérats ?

Sayeed dut sentir l'intensité de son regard car, tout à coup, il se tourna et jeta un coup d'œil au rideau. Kathleen ferma aussitôt les yeux, l'air de dormir profondément, les joues enflammées d'embarras.

Sayeed retourna à sa tâche, utilisant la toute dernière suture pour refermer sa plaie. Après quoi, il la recouvrit d'un pansement stérile, puis se noua une serviette autour de la taille et s'installa, torse nu, au bureau, où il entreprit de feuilleter une pile de papiers. Dehors, le silence reprenait peu à peu ses droits, les bavardages, autour du feu, s'estompaient, de même que les bruits de casseroles qu'on nettoie. Le désert entamait une autre partie de son cycle, celle où les créatures de la nuit bruissent et sortent chasser. Kathleen entendit un jappement lointain, probablement des chacals en quête de proies, très haut sur la falaise. Elle enroula davantage le drap autour d'elle, regrettant de ne pas disposer d'un pyjama. Bientôt, l'épuisement eut raison d'elle, et elle sombra dans un sommeil agité.

Sayeed ouvrit sans bruit le rideau afin de s'assurer que sa captive dormait toujours. Sa poitrine se serra alors qu'il la contemplait : elle était encore plus belle au repos, si c'était possible. Etalés sur l'oreiller, ses cheveux étaient semblables à des flammes. Ses lèvres, pleines, s'entrouvraient légèrement sous l'effet de sa respiration profonde, au rythme du soulèvement de sa poitrine. De nouveau, il se remémora le galbe de son sein, sa peau d'albâtre, soyeuse et lisse. Il se sentit durcir et, cette fois, s'autorisa à savourer cet état, et à observer Kathleen quelques secondes de plus, à imaginer, juste imaginer, ce que ce serait de l'avoir sous lui. Elle murmura, se tourna de côté.

Il sentit son pouls s'accélérer. Refermant promptement le rideau, il retourna à son bureau, reprit place sur la chaise, puis se saisit du tas de photographies que ses hommes avaient pris dans la tente de la jeune femme.

Il s'agissait principalement de clichés de Jennie Flaherty, ceux-là mêmes que Kathleen avait montrés aux villageois. Et les réactions à ces clichés l'avaient conduite au nord, dans le Sahara, en direction de leur camp. Ce qui l'avait portée à l'attention de Bakkar.

A partir de ce moment-là, son sort avait été scellé.

Feuilletant la pile, il tomba sur une vue de Jennie et Kathleen ensemble, dans une sorte de chalet. Ce devait être à l'époque de Noël, à en juger par la couronne de gui, sur la porte, et la neige amoncelée contre les vitres glacées de givre. Souriantes, les joues toutes roses, les sœurs tenaient entre leurs mains de grandes chopes rouges de chocolat fumant, à la surface desquelles flottaient des miettes de marshmallows. Sayeed étudia Kathleen, songeant qu'elle était l'incarnation même de ses rêves. Emanait d'elle une aura de santé, de joie de vivre. Ses courbes étaient incontestablement féminines, et elle irradiait de sensualité. Il raffolait de son teint crémeux, de ses épais cheveux roux, et de ses clairs yeux aigue-marine, des yeux dans lesquels un homme eût pu se noyer.

Ils paraissaient étinceler d'un mystérieux secret alors qu'elle fixait l'objectif, et Sayeed se surprit à se demander qui avait pris le cliché — un petit ami, peut-être ?

Avait-elle un homme dans sa vie ? Il songea que non : Kathleen lui avait dit que Jennie était la personne la plus importante à ses yeux. Une moitié digne de ce nom serait là, dans le désert, à veiller sur elle, et il n'avait vu aucune bague à son doigt. Il en déduisit qu'elle était sans attache aucune, et une onde d'exaltation, l'idée d'un possible, atteignit sa conscience avant qu'il ait pu l'occulter. Quelle ridicule pensée ! D'où diable lui était-elle venue ?

Même s'ils sortaient tous deux vivants du Sahara, même s'il se mettait à sa recherche aux Etats-Unis lorsque tout serait fini, il n'avait pas la moindre chance. Non seulement il l'avait brutalement kidnappée et molestée, mais il lui avait menti à propos de sa sœur, la personne la plus importante de sa vie. Et cela, il avait comme le pressentiment qu'elle ne le lui pardonnerait pas facilement.

Kathleen Flaherty était le genre de femme à faire grand cas d'une promesse donnée.

Il reporta son attention sur le cliché de Noël, notant de nouveau les similarités génétiques, et les dissemblances, entre les deux sœurs : Jennie, la plus grande, plus anguleuse et bien plus âgée ; et sa ravissante petite sœur, de douze ans sa cadette. Il en éprouva un respect neuf, profond, pour le Dr Flaherty. Ce ne devait pas être facile de sacrifier sa propre jeunesse pour élever une petite sœur. Bon sang, il les aimait bien, ces deux-là !

Il songea à Jennie, enfermée dans le laboratoire top secret, forcée contre sa volonté à transformer l'Ebola Botou en virus transmissible par voie aérienne, et à travailler quasiment vingt-quatre heures sur vingt-quatre et sept jours sur sept de manière à tenir l'échéance fixée par le Maure, le mystérieux leader de la faction terroriste simplement connue sous l'appellation de « Maures du Maghreb ». Jennie Flaherty devait mourir à petit feu à la pensée de ce qu'ils prévoyaient de faire de son travail, et de savoir que sa sœur s'inquiétait affreusement pour elle.

Il arriva au dernier cliché. Celui-là était plus ancien, Kathleen ne devait y avoir que six ans environ. Ce qui en donnait approximativement dix-huit à Jennie. Kathleen avait mentionné que sa mère les avait abandonnées lorsqu'elle avait cinq ans, donc ce cliché devait avoir été pris environ un an après son départ. Le bras de Jennie enveloppait fermement les frêles épaules de la fillette, et toutes deux avaient l'air triste.

Inhalant profondément, Sayeed porta son attention sur le journal intime. Le vieux cuir et les épaisses pages lui donnaient un certain poids, mais ce n'était pas l'article le plus idéal pour un voyage, surtout à l'ère digitale. Il songea à son stylo plume, à sa chemise de nuit d'un autre temps, et à ses connaissances sur l'époque des croisades. Kathleen avait un profond respect du passé, des choses qui nécessitaient du temps et de la belle ouvrage. C'étaient là les choses qu'elle espérait préserver.

La jeune femme se tourna dans son sommeil, murmura. Sayeed se raidit, s'attendant qu'elle s'éveille d'un moment à l'autre. Il se demanda si elle rêvait ou, plutôt, cauchemardait. Elle avait vu ses guides se faire tuer. Elle avait été kidnappée, agressée. Sa tête devait être saturée d'horribles visions. Il en éprouva un vif pincement de culpabilité.

Il ouvrit le journal, en tourna quelques pages, puis se mit à lire.

Peu à peu, il se sentit emporté par sa prose élégante, lyrique, ses descriptions de ce désert où il était né, ct dont il avait été banni par son propre père.

Mais, alors qu'il était revenu au Sahara avec la vengeance au cœur et une mission de mort à l'esprit, Kathleen y était arrivée avec émerveillement et compassion. Et elle peignait avec ses mots des images qu'il avait oubliées au fil des ans, et auxquelles il était resté aveugle à son retour.

A travers ses yeux, il revoyait tout d'un œil neuf — les couleurs et les odeurs du désert, les sons de son peuple —, et il sentit que son affinité avec Kathleen s'enracinait plus encore en lui.

Elle lui remémorait ce qui était vrai, ce qui valait la peine.

Alors qu'elle dormait, il lut tard dans la nuit.

Le journal de Kathleen Flaherty dénotait qu'elle était une farouche défenseuse de ceux qu'elle aimait. Loyale, elle était avant tout une solitaire, une incorrigible romantique aspirant profondément à la véritable famille qu'elle désespérait d'avoir un jour. Même dans son innocence, une partie d'elle-même était blasée, devina Sayeed et, tout à coup, il eut envie de lui prouver — et de se prouver à lui-même — que *c'était* possible. Et cela l'ébranla.

Il s'ébroua. Il était exténué. Ses muscles le brûlaient, sa plaie l'élançait. Il lui fallait prendre lui aussi quelques heures de repos.

Ses quartiers étaient exigus. Il pouvait s'étendre sur le tapis, sur le sable compacté, mais quel inconfort ! Ou tout au bord du lit de camp, auprès de Kathleen.

Nul besoin d'argumenter longtemps pour en venir à la conclusion que le sol était l'option la plus sage.

Mais une partie secrète de lui-même — celle qui était encore Rashid, celle que Kathleen éveillait de nouveau à la vie — souhaitait, aspirait à être proche d'elle, à sentir ses cheveux, sa peau, sa douce chaleur. C'était le besoin profondément humain d'approcher la personne qu'il apprenait à connaître au travers des pages d'un journal intime et de leur proximité forcée. Et il se persuada que, en dormant près d'elle, il aurait de meilleures chances, au cours de la nuit, de la protéger des barbares à l'affût à l'extérieur.

Il enfila un léger pantalon de coton blanc, réduisit la flamme de manière que subsiste un minimum de clarté si elle s'éveillait, effrayée, dans la nuit. Puis, avec circonspection, il s'installa sur le lit de camp. Celui-ci craqua sous son poids, et il se figea. Couchée en chien de fusil à l'autre extrémité, tout contre la paroi de toile, Kathleen ne réagit pas. Alors, il s'allongea précautionneusement sur le dos, tout au bord, et écouta sa respiration, songeant qu'il y avait très, très longtemps, qu'il n'avait plus passé une nuit entière auprès d'une femme.

Un véritable contraste, par rapport à ses quelques relations passées.

Jamais il n'avait fréquenté de femme qu'il n'était pas certain de pouvoir quitter du jour au lendemain. Il n'aurait su dire exactement pourquoi. Peut-être était-ce son obsession de longue date de tuer son père et son oncle, comme l'ancien code de justice du Clan du Soleil l'exigeait, qui l'empêchait de rechercher l'engagement.

Ou peut-être était-ce parce qu'il haïssait quelque chose au plus profond de lui-même — ne portait-il pas les gènes de son père et de Marwan ? Et de Qasim, aussi. A quel point leur ressemblait-il, exactement ? Méritait-il une femme comme Kathleen, et ne serait-ce qu'une infime chance d'avoir une vie de famille digne de ce nom ?

Et une fois qu'il les aurait tués ? Pourrait-il même retourner au FBI, à ce qu'il était devenu en Amérique ?

Ou n'aurait-il d'autre choix que de renoncer à tout ce pour quoi sa mère s'était sacrifiée ?

Y aurait-il, pour lui, un temps où larguer les amarres du passé et se projeter dans l'avenir ? En serait-il capable ?

Kathleen se tourna de son côté, d'autres murmures s'échappant de ses lèvres. Le drap dans lequel elle s'était enveloppée glissa de ses épaules, et il sentit la douce, souple chaleur de son sein contre la peau nue de son bras. Il s'obligea à demeurer aussi immobile qu'une statue alors que, les yeux rivés au plafond, il voyait un insecte se heurter contre la toile, en quête d'un moyen de s'échapper. C'est alors qu'il sentit la main de la jeune femme lui effleurer le torse.

Son pouls s'accéléra, sa bouche s'assécha.

Plongée dans son rêve, elle murmura de nouveau, puis se nicha contre lui, en quête de réconfort. Il sentit plus encore son corps, sa peau nue. Elle était aussi douce que de la soie, et toute chaude, souple.

Elle descendit lentement la main en direction de son abdomen, puis passa une jambe sur la sienne. Sayeed n'osait même plus respirer.

Elle rêvait, le désirait dans son sommeil !

Son corps s'enflamma. Son cœur s'affola. Soudaine, son érection se fit aussitôt urgente, les pulsations de son sang assourdissantes à ses tympans.

Il tourna la tête vers elle. Le beau visage était tout contre le sien, les yeux clos, les paupières papillonnantes, les lèvres délicieusement entrouvertes. Il prit une lente, profonde inspiration, juste pour le plaisir d'inhaler son souffle, sa fragrance. Sa bouche était si proche. Incapable de s'en empêcher, il l'effleura du bout des doigts, de manière tout à fait illicite.

Les yeux aigue-marine s'ouvrirent brusquement. Il retira vivement sa main.

Elle le fixa avec stupeur, les prunelles obscurcies de confusion.

7.

Kathleen fut mortifiée de se découvrir à demi nue entre les bras de Sayeed, une jambe par-dessus sa cuisse. L'espace d'un moment, tétanisée, elle crut qu'elle était encore en train de rêver qu'elle faisait l'amour avec un ténébreux et dangereux Maure, un farouche prince du désert porteur de la marque du Clan du Soleil.

Mais, quand Sayeed voulut s'écarter, et qu'elle sentit sa peau brûlante sur la face interne de sa cuisse, une langue de feu se déversa dans son abdomen, et elle sut qu'elle était incontestablement éveillée. Le désir lutta contre l'adrénaline dans ses veines, accélérant le rythme de son cœur, embrumant son esprit. Et, avant qu'elle ait pu réfléchir, avant qu'il ait pu s'extirper de son étreinte ensommeillée, elle porta les doigts à la bouche masculine pour en tracer le ferme contour. Le regard noir de Sayeed s'obscurcit plus encore, son souffle se saccada. Elle sentit, tout contre elle, ses muscles se bander de la tension de la retenue, et son cœur s'emballa si follement qu'elle en eut le vertige.

Kathleen ferma les yeux, puis pressa les lèvres contre cette bouche, non sans s'efforcer de s'avertir que c'était imprudent, *très* imprudent. Cet homme l'avait kidnappée, et elle ne savait rien de lui. Il était même fort possible que le Sahara devienne sa tombe. Et peut-être était-ce précisément ce qui l'animait en cet instant : le besoin d'affirmer qu'elle était en vie, de ressentir, de faire l'amour avant de mourir.

Sayeed l'attira avec hésitation contre lui comme si, dubitatif, il tenait à ce qu'elle ait au besoin tout loisir de s'écarter. Elle n'en fit rien, aussi l'embrassa-t-il à son tour, la pointe de sa langue s'insinuant aussitôt en quête de l'intérieur sensible, soyeux de ses lèvres. Kathleen en fut étourdie de plaisir, la chaleur se déversa dans son bas-ventre. Avec un murmure, elle s'abandonna à lui, entremêla sa jambe encore plus haut à la sienne, et sentit la pointe de ses seins se durcir contre la peau nue de son bras.

Sayeed entrelaça les doigts à ses cheveux, sur sa nuque, puis l'attira plus près encore, son baiser plus agressif, plus impatient. Un vertige la saisit alors que sa langue plongeait plus loin encore dans sa bouche, s'accrochant à la sienne. Et, tout à coup, elle ne se soucia plus le moins du monde d'être captive au beau milieu du Sahara, retenue dans un camp ennemi. Impossible de penser à autre chose que l'urgence de savourer ce moment unique.

— Kathleen, chuchota-t-il d'une voix rauque, ses paupières à demi baissées sur un regard brûlant de désir. Nous ne devrions pas, pas après…

Mais, d'une main, elle ramena sa tête à la sienne, et reprit sa bouche avec brusquerie, exigence. La rage et la peur au ventre, elle avait désespérément besoin de cet exutoire physique, et non pas de penser qu'elle avait plus d'une fois été à deux doigts aujourd'hui de perdre la vie. Ou à ce qui risquait de s'ensuivre. Elle l'embrassa farouchement, comme s'il ne devait pas y avoir de lendemain, et que son intention était de profiter de la moindre seconde de l'unique nuit qui lui restait.

Il parut le sentir car, une fois encore, il s'écarta et, cette fois, immobilisa son visage entre ses paumes, le regard pénétrant, brumeux, avide, presque menaçant.

— Kathleen, vous êtes sûre ?

Sa réponse fut d'insinuer sous le drap une main qui, centimètre par centimètre, s'aventura en direction du creux tout en muscles de son abdomen, puis de son entrejambe.

Elle l'entendit haleter brusquement alors qu'elle effleurait la fine toison, tout en bas. A l'intérieur d'elle-même, elle esquissa un sourire. Il la plaqua durement contre lui, et elle sentit sa puissante main calleuse remonter le long de sa cuisse, de sa hanche et de sa taille, puis mouler un de ses seins, l'extrémité rêche du pouce éraflant légèrement le bourgeon extrêmement sensible du mamelon. La chaleur se condensa en un brasier liquide entre ses jambes, et elle se sentit comme ivre, délirante. Ses fantasmes, les innombrables romances d'amour dans le désert dont elle s'était abreuvée, ressuscitèrent dans son esprit, en un grisant mélange de rêve et de réalité. Elle n'arrivait pas à croire qu'elle se trouvait réellement étendue auprès d'un ténébreux et dangereux Maure et, bon sang, rien ne l'empêchait d'imaginer qu'il était réellement un prince du Clan du Soleil si ça lui chantait, et qu'il ne vivait que temporairement avec cette atroce bande de voleurs !

Audacieuse, la main masculine redescendit jusqu'entre

ses cuisses, et elle eut un hoquet de saisissement. Elle fut tout à coup prise d'un incoercible besoin de s'ouvrir à lui, de le sentir la toucher là, au cœur de son intimité. Elle releva davantage sa jambe sur le corps dur pour le lui permettre, puis se mit à trembler d'anticipation comme il caressait l'intérieur de ses cuisses de l'extrémité des doigts, centimètre après centimètre.

Puis, tout à coup, il plongea un doigt en elle, ce qui la fit gémir de volupté. Elle s'arqua à sa rencontre, l'urgence de son désir de plus en plus désespérée.

Sayeed plongea un second doigt en elle, et le souffle de Kathleen se bloqua une fraction de seconde sur une fugitive, lointaine étincelle d'appréhension. Mais elle était prête pour lui, ne l'avait jamais autant été. Elle remua le bassin, anxieuse d'approfondir la sensation, emportée par une ardeur pressante, douloureuse.

Soudain, il la renversa sur le dos et, à genoux au-dessus d'elle, contempla sa nudité. L'appréciation imprégnait ses beaux traits ténébreux et le désir, dans ses yeux, était brut. La flamme de la lampe, réduite au plus bas, faisait étinceler la peau nue de son torse, offrant un curieux contraste avec le coton blanc du pantalon maintenu très bas sur la taille par un cordon. L'épaisse toison noire, entre ses larges épaules, se soulevait sous l'effet de sa respiration pesante. Il hésita de nouveau.

— Kathleen…

Elle secoua la tête, et le fit taire aussitôt en entreprenant d'abaisser la ceinture du pantalon sur ses hanches.

Un autre pincement d'appréhension brida brièvement son désir lorsqu'elle exposa son érection. Elle déglutit, mais continua à rouler le pantalon plus bas, au-delà du pansement — une blessure qu'il avait reçue pour la sauver. La réalité émoussa furtivement le feu de sa passion, suivie d'un moment de doute. Elle effleura le pansement.

Il ne tressaillit pas, ne grimaça pas. Son regard noir emprisonnait le sien, l'épinglant à l'oreiller, la dévorant. Les mains posées entre ses genoux, il lui écarta lentement les cuisses.

Kathleen ravala une nouvelle pointe d'anxiété alors qu'il s'abaissait sur elle, puis positionnait son membre en érection entre ses cuisses. Brûlure. Elle manqua s'évanouir comme son esprit partait dans une spirale digne d'une attraction de fête foraine.

Il la pénétra lentement, le tremblement, dans ses bras, trahissant à quel point cette retenue lui était une torture. Alors qu'il plongeait un peu plus profondément en elle, une sourde plainte lui échappa, et il s'étendit sur elle, sa langue lui taquinant le lobe de l'oreille et son souffle projetant de tièdes, grisantes ondes de plaisir à travers son corps tout entier.

Il se retira légèrement, puis replongea plus loin, en une poussée un peu moins contrôlée. Il le refit encore, la pénétrant cette fois entièrement, avec un grognement de plaisir. Kathleen s'arqua brusquement contre lui, puis hoqueta comme une vive, fulgurante douleur irradiait en elle.

Il se figea, sous le choc, releva vivement les yeux sur elle.

Et la question, dans son regard, fut accusatrice. Il entreprit de se retirer.

— Non, je vous en prie, chuchota Kathleen, le retenant de ses jambes.

— Vous êtes… vierge ?

Des larmes s'échappèrent sur les joues de Kathleen. De nouveau, il tenta de se dégager, mais elle secoua désespérément la tête.

— Je vous en prie, Sayeed. Je le veux. C'est merveilleux.

Alors, il la pénétra de nouveau, très, très lentement cette fois, lui laissant tout le temps de s'accommoder à sa puissance. Sur le corps tout entier de Kathleen, la peau palpitait d'une sensibilité soudaine, chacun de ses nerfs s'éveillant au plaisir, ses joues en feu alors que celui-ci irradiait jusqu'au plus profond de son être.

Il entreprit de la prendre plus vite, de plus en plus vite, et elle se sentit fondre, s'enflammer, s'embraser, jusqu'à ce qu'un cri enfle au creux même de sa poitrine. Déjà, le corps de Sayeed tremblait des pieds à la tête, comme sous l'impact d'une décharge électrique. Sur une plongée plus profonde que les autres, il se raidit, tressaillit puis, s'agrippant à elle, murmura sa délivrance dans un flot de paroles arabes rauques articulées tout contre ses cheveux, qu'elle ne put distinguer.

Sayeed était atterré d'apprendre qu'il venait de déflorer Kathleen. Il se sentait, à présent, lié à elle, responsable d'elle d'une manière qu'il n'eût pu décrire. Il lui *fallait* désormais protéger cette femme. Et, alors qu'il la tenait dans ses bras, il jura qu'il le ferait, quel qu'en soit le coût. Et ce tout nouvel objectif, tout à coup, lui parut prendre une proportion égale, si ce n'est supérieure, à son sens du devoir à l'égard de son pays d'adoption et de sa mission.

Il plongea son regard dans ses yeux, d'immenses lacs encore obscurcis de désir.

— Venez sur moi, Kathleen, l'encouragea-t-il.

Elle parut soudain embarrassée, comme si elle l'avait, d'une manière ou d'une autre, déçu. Il lui caressa la joue, précisa :

— Vous ressentirez mieux ainsi.

Il la fit basculer pour qu'elle le chevauche, et la vue de sa totale nudité, au-dessus de lui, lui coupa le souffle. Telles des flammes à la clarté de la lampe à kérosène, ses cheveux retombaient en cascade sur ses seins pâles. Les pointes en étaient encore tendues de désir, sa peau étincelante d'une fine pellicule de sueur.

Il la saisit par les hanches.

— Remuez ainsi, chuchota-t-il, observant son visage alors qu'il l'incitait à osciller d'avant en arrière sur lui.

Elle le laissa d'abord diriger ses mouvements, puis son expression changea, et elle se mit à bouger d'elle-même, animée par sa propre ardeur, de plus en plus vite, ses mains agrippées à ses épaules, sa peau se frottant contre la sienne alors qu'elle ouvrait davantage les cuisses pour s'abaisser sur lui, le prendre plus profondément en elle. Elle le chevaucha de plus en plus vite, haletant à chaque va-et-vient, jusqu'à ce que, cambrée en arrière, ses ongles enfoncés dans sa peau, elle jouisse avec un cri sourd.

Après quoi, elle se laissa tomber sur lui, tiède, souple, détendue, et Sayeed se contenta de la tenir en silence et de lui caresser les cheveux, tandis qu'il se sentait fondre en elle.

— Pourquoi ne m'avez-vous pas dit que c'était votre première fois, Kathleen ? reprit-il au bout de quelques secondes.

L'espace d'un long moment, elle ne répondit pas,

comme si son choix était de ne pas rendre la chose réelle en en parlant, de ne pas permettre à l'implacable réalité de reprendre ses droits. Et encore moins de penser à ce que cela impliquait, pour eux, désormais.

— Je ne sais pas, murmura-t-elle au bout d'un long moment.

Et, étonnamment, l'aveu blessa Sayeed. Quelque chose de très profond, en lui, eût aimé que c'eût un rapport avec lui. Mais comment serait-ce possible ? Elle ne savait même pas qui il était.

Elle releva les yeux sur lui, lui sourit, mais ses yeux restèrent tristes.

— Je crois que… que j'en rêvais.

— Je ne comprends pas.

— Ce que je veux dire, c'est que c'est aussi vrai que mes rêves ne pourront jamais le devenir. Je… me devais de saisir cette occasion. Ne me demandez pas pourquoi.

— Quels rêves ?

Sa curiosité piquée, Sayeed songea aux paroles de son journal. Kathleen y confessait rêver depuis toujours au désert, mais aussi ironiquement qu'elle n'aurait jamais eu le courage de le fouler elle-même si sa sœur n'y avait pas disparu.

Elle ramena le drap sur sa poitrine, un peu gênée par sa nudité, à présent.

— Peu importent mes rêves.

Ils importaient, pourtant, plus que Sayeed ne se l'expliquait.

Il s'avisa, aussi, à quel point il s'était délesté de son identité de couverture, à quel point sa captive — cette si belle, si douce jeune femme — détenait du pouvoir sur lui. Pas un instant, lorsqu'il lui avait fait l'amour, il ne s'était soucié de Sayeed Ali. L'homme qui tenait Kathleen dans ses bras en cet instant, c'était lui, Rashid Al Barrah, prince banni du Maghreb. Inexplicablement, cette femme avait atteint au fond de lui sa vérité, sans même le savoir.

Il repoussa une mèche de cheveux de son visage, demanda :

— Quel âge avez-vous, Kathleen ?

Il savait, pour l'avoir lu dans son journal, qu'elle avait vingt-cinq ans.

Les traits de la jeune femme se crispèrent. Enveloppant le drap autour d'elle, elle se leva, s'approcha de la table, et se versa de l'eau du broc. Ses cheveux étaient en tous sens, ses joues roses. Elle avait l'air si sexy qu'il brûla de la reprendre sur-le-champ. Mais quelque chose, en elle, s'était éteint, et il sut que la magie de l'instant n'était plus.

— Kathleen ?

Elle se tourna vers lui.

— C'est hors de propos, Sayeed.

— Non, ça ne…

— Si, ça l'est ! Vous ne voulez le savoir que parce que vous vous demandez pourquoi j'étais encore vierge !

Il se leva à son tour, s'approcha d'elle, porta une main à sa joue. Mais elle s'écarta, et sa main retomba.

— C'est juste que vous êtes si belle, Kathleen, si désirable. Vous êtes brave, compatissante, intelligente. Vous avez prouvé que vous pourriez faire n'importe quoi pour ceux que vous aimez. Vous… vous êtes tout ce qu'un homme pourrait vouloir.

Elle s'esclaffa, d'un rire un peu railleur.

— Quel genre d'homme ? Pas celui auquel j'aspire. Pas celui que j'ai eu l'occasion de fréquenter. Ce que j'ai cru vouloir n'existe pas, Sayeed.

— Que voulez-vous dire ?

— Je suis vieux jeu, là, je l'ai dit. Je suis une idéaliste, une romantique. J'espérais un homme qui s'engagerait sur du long terme, pas une aventure d'un soir. Quelqu'un qui partagerait les mêmes valeurs que les miennes, avec qui j'aurais pu construire une vie, fonder une famille, un foyer. C'est ça que j'attendais. Il faut croire que je me suis découragée, conclut-elle avec, dans la voix, une nuance de résignation, les yeux vides.

Elle but, et il la regarda. Comme il regrettait de ne pas l'avoir rendue heureuse, et que sa première expérience du sexe n'ait pas été meilleure ! Qu'il ait été, lui, un compromis, l'aventure d'un soir qu'elle ne souhaitait pas.

— Le sexe, ce n'était pas ce que vous espériez, n'est-ce pas ? ne put-il s'empêcher de demander.

Elle releva vivement les yeux sur lui, surprise.

— Seigneur non, c'était…

Elle rougit, poursuivit :

— … c'était tout ce que j'espérais, au contraire. Et même davantage, ajouta-t-elle après une hésitation.

— Alors dites-moi pourquoi vous avez fait une entorse à vos principes, ce soir.

— Vous allez rire.

Il n'y avait, pourtant, aucune gaieté dans son regard.

— Si vous me laissiez une chance ?

Elle s'humecta les lèvres, inspira profondément,

comme si elle débattait de l'intérêt de se confier. Puis elle haussa les épaules.

— Je ne sortirai probablement jamais vivante de ce camp, Sayeed. Peut-être avais-je simplement envie de connaître l'amour avant de mourir.

Il rit, caustique.

— Merci, Kathleen. Vous venez juste de me donner l'impression d'avoir été utilisé !

Il s'empara d'une serviette, qu'il se noua autour de la taille.

— Je suppose que ça me pendait au nez depuis le temps, d'être l'objet d'une aventure d'un soir, pour changer !

— Permettez-moi de nuancer mon propos, Sayeed. La plupart des hommes, et tout particulièrement ceux qui vous ressemblent, ne se risquent pas auprès d'une femme comme moi alors qu'ils ont tout loisir de coucher avec n'importe laquelle, n'importe quand. Pourquoi se compliqueraient-ils la vie ?

— Vous ne savez rien de moi, Kathleen.

Cette fois, elle s'esclaffa carrément.

Sayeed jura intérieurement. Il était en train de creuser sa propre tombe, là, à s'ouvrir ainsi à elle, mais quelque chose avait changé en lui. Non seulement il voulait protéger Kathleen Flaherty, mais il éprouvait aussi le besoin de lui dire qui il était, de justifier sa présence ici. Le besoin de partager son secret avec la femme avec qui il venait de partager son corps.

Et il commençait aussi à penser qu'elle était exactement le genre de femme avec laquelle il pourrait avoir l'envie de partager sa vie, fonder une famille, construire un foyer. Un véritable foyer.

La pensée le frappa que, s'il menait à bien sa mission et tuait Bakkar et Marwan, ce souhait ne se concrétiserait pas.

Non seulement Kathleen revêtait à présent autant d'importance que sa mission, mais elle l'incitait aussi à remettre en question le but même qui l'avait ramené dans ce désert : son devoir de prince du Clan du Soleil de venger un abominable crime. Il eut l'impression singulière, tout à coup, d'être à la croisée des chemins et, plus curieusement encore, il se sentit perdu.

— Qu'est-ce qui vous fait penser que vous ne trouverez jamais un homme avec les mêmes valeurs que vous, Kathleen ?

Elle avala sa dernière gorgée d'eau, reposa le gobelet. Et il put lire la peine dans ses yeux.

— Peut-être pensent-ils avoir les mêmes valeurs, Sayeed. Peut-être qu'au début les deux partenaires croient réellement vouloir un engagement à long terme, fonder une famille et vieillir ensemble. Et ensuite viennent les vicissitudes de la vie, et commencent les prises de bec et les disputes…

Sa voix mourut, et Sayeed commenta :

— Vos parents vous ont apparemment fait beaucoup de mal.

— Parents, ils n'auraient jamais dû l'être !

L'amertume teintait ses paroles, une soudaine dureté figeait son regard, et il se sentit encore plus responsable d'elle. Il voulut, soudain, lui prouver que son rêve *était* réalisable ; qu'il avait, lui, les mêmes valeurs qu'elle. Et cela l'ébranla. Parce que c'était vrai : il aspirait réellement à une famille, un foyer. Une femme spéciale dans sa vie, auprès de laquelle vieillir.

Tout cela, il l'avait enfoui au plus profond de lui-même, et elle l'avait exhumé, le transformant d'une manière fondamentale rien qu'en étant qui elle était. Or c'était totalement contradictoire avec sa mission, car les pouvoirs en place, eux, les considéreraient toujours, elle et sa sœur, comme des dommages collatéraux nécessaires. Alors que lui souhaitait, fort égoïstement, la garder en vie. Pour l'avenir. Pour lui-même.

Avant qu'il ait pu formuler une autre pensée, un bref appel retentit à l'extérieur de la tente. Le regard de Kathleen se riva à la porte, apeuré.

Sayeed agrippa hâtivement quelques vêtements.

— Habillez-vous, ordonna-t-il sèchement. Prenez une de mes tuniques.

Kathleen enfila une des amples tuniques de Sayeed, qu'elle resserra à la taille avec un cordon, l'oreille aux aguets pour capter les murmures articulés en arabe, juste derrière la paroi de toile. Sayeed s'entretenait avec un autre homme dont elle n'avait encore jamais entendu la voix.

— Les volontaires sont tous en chemin pour la forteresse, déclara ce dernier. C'est pour 19 heures ce soir. Bakkar veut que tu y sois.

— Pourquoi ? s'étonna Sayeed.

— Parce qu'il veut que tu tues le Dr Flaherty dès qu'elle aura fini de leur injecter le virus.

La bouche de Kathleen s'assécha tandis que frissons et traînées de sueur la hérissaient de chair de poule.

Il savait !

Sayeed savait exactement où se trouvait Jennie !

Les mains tremblantes, elle s'approcha de la paroi, anxieuse de ne pas manquer une parole de l'échange.

— Pourquoi est-ce à moi de le faire ? siffla Sayeed. Il était prévu que je reste ici, et que je parte en même temps que Bakkar.

— Bakkar t'a laissé garder la sœur. Il dit que c'est ainsi que tu t'acquitteras de cette dette. Ce doit être aussi une manière de s'assurer de ta loyauté, et il veut que tu la tues au labo dès la dernière injection faite.

La rage se mit à pulser en Kathleen, qui n'osa pas bouger, de crainte qu'ils ne l'entendent.

— Non, dit Sayeed. Elle doit rester en vie jusqu'à ce que nous soyons certains que le plan fonctionnera. Si nous la tuons trop tôt, nous n'aurons jamais la certitude que l'Ebola Botou est réellement transmissible par l'air, et nous n'aurons plus personne pour tenter un autre essai. Laissons-la contaminer les volontaires, et ensuite je la cacherai dans le désert le temps que ceux-ci arrivent à destination. Lorsque des civils commenceront à mourir à travers le monde, et que tous comprendront que nous sommes les initiateurs de la plus grande attaque biologique suicide sur le monde occidental à ce jour, alors seulement je lui ôterai la vie.

Le cœur de Kathleen devint pierre. Jamais de sa vie elle n'avait autant haï un être humain que Sayeed Ali en cet instant. Et au-delà de la haine, elle se sentait stupide, abusée.

Il y eut, de l'autre côté de la paroi, un silence, une quinte de toux, puis l'homme dit :

— Viens. Tu dois le dire toi-même à Bakkar.

Des pas crissèrent sur le sable, puis s'éloignèrent.

Kathleen se laissa lentement glisser le long de la paroi, les bras autour des genoux, mortifiée. Sayeed était un terroriste ! Il lui avait menti à propos de

Jennie. Sa sœur était emprisonnée dans la forteresse, et elle allait mourir.

Elle se mit à trembler de tous ses membres. Bakkar et ses hommes devaient avoir kidnappé Jennie à son hôtel, au Burkina Faso, parce qu'elle avait la capacité de transformer l'Ebola Botou en une bombe biologique à retardement. Jennie lui avait un jour dit à quel point il serait catastrophique que la transmission d'un virus comme l'Ebola Botou se fasse par voie aérienne, et que c'était malheureusement possible. C'était précisément pourquoi ces bandits devaient l'avoir spécifiquement ciblée.

Et *aussi* pourquoi Bakkar avait dépêché ses hommes à son campement pour la tuer, *elle*, de crainte qu'elle ne mène à sa piste.

Le sang reflua de son cerveau. Elle avait couché avec l'homme qui allait tuer sa sœur ainsi que des milliers d'innocents à travers le monde !

Saisie de panique, le corps en sueur, elle bondit sur ses pieds. Il lui fallait sauver Jennie, et avertir quelqu'un de l'imminence de cette attaque biologique.

Hélas, elle ne disposait que de peu de temps. N'avait-elle pas entendu l'homme annoncer que cela se ferait à 19 heures ce soir ? Seigneur, elle avait encore peine à y croire !

Concentre-toi, Kathleen. Réfléchis. Tu dois t'enfuir avant que Sayeed revienne. Prends ce dont tu as besoin et file…

Elle trouva la paire d'espadrilles qu'il lui avait donnée un peu plus tôt, enfila un de ses pantalons de coton, dont elle dut rouler la ceinture plusieurs fois pour ne pas marcher dessus. Elle resserra ensuite l'ample tunique par-dessus, puis s'enveloppa la tête d'une écharpe, ne laissant qu'une fente pour ses yeux. De l'eau, aussi ! Elle jeta un coup d'œil au broc, se demandant dans quoi transvaser le liquide, puis se figea au son d'un crissement de pas, sur le sable, au-dehors.

Elle pivota vivement. Le rabat s'ouvrait.

Elle s'immobilisa, telle une biche prise dans le faisceau de phares d'une voiture.

Sayeed pénétra à l'intérieur, puis lâcha le rabat.

— Que faites-vous ? s'étonna-t-il.

Kathleen s'empara, sur le bureau, d'un coupe-papier.

— Ne m'approche pas ! siffla-t-elle, le tutoyant tout naturellement dans sa fureur.

— Qu'est-ce qui se passe, Kathleen ? insista-t-il, sans cesser de s'avancer vers elle.

Il tendit la main, paume ouverte.

— Donne-moi ce coupe-papier.

Le cœur de Kathleen s'emballa.

— N'approche pas ou, je le jure, je te tue !

— Pose ça, veux-tu, et dis-moi ce qui se passe.

— Qu'as-tu dit à Bakkar ? Que tu allais tuer ma sœur ce soir, ou plus tard dans le désert ?

Il s'immobilisa, le choc inscrit sur son visage.

— Tu parles donc notre langue, commenta-t-il tranquillement, en arabe. J'aurais dû le deviner d'après ton journal, l'envisager, au moins, comme une possibilité.

— Ecarte-toi de la porte, rétorqua-t-elle dans le même dialecte.

Il avança d'un pas de plus, lui bloquant toute issue.

— Kathleen, ne fais pas ça…

— Je ne plaisante pas, affirma Kathleen, bien que ses mains se soient remises à trembler. Je vais te tuer.

Il éleva les deux paumes en l'air.

— Ecoute, Kathleen, je ne te ferai aucun mal, je te le promets.

— Tout comme tu as promis que tu n'avais aucune idée de l'endroit où se trouvait ma sœur avant de coucher avec moi ?

Il eut l'audace d'avoir l'air blessé, puis la colère l'emporta.

— Tu me désirais, Kathleen. J'ai tenté plusieurs fois de t'arrêter !

Des larmes s'échappèrent sur les joues de Kathleen.

— Je… je désirais ce qui n'était qu'un mensonge. C'est toujours comme ça. Parce que je ne suis qu'une fichue idiote !

Il tenta de lui arracher le coupe-papier des mains, mais elle se lança contre lui de toutes ses forces. L'extrémité de la lame s'enfonça dans le flanc de Sayeed. Sous le choc, il se figea, puis regarda, consterné, la lame fichée dans sa chair.

L'horreur se déversa en Kathleen. L'espace d'une fraction de seconde, elle hésita, puis s'élança hors de la tente dans l'aube à peine naissante, et courut à toutes jambes en direction de l'endroit où elle avait vu les chevaux parqués.

8.

Sous le coup de la douleur, Sayeed s'était plié en deux. Il retira lentement la lame de sa chair puis, sa tunique relevée, trébucha en direction de sa trousse de secours. Epongeant le sang, il évalua promptement les dégâts. La lame n'était pas entrée très profondément, Dieu merci. Déviée par sa ceinture de cuir, elle avait dérapé le long de sa taille sans toucher d'organe majeur ou d'artère. Mais il y avait beaucoup de sang. Il arrêta l'hémorragie à l'aide d'une compresse, plaqua du sparadrap tout autour. Après quoi, il prit un pistolet dans le tiroir de son bureau, ainsi qu'un chargeur de rechange, puis émergea dans la pénombre. Il lui fallait trouver Kathleen au plus vite, avant que quelqu'un d'autre ne le fasse, ou qu'elle ne meure, seule, dans le désert.

Kathleen avançait au pas, en silence, le long de la paroi, juste en dessous d'un affleurement rocheux. L'aube n'avait pas encore parue, mais le ciel s'était suffisamment éclairci pour qu'elle puisse distinguer son chemin ; avec un peu de chance, elle échapperait peut-être à la vue des sentinelles aperçues au sommet de la falaise, la veille, lorsque Sayeed l'avait amenée ici.

Elle s'efforça de se souvenir de l'emplacement exact du sentier qui zigzaguait en direction des ruines de la forteresse. Son intention était de le gravir, et d'essayer d'y trouver Jennie. Elle ignorait quoi faire d'autre. Impossible de s'enfuir dans le désert. Sans eau ni moyen de s'orienter, elle mourrait avant d'avoir réussi à trouver de l'aide ou alerté quiconque. Aussi se focalisa-t-elle sur la nécessité de retrouver sa sœur. C'était tout ce qui lui venait à l'esprit pour l'instant.

Parcourant le sol du faisceau de sa lampe torche, Sayeed constata que les empreintes de pas de Kathleen menaient de sa tente à l'enclos. La lampe éteinte, il courut à son tour, à demi accroupi, en direction des chevaux.

Il régnait une atmosphère de début d'activité autour de lui. Ordre avait été donné de lever le camp d'ici le lendemain matin. Entre-temps, l'attaque biologique aurait été lancée, et les Maures étaient ensuite censés rester discrets dans leurs cachettes respectives pendant plusieurs mois. Tant mieux. A la faveur de cette agitation matinale inhabituelle, il avait une petite chance de ramener Kathleen au camp sans se faire remarquer. Mais une fois le soleil levé, tous les paris seraient ouverts.

Parvenu à l'enclos, il éclaira brièvement les bêtes de son faisceau. Elles étaient nerveuses, quelques-unes hennissaient. Le sable, devant le portail, avait été récemment foulé.

Il ouvrit le portail, entra sans bruit et sélectionna sa monture favorite. Une fois le cheval sorti de l'enclos, il se hissa dessus et s'élança en direction du canyon. Il avait vu la manière dont Kathleen avait observé les ruines et le sentier qui y menait lorsqu'il l'avait introduite au camp la veille. Pour peu qu'elle ait entendu tout ce qui avait été dit à l'extérieur de la tente, il était prêt à parier qu'elle s'y était rendue.

Alors qu'il galopait, son admiration pour elle s'accrut. Elle n'était nullement entraînée, nullement équipée pour ça. Et pourtant, elle s'était jouée de lui. Elle avait eu le cran de le poignarder, puis de s'enfuir. Mais si les sentinelles ne la tuaient pas maintenant, le Sahara le ferait certainement.

L'aube saignait le ciel de violentes traînées de rose et de violet. Soulagée, Kathleen apercevait à présent le sentier qui serpentait à l'assaut de la falaise. Elle était passée au travers du canyon et au-delà des sentinelles sans se faire repérer juste avant que le soleil ne dépasse la crête.

Elle lança son cheval à plein galop en direction du sentier.

Et c'est alors que, tout à coup, elle entendit un bruit de sabots derrière elle, qui se rapprochait. Le choc l'ébranla. Elle galopa plus vite, mais pas très bien, en équilibre instable sur la selle. Focalisée sur la nécessité de s'accrocher, de ne pas tomber et se tuer bêtement, elle n'osa même pas jeter un coup d'œil en arrière.

Le bruit s'accrut, plus vite, plus proche.

Les griffes de la terreur s'emparèrent d'elle. Le

ciel devenait plus clair, l'air plus chaud. Elle donna encore plus de coups de talon, la sueur coulant entre ses seins et sous son turban.

Le bruit de sabots était juste derrière elle à présent. L'écume à la bouche, son propre cheval trébucha. Elle vola par-dessus l'encolure, et atterrit durement sur le sable.

Sautant à bas de sa selle, son poursuivant se rua sur elle. Elle tenta de se relever, de courir. Mais il la plaqua de nouveau au sol, arrachant son turban ce faisant, de sorte que des grains de sable lui éraflèrent douloureusement un côté du visage.

Elle voulut crier, mais il la bâillonna d'une main sur sa bouche.

Le corps de l'homme était puissant, dur. Elle sentit son cœur battre contre son dos, tandis que son propre sang pulsait sourdement à ses propres tympans. Le sable lui brûlait les yeux, s'infiltrait entre ses dents, dans ses narines.

— Silence ! siffla-t-il dans son oreille.

Sayeed.

— Ne crie pas, ou ils vont venir et te tuer, tu comprends ?

Il parlait en arabe, et elle hocha la tête, des larmes de douleur se mêlant aux grains de sable dans ses yeux, des pierres lui lacérant les côtes.

Relâchant légèrement sa prise, Sayeed ôta sa main de sa bouche. Le visage de la jeune femme était livide, ses yeux hostiles. Maculée de sable, elle tremblait comme une feuille.

Elle ne chercha pas à s'enfuir, et il l'aida à se redresser sur son séant. Son attention se porta aussitôt à sa taille, là où elle l'avait poignardé, puis de nouveau sur son visage. Il n'ignorait pas qu'il devait avoir l'air mal en point. Il avait perdu beaucoup de sang dans cette course effrénée. Ce ne fut pourtant pas le remords qu'il lut dans son regard, mais une haine brute.

— Menteur ! cracha-t-elle. Tu savais où était Jennie depuis le début ! Tu m'as fait croire en toi, tu as *promis* !

— Kathleen, je sais que les apparences sont contre moi, mais tu dois me croire : je suis de ton côté.

— Tu es un terroriste !

Les rayons du soleil effleuraient la falaise. Le temps pressait. Il lui fallait retourner au plus vite au camp.

— Kathleen, je t'en prie, écoute-moi et…

— Pourquoi t'écouterais-je ? coupa-t-elle, les yeux rougis, brûlants. Tu m'as utilisée, Sayeed. Tu as fait l'amour avec moi alors que, tout du long, ton intention était de tuer ma sœur ! Tu…

Sa voix se brisa, et elle s'efforça de se ressaisir.

— Tu savais à quel point Jennie m'est chère et… bon sang, je n'arrive pas à croire que j'aie pu être aussi stupide !

Epuisée, elle éclata en sanglots, le visage entre ses mains.

Il plaça une des siennes sur une de ses épaules, mais elle la rejeta puis, se redressant vivement, repartit en trébuchant dans le sable meuble, en direction de l'endroit d'où partait le sentier.

— Kathleen !

Elle continua à marcher. Alors, il plongea et lui agrippa le bras. Elle pivota, lui lança furieusement son poing en plein visage. Il lui saisit le poignet, parant le coup. Les aiguilles tournaient inexorablement, aussi parla-t-il vite, conscient que sa seule chance d'avancer était de regagner en partie sa confiance de manière à la ramener au camp au plus vite. Hélas, il était aussi tenu au secret absolu, et les enjeux de sa mission étaient monumentaux. Une armée attendait son signal de l'autre côté de la frontière. Tout dépendait du fait qu'il ne grillât pas sa couverture. Pourtant, il lui fallait s'y résoudre, tout lui avouer, faute de quoi il n'obtiendrait pas sa confiance en retour.

— Je ne suis pas un terroriste, Kathleen, je ne suis pas l'un de ces hommes. Je ne m'appelle pas Sayeed Ali.

Elle se figea.

— Mon nom est Rashid Al Barrah. Je travaille sous couverture pour la CIA.

— Je... je ne te crois pas.

— Viens par ici, hors du vent.

A contrecœur, elle le laissa l'entraîner à l'abri d'une large dune. Tout en s'asseyant, elle leva les yeux en direction des ruines miroitantes, au sommet de la falaise. Les rayons du soleil en frappaient déjà les tourelles de roche rouge écroulées.

Il ne pouvait même pas imaginer ce qu'elle avait dû ressentir en découvrant que sa sœur était retenue prisonnière là-haut, dans les entrailles d'une ancienne forteresse, forcée d'accomplir une horrible tâche. Rashid — car, en cet instant, il était incapable de s'imaginer en Sayeed — inspira profondément, indécis quant à savoir s'il devait continuer à la mettre dans le coup. Si sa véritable identité était découverte, et que Kathleen était capturée, cette information pourrait lui être fatale. Elle serait torturée.

Par tous les diables, si elle était capturée, elle mourrait de toute manière, et ces ordures ne la ménageraient pas, quoi qu'elle sache !

Il devait le lui dire, et *aussi* la garder en vie.

— Je suis un agent du FBI, Kathleen. Jusqu'à il y a trois ans, j'étais en poste au siège, à Washington DC.

Un éclair passa dans ses yeux, et elle le foudroya du regard, répétant :

— Je ne te crois pas ! Je ne crois à rien de ce que tu dis !

— Ecoute-moi jusqu'au bout, au moins !

Elle détourna les yeux et, humectant ses lèvres sèches, il reprit :

— La CIA m'a alors contacté pour me demander si j'accepterais une mission d'infiltration en vue de démanteler cette cellule terroriste. C'est l'une de celles, parmi plusieurs autres, placée sous le commandement direct d'un homme uniquement connu comme « le Maure ». Nous ignorons encore où il vit, et qui il est. Mais dans chaque cellule, un chef reçoit ses ordres directement de lui, et dans celle-ci, c'est Bakkar. Au cours des presque trois ans qu'il m'a fallu pour infiltrer ce réseau, j'ai appris par Bakkar que le Maure orchestrait une attaque biologique suicide de masse sur les principales villes des Etats-Unis ainsi que d'autres de leurs alliés à travers le monde. Le plan est d'injecter une souche modifiée du virus Ebola Botou à une quarantaine de volontaires, qui s'envoleront ensuite pour les principaux aéroports mondiaux, disséminant ce très virulent virus en chemin. Après quoi, une fois dans leur ville cible, ils continueront de le disperser dans le plus d'endroits publics et systèmes de transport possible, avant d'y succomber.

Rashid reprit son souffle, puis consulta sa montre. Il lui fallait se hâter.

— Mes instructions sont d'attendre qu'ils aient été infectés puis, une fois qu'ils seront tous rassemblés au même endroit, je dois déclencher l'alarme qui précipitera l'attaque. Les forces spéciales bombarderont alors le laboratoire exactement soixante minutes après le signal, de manière à tuer les kamikazes avant qu'ils aient eu le temps de devenir contagieux. Simultanément, un raid sera lancé sur le camp.

Elle riva son regard au sien.

— Jennie… elle fait partie de tout ça ?

Il hocha la tête.

— Elle a été enlevée par les Maures du Maghreb, et forcée d'achever les recherches débutées par un scientifique qui y a laissé la vie.

Elle devint blanche comme un linge.

— Pourquoi la CIA aurait-elle choisi un agent du FBI pour ça ? Pourquoi toi ?

Elle ne croyait toujours pas à son histoire, et il pouvait difficilement l'en blâmer. Il allait devoir creuser plus profond, et aborder un niveau plus personnel.

— Parce que je parle couramment le dialecte local, et que je connais bien cette région et les coutumes de ce clan. J'ai, en particulier, une aptitude très particulière à pénétrer les esprits de Bakkar et de Marwan. Je suis né ici, Kathleen. Je partage leur sang.

— Al Barrah, murmura-t-elle. Tu as dit que le patronyme de Bakkar était Al Barrah.

— C'est mon père. Il m'a banni du clan quand j'avais onze ans, et il ignore encore que je suis son fils.

— Pourquoi t'a-t-il banni ?

Rashid leva les yeux en direction du ciel. Le soleil frappait de plus en plus fort, et la chaleur s'accroissait. Les volontaires arriveraient bientôt, et il n'avait aucune envie de parler de sa mère, ou de son enfance. D'un autre côté, il lui fallait aussi convaincre Kathleen, et au plus vite.

— J'avais onze ans lorsque mon oncle, Marwan, a violé ma mère. Mon père, Bakkar, en a été fou de rage, mais il l'a blâmée, elle, et pas Marwan. Il l'a brûlée au visage avec de l'huile chaude pour que plus aucun homme ne la regarde, puis bannie du camp et envoyée mourir dans le désert. Je me suis enfui pour aller l'aider. Mais, d'abord, j'ai lacéré le visage de mon père avec son propre *jambiya*.

Kathleen le dévisagea, la vision de Bakkar Al Barrah s'imposant à son esprit — la hideuse cicatrice, en travers de son visage, l'œil mort. Les ressemblances génétiques, dans les traits et les silhouettes de Marwan, Bakkar, Qasim. Et, oui, elle en distinguait à présent aussi chez Rashid.

— A-t-elle survécu ? As-tu réussi à sauver ta mère ?

— Nous avons marché pendant des jours, jusqu'à atteindre un *wadi*, où elle s'est effondrée. Une infection s'était développée, et l'avait rendue aveugle. Une petite caravane de nomades nous a trouvés. Il y avait parmi eux un vieil homme qui s'y connaissait en médecine ancestrale. Il a réussi à stopper l'infection à l'aide d'un épais baume pour empêcher le sable de s'infiltrer, et fait tomber la fièvre avec des herbes. Ils ont hissé ma mère à dos de chameau, et nous ont conduits au Maroc.

Rashid s'interrompit. Les souvenirs crispaient douloureusement ses traits de rage, de douleur et de peine.

— Que s'est-il passé ensuite ? le pressa-t-elle gentiment.

— Une organisation internationale de défense des droits des femmes a entendu parler de la situation critique de ma mère, et lui a trouvé une bienfaitrice en mesure de lui offrir un traitement médical et une opération de chirurgie plastique aux Etats-Unis. Elle s'est remise, mais est restée atrocement marquée aussi bien physiquement qu'émotionnellement, et elle n'a, surtout, jamais recouvré la vue. Nous avons toutefois eu la chance de trouver un nouveau foyer, un nouveau pays. J'ai passé mon adolescence sur la côte Est et, suite à une présentation à mon université, j'ai décidé que je voulais entrer au FBI. Ce rêve, je l'ai réalisé, Kathleen, et aujourd'hui, me voilà ici. De retour là où tout a commencé.

A voir l'émotion brute dans son regard, Kathleen ne demandait qu'à le croire. Mais elle demeurait circonspecte. N'importe qui était capable de feindre, surtout les terroristes et les criminels. Puis elle se remémora le tatouage.

— Ton tatouage… est-il réel ? Descendez-vous tous du Clan du Soleil ?

La surprise s'inscrivit sur ses traits.

— Tu connais le Clan du Soleil ?

— Je suis historienne, Sayeed…

— Rashid, corrigea-t-il. Mon prénom est Rashid.

Et, oui, le tatouage est réel. Tout aussi réel que ce que nous avons partagé dans ce lit, Kathleen, ajouta-t-il à mi-voix. L'homme qui s'est étendu à ton côté, c'était moi, Rashid. Et lorsque nous serons sortis de ce bourbier, je veux te revoir. Je veux apprendre à te connaître.

Elle se frictionna le visage, anxieuse de masquer son émotion.

— Je ne sais pas si je dois te croire.

— Lorsque nous avons attaqué ton campement, je n'ai pas pu les laisser te tuer, Kathleen, même si mes ordres étaient de permettre quelques dommages collatéraux si nécessaire, argua-t-il. Te sauver a failli griller ma couverture, et si tu ne reviens pas au camp avec moi, je le serai. Ta sœur et des milliers d'innocents mourront.

— Alors les autorités savaient, par toi, que Jennie avait été enlevée pour participer à tout ça ?

— En effet. Mais nous ne pouvions l'extraire d'ici, pas sans éveiller la suspicion de pivots de la cellule tels que Bakkar et Marwan et les forcer à replonger dans la clandestinité. Il nous fallait attendre le tout dernier moment pour frapper le plus durement possible.

Elle jura.

— C'est pour ça que j'avais l'impression de me trouver face à un mur ! Jennie n'est qu'un pion ! Un dommage collatéral, comme tu dis ! As-tu au moins prévu de la sortir de là-haut avant que tout explose ?

— Je ne la laisserai pas mourir.

— Mais tu en avais l'intention ?

— Kathleen…

Elle bondit sur ses pieds, frissonnante de panique et de dégoût. Il l'imita, se saisit de ses poignets.

— J'ai dit que je ne le laisserai pas arriver. Pour toi. Je vais essayer de vous sortir toutes les deux vivantes de là, tu m'entends ?

— *Comment* ?

— Tu as entendu cet homme, à l'extérieur de ma tente. Bakkar m'a ordonné d'aller là-haut tuer Jennie. C'est un test, j'en suis sûr, un parmi beaucoup d'autres. Mais celui-là va œuvrer en notre faveur, parce que je l'ai persuadé que Jennie devait vivre jusqu'à ce que les volontaires parviennent à leurs destinations et que nous ayons la preuve que la souche modifiée est bien mortelle et transmissible par l'air. Ça va me permettre de la sortir du labo et de l'emmener dans le désert avant le raid. Mais tu dois m'aider. Et tu dois aussi comprendre, et accepter, les risques. Nous pourrions tous mourir.

— Je… je ferai n'importe quoi. Dis-moi juste quoi faire.

— Le seul moyen de monter là-haut d'ici est à dos de mulet, et lorsque nous y allons, nous emmenons toujours un des garçons d'écurie. J'essaierai de te déguiser en l'un d'eux. Bakkar dit qu'il y aura sur le plateau un 4x4 ayant servi à amener les volontaires qui m'attendra pour transporter ta sœur jusqu'à l'endroit désigné. La piste à partir du plateau est aisément praticable, et si la chance nous sourit, nous nous échapperons à temps. Mais la moindre erreur, la moindre parole déplacée, le moindre regard au mauvais moment, et nous mourrons. Le comprends-tu ?

Le choc, la peur, et l'énormité de ce qui était en train

de se jouer empêchèrent Kathleen d'articuler quoi que ce soit. Rashid porta tendrement une main à sa joue.

— Kathleen, peux-tu le faire ? Pour Jennie.

Elle prit une profonde inspiration, puis hocha la tête et répondit :

— Je le dois.

Avant d'ajouter, après une légère hésitation :

— Merci… Rashid.

Entendre prononcer son véritable prénom pour la première fois en près de trois ans éveilla une indescriptible émotion en Rashid. Il se pencha, déposa un doux baiser sur ses lèvres et, ce faisant, sentit l'humidité de ses larmes sur sa peau. Et il sut qu'ils étaient désormais une équipe. Et aussi qu'il avait enfin trouvé une femme qu'il puisse aimer, pour toujours pour peu qu'elle le lui permette. Mais d'abord, il allait lui falloir gagner cette course au bonheur. Déclencher ce raid, et en ressortir en vie.

Il savait aussi qu'il ne reviendrait pas réclamer la vie de Bakkar et de Marwan. Pas si cela devait lui coûter un possible avenir avec Kathleen. Sa rédemption, désormais, serait de leur sauver la vie, à elle et à sa sœur, et donc il laisserait aux forces spéciales le soin de décider du sort de son père et de son oncle.

Il allait abandonner le passé, et l'ancien code de justice, ici dans le désert, auquel ils appartenaient.

9.

A l'aide du cordon de sa tunique, Rashid attacha fermement les poignets de Kathleen devant elle. Il perçut une lueur de doute dans les yeux de la jeune femme.

— Rappelle-toi : tu dois me faire confiance. C'est le seul moyen pour que je te ramène au camp de manière réaliste. Les sentinelles seront aux aguets, et beaucoup nous verrons rentrer. Nous devons donc masquer nos véritables intentions à la vue de tous, d'accord ? Pourras-tu jouer le jeu ?

Elle hocha la tête, et il l'aida à se hisser sur sa selle, au pommeau de laquelle il lia ses poignets.

— Voici le scénario : tu t'es échappée. Je t'ai rattrapée, et je te ramène à mes quartiers où, cette fois, tu vas remplir correctement tes devoirs conjugaux. Je vais devoir me montrer un peu brusque, mais n'oublie pas : je fais ce que je peux pour vous sauver la vie, à toi et à ta sœur.

Elle jeta de nouveau un coup d'œil aux ruines, sur la falaise, et ses traits prirent une expression déterminée.

— Je comprends.

Rashid attacha le cheval de Kathleen derrière le sien, et tous deux repartirent au petit galop en direction du canyon, Kathleen s'efforçant tant bien que mal de rester en selle. Rashid chassa le réflexe de la ménager un peu plus. N'importe qui pouvait les voir, à présent, il devait absolument maintenir les apparences.

Ils pénétrèrent dans le canyon. Alors qu'il scrutait les parois rocheuses en quête des sentinelles, il ralentit l'allure, non sans vérifier que le cheval de Kathleen restait bien derrière lui, et qu'il était évident qu'elle était sa prisonnière. Lorsqu'il vit la première sentinelle sortir de sa cachette, il la salua d'une main.

L'homme hésita, puis leur fit signe d'avancer.

Rashid accéléra l'allure puis, parvenu au camp, fonça à l'intérieur de l'enceinte à plein galop, tandis que Kathleen s'accrochait désespérément au pommeau de sa selle pour ne pas chuter. Apercevant Qasim près de l'enclos des chevaux, il sentit son cœur sombrer.

Il se dirigea droit vers sa tente, sauta à bas de sa selle. Déjà, Qasim se hâtait vers eux.

— Qu'est-ce que tu fais, Sayeed ? accusa-t-il, le regard obscurci de suspicion. Où étais-tu ?

— La garce m'a poignardé et s'est échappée, expliqua Rashid en désignant sa tunique tachée de sang. J'ai été la rechercher.

Qasim regarda le sang, puis Rashid, puis rejeta la tête en arrière et s'esclaffa.

— Ha ! Tu n'as pas dû être assez bon au lit pour elle !

— Ecarte-toi de mon chemin !

Repoussant Qasim, Rashid entreprit de couper la corde qui attachait les poignets de Kathleen au pommeau de la selle. Elle avait l'air à juste titre, et de manière tout à fait convaincante, terrifiée.

Il la tira de la selle, et elle chuta lourdement à terre.

Alors que sa poitrine se serrait de sollicitude pour elle, il la heurta de la pointe de sa botte.

— Lève-toi ! aboya-t-il en anglais. Lève-toi et retourne dans la tente !

Se redressant péniblement, la jeune femme s'exécuta en trébuchant. Comme Rashid laissait retomber le rabat derrière eux, il entendit d'autres rires éclater à l'extérieur. Son cœur cognait encore sourdement, son corps frissonnait de sueur.

— Je crois que nous nous en sommes bien sortis, affirma-t-il à voix basse. Est-ce que je t'ai fait mal ?

Elle esquissa un signe de dénégation de la tête cependant qu'il lui déliait les poignets.

— Et toi ? Est-ce que je t'ai profondément blessé avec le coupe-papier ? s'enquit-elle à son tour.

— Ce n'est qu'une entaille, mais ça saigne beaucoup.

— Je peux regarder ?

— Nous n'avons pas le temps.

— Alors prenons-le, décréta-t-elle avec un sourire contraint. Je ne peux pas me permettre de te perdre maintenant, Rashid.

Le regard aigue-marine rencontra le sien, et il sut qu'ils formaient réellement une équipe, à présent.

Ne lui restait plus qu'à espérer qu'ils vivraient assez longtemps pour le rester dans d'autres circonstances.

Kathleen pansa la plaie qu'elle avait elle-même infligée à Rashid. Et, alors qu'elle prenait soin de lui, un flot d'émotions la submergea, mélange de solidarité, d'affection, d'admiration. Elle songea à ce qu'il lui avait dit de leur étreinte et de son intention de la revoir une fois que tout serait fini. Et aussitôt après que cet accès de sensiblerie s'expliquait par le stress, l'afflux d'adrénaline. Et qu'il lui fallait avant tout rester concentrée sur le présent, sur Jennie.

Une fois qu'elle eut recouvert le tout de sparadrap, Rashid la fit asseoir, puis entreprit de la barbouiller de cirage marron. Il enroula ensuite un turban autour de sa tête, ne laissant qu'une très fine fente pour ses yeux.

— Il commencera à faire sombre lorsque nous atteindrons les ruines. Si tu gardes bien la tête baissée, et en silence, ça devrait marcher, déclara-t-il, s'attaquant au dos de ses mains et à ses poignets.

— Comment verrons-nous où nous allons dans le noir ?

— Il y aura la pleine lune en plus des étoiles, ce soir, et nous aurons des lampes frontales.

Elle hocha la tête. Il gagna son bureau, fourragea sous une pile de papiers, et sortit un pistolet.

— T'en es-tu déjà servi d'un ?

— Non.

— J'espère que tu n'auras pas à le faire, mais je préfère que tu le prennes au cas où il m'arriverait quelque chose.

Il lui montra comment le charger, et actionner le cran de sécurité. Puis il lui tendit un étui à porter à la taille, sous sa tunique.

— Avant de partir, j'irai dire à Bakkar que j'ai chargé un des hommes de te surveiller dans mes quartiers.

— Et s'il vient vérifier ?

— Je suspecte justement qu'il le fera. Il voudra te tuer pendant mon absence, Kathleen. Souviens-toi : il pensera que je suis en chemin avec Jennie pour aller attendre dans le désert des nouvelles du succès de l'opération. En théorie, tu seras à ce moment-là à sa merci, et il voudra régler les dernières questions en suspens avant de lever le camp.

— Et lorsqu'il découvrira que je ne suis pas là ?

— Dans le meilleur des cas, il pensera que tu t'es de nouveau enfuie. Et rien ne devrait le détromper jusqu'à ce que tout soit fini.

— Et s'il communique par radio avec le labo ou quelque chose comme ça ?

— Aucune communication radio n'est autorisée dans ce camp, au cas où elle serait captée par les satellites. Nous n'utilisons que des messagers, expliqua Rashid, avant de s'écarter d'un pas pour juger de son œuvre.

Il sourit.

— Je crois que tu passeras le test. Tu es prête ?

— Allons-y.

Il l'étreignit vivement alors, juste pour la serrer dans ses bras quelques instants, sa raison pour vouloir la protéger étant dorénavant strictement, farouchement personnelle. Il voulait Kathleen, il la voulait pour toujours.

— Merci, Rashid, murmura-t-elle tout contre son torse.

Et, lorsqu'elle s'écarta, il décela des larmes dans ses yeux.

10.

Debout à l'angle d'une sombre pièce aux murs de pierre, Kathleen regardait les volontaires au suicide émerger de la zone à risque du laboratoire secret construit dans les cachots de l'ancienne forteresse. Les hommes en passaient la porte pour se diriger vers une autre zone de confinement protégée par une paroi de verre. Rashid se tenait à côté d'elle, mais pas trop près.

Puis, alors que le quarantième volontaire entrait dans la zone, elle aperçut Jennie sur le seuil, derrière lui.

Une onde de choc l'électrisa.

Jennie était en vie !

Mais qu'elle était mal en point ! Maigre à faire peur, pâle, les yeux comme deux trous vides ! Tétanisée par l'émotion, Kathleen fixa sa sœur, chacune des molécules de son corps lui hurlant de se projeter à travers la vitre, à son secours.

— Baisse la tête ! lui enjoignit sèchement Rashid à voix basse.

Kathleen obtempéra, attentive à conserver néanmoins Jennie dans sa vision périphérique. Rashid lui avait dit que, une fois les volontaires contaminés par le virus, ils seraient rassemblés sur cette plate-forme à partir de laquelle tous partiraient pour leurs destinations respectives.

Ils deviendraient contagieux au bout de quatorze heures, mais ne manifesteraient aucun véritable symptôme avant encore vingt et un jours. Après quoi leur mort serait foudroyante, et inexorable.

Kathleen vit Rashid passer une main dans les plis de sa tunique. Elle savait qu'à présent qu'il avait vu les quarante volontaires sortir il s'apprêtait à presser le bouton de l'alarme satellite.

Son cœur s'emballa. Ils disposaient désormais d'exactement soixante minutes pour sortir de la forteresse et s'échapper dans le désert. Et, une fois qu'ils y seraient, lorsque Rashid presserait le bouton une seconde fois, un hélicoptère militaire s'envolerait en direction des données GPS envoyées par sa balise. Pour peu qu'il n'y ait aucun danger alentour, l'appareil atterrirait pour les évacuer.

Le signal déclenché, Rashid avança en direction de la porte du sas. De l'autre côté de la paroi de verre, un garde l'imita. Mais, avant qu'il ait pu déverrouiller l'issue, l'un des volontaires se mit à tituber. Du sang jaillit de sa bouche et, dans ses yeux injectés de sang, des veines éclatèrent.

Les gardes pivotèrent vers lui, atterrés, tandis qu'un autre volontaire se mettait lui aussi à saigner, puis s'effondrait à terre. D'autres suivirent, et la panique éclata. Les hommes s'égayèrent en tous sens. Derrière eux, Kathleen vit sa sœur se saisir de la dague d'un de ceux tombés à terre.

L'affolement s'empara d'elle.

— Je sais ce qu'elle a fait ! lança-t-elle dans un

chuchotement urgent à Rashid. Elle a fait en sorte de les tuer aussitôt. Elle n'a pas pu se résoudre à…

Tout à coup, elle vit ce que sa sœur était en train de faire avec la dague. Sa manche relevée, elle appliquait le tranchant de la lame sur l'intérieur de son poignet.

— Elle va se suicider !

Rashid se jeta sur la porte verrouillée. A l'intérieur, les gardes secouèrent la tête, les yeux emplis de terreur. Kathleen fouilla sous sa tunique en quête de l'arme que Rashid lui avait donnée. Les mains tremblantes, elle visa la paroi de verre et appuya sur la détente.

— Non ! hurla Rashid.

Trop tard. La paroi éclata, les débris retombant avec fracas sur le sol pierreux. Et l'enfer se déchaîna comme, la seconde d'après, les gardes se mettaient à tirer sur Kathleen.

Avec un juron, Rashid sortit son propre pistolet, et riposta tout en projetant Kathleen à terre.

— Rampe et sors de là ! hurla-t-il. Reste sur la droite jusqu'à l'escalier, et ensuite descends dans les cachots !

Elle hésita. Les balles ébréchaient le mur, au-dessus d'elle, et des éclats de pierre lui tombaient sur la tête.

— Maintenant ! insista Rashid.

— Mais… et Jennie ?

— Je vais la chercher. Bouge ! Il ne nous reste que cinquante-huit minutes !

Kathleen rampa jusqu'à la sortie.

Rashid se rapprocha de la paroi éclatée. L'un des gardes avait ouvert la porte, et tous s'échappaient, pris de panique à l'idée que le sang des volontaires écroulés soit infectieux. Jennie gisait dans un coin, inconsciente.

Rashid pénétra dans la pièce, et enjamba les corps dans sa direction. Son poignet était en sang, mais l'entaille n'était pas assez profonde pour lui être fatale. Elle avait dû être heurtée par les éclats de verre avant d'aller au bout de son projet.

Il la souleva dans ses bras. Elle était aussi légère qu'un oiseau. L'emportant, il se rua hors du sas et enfila en courant le sombre couloir de pierre. Actionnant sa lampe frontale, il obliqua à droite, et partit en direction de l'escalier qui descendait aux cachots.

Autour de lui retentissaient les cris des hommes et des bruits de pas précipités sur la pierre.

— Par ici ! entendit-il Kathleen chuchoter d'une petite niche, au sommet de l'escalier. Oh ! Seigneur, s'affola-t-elle lorsqu'il allongea sa sœur au sol. Est-ce qu'elle va bien ?

— Elle est inconsciente.

A la lueur de sa lampe frontale, il déchira une longueur de tissu de sa tunique, puis la banda étroitement autour du poignet de Jennie. Après quoi, il la reprit dans ses bras.

— Il y a un tunnel pour sortir d'ici de ce côté, mais d'abord, il faut descendre. L'accès peut en être bloqué, et si c'est le cas, nous ne nous en sortirons pas vivants. Ça te va ?

Kathleen hocha frénétiquement la tête.

Il ouvrit le chemin, la biologiste dans les bras. Il leur restait peut-être quarante minutes, et il n'était pas sûr d'atteindre le tunnel à temps. Il l'avait repéré plusieurs mois plus tôt, mais peut-être avait-il été muré depuis.

— Et ces volontaires ? demanda Kathleen, qui courait derrière lui, essoufflée. Sont-ils infectés ? Ai-je libéré le virus ?

— Tais-toi et cours ! la rabroua-t-il. Et la prochaine fois, contente-toi d'obéir à mes ordres, bon sang !

Il ignorait ce que Jennie Flaherty avait fait du virus, et si les gardes échappés le répandraient. Ou même si Kathleen et lui mourraient pour y avoir été exposés. Et pour l'instant, Jennie n'était certainement pas en état de le leur dire.

Le tunnel était toujours accessible, mais deux crochets inopportuns par des impasses ne laissèrent à Rashid et à Kathleen qu'exactement deux minutes et vingt secondes avant que la forteresse n'explose, et pour atteindre la Jeep qui, selon les dires de Bakkar, devait les attendre dehors.

Rashid sentit sa poitrine le brûler alors qu'il fonçait hors du tunnel en direction du véhicule. Ils avaient de la chance qu'il fût encore là où Bakkar avait dit qu'il serait, et que l'un des gardes en fuite ne l'ait pas trouvé !

Jetant la biologiste toujours inconsciente sur le plateau arrière, il sauta sur le siège du conducteur et démarra aussitôt.

Kathleen grimpa à l'arrière avec sa sœur, et la tint fermement dans ses bras tandis que Rashid s'élançait en trombe en direction de l'ouest, dans des giclées de sable.

Elle entendit des réacteurs, puis sentit des ondes de choc alors que des explosions illuminaient la nuit.

La tête de Jennie sur les genoux, elle se mit à prier.

Rashid continua à conduire pendant ce qui lui parut être des heures, et elle regretta de ne pas disposer d'eau pour désaltérer sa sœur. Le soleil se leva, et la chaleur s'abattit de nouveau sur le morne paysage du Sahara.

Enfin, Rashid s'arrêta derrière une formation rocheuse. Ses traits étaient tendus. Il ne lui avait pas dit un mot depuis qu'il l'avait rabrouée pour avoir éclaté la vitre.

Il sortit sa balise satellite, en pressa le bouton une seconde fois, puis examina Jennie.

— Crois-tu que le virus se soit répandu ? s'enquit-elle pour la seconde fois.

Sans répondre, il descendit de la Jeep et avança dans le sable.

Kathleen perçut alors un bruit d'hélice dans l'air. L'hélicoptère se matérialisa hors d'un ciel ondulant, en provenance du nord-ouest. Jamais vision ni son n'avaient été plus bienvenus.

Rashid agita le bras en un grand arc. L'appareil se dirigea droit sur lui.

Une fois au sol, le pilote n'arrêta pas le moteur. Il portait une combinaison Hazmat, destinée à le protéger d'éventuels risques biologiques, de même que son passager. Celui-ci — un soldat des forces spéciales, devina Kathleen — aida Rashid à charger Jennie dans l'habitacle. Après quoi, ce dernier la hissa à son tour à bord, puis lui boucla sa ceinture. Rashid sauta de l'appareil, une main levée en guise de signal de départ.

L'hélicoptère s'éleva.

— Pourquoi le laissons-nous ? s'affola Kathleen.

Personne ne répondit. Rashid resta debout en dessous, point de plus en plus petit au fur et à mesure que l'appareil prenait, très rapidement, de l'altitude. Désespérée, une paume pressée contre le hublot, Kathleen le vit se transformer en minuscule grain de poussière brun dans une immensité de sable jaune. Des larmes se déversèrent sur ses joues lorsqu'il s'y noya.

Tout le long du vol, elle ne cessa de caresser le front de sa sœur, et de murmurer :

— Je t'en prie, reste avec moi, Jennie. Ne t'avise pas de mourir maintenant, pas après tout ça !

11.

Trois mois plus tard

Après un débriefing intensif à Washington DC, Kathleen avait enfin repris son travail à Seattle. C'était l'automne. Les pluies grisâtres et les brumes froides du nord-ouest du Pacifique s'étaient imposées, tirant le ciel vers le bas et son humeur plus bas encore.

Se trouver à l'aéroport pour dire au revoir à Jennie n'arrangeait rien.

Sa sœur était venue séjourner quelque temps chez elle à Seattle après une encore plus longue thérapie mais, à présent, elle se sentait prête à retourner sur la côte Est à son travail à l'université.

En attendant l'appel d'embarquement du vol de Jennie, elles décidèrent de partager un déjeuner à une petite table proche de la baie vitrée mouchetée de gouttes de pluie, tout en observant l'incessant ballet des avions au travers du brouillard.

Jennie avait un peu regagné du poids qu'elle avait perdu, et bien qu'elle parût avoir pris un sacré coup de vieux, elle avait l'air aussi en forme qu'on pouvait l'espérer. Ce dont Kathleen était immensément soulagée.

Après l'évacuation par hélicoptère hors du Maghreb,

Jennie avait été immédiatement prise en charge dans une base militaire, puis transférée dans un hôpital, en Allemagne, où elle était sortie du coma. Elle avait alors pu expliquer aux autorités américaines qu'elle n'avait pas contaminé les volontaires avec une forme contagieuse de l'Ebola Botou, mais fait en sorte de modifier le virus de manière qu'il les tue presque immédiatement sans se répandre. Elle avait aussi détruit la première version qu'on l'avait obligée à tester sur une première fournée de cobayes, la remplaçant secrètement par la sienne. Son intention était de tuer les volontaires, puis de se suicider, plutôt que d'être responsable de la dissémination d'un fléau mortel sur le monde.

Rien que pour ça, elle eût dû devenir une héroïne. Au lieu de quoi l'aventure tout entière avait été occultée des radars des médias pour des raisons de sécurité nationale.

— Tu es sûre d'être prête à retourner travailler, Jen ? s'enquit Kathleen.

N'ayant pas vraiment faim, elle ne cessait de triturer sa salade de sa fourchette.

Avec un sourire, sa sœur posa une main sur la sienne.

— Je ne pourrais être plus prête. J'ai besoin de me projeter en avant, de mettre tout ça derrière moi.

L'émotion embua les yeux de Kathleen, qui hocha la tête.

— Je comprends. Tu vas me manquer.

— Pourquoi ne viens-tu pas t'installer dans l'Est avec moi, Kathleen ? suggéra alors Jennie. Peut-être qu'un changement — un nouveau travail, un nouvel environnement — te ferait du bien ?

— Je me sentirais trop proche de lui.

— Rashid ?

Kathleen acquiesça en silence, puis repoussa son assiette.

— Il ne t'a jamais rappelée ?

— Je ne tiens vraiment pas à en parler, Jen…

— Tu le dois.

— Pourquoi ? Quelle différence ça fera ? J'ai été sotte d'avoir ne serait-ce qu'osé penser que ça pourrait marcher entre nous !

— Peut-être y a-t-il une raison qui explique qu'il ne t'a pas rappelée.

— Ça oui ! Il doit penser que je suis une tordue ! railla Kathleen. Je sais qu'il est de retour au pays, ses collègues, à Washington, me l'ont dit. Je l'ai appelé à son bureau plusieurs fois et, chaque fois, il m'a fait répondre qu'il était occupé ou indisponible. J'aurais dû saisir l'allusion et en rester là ! Mais j'ai déniché son numéro de domicile, et appelé là-bas aussi, et je tombe toujours sur son répondeur !

— Tu as laissé des messages ?

Kathleen eut un reniflement de dédain.

— Des tas ! Finalement, je me suis lassée mais, parfois, je ne peux pas m'empêcher d'appeler, rien que pour entendre sa voix, tu comprends ? Souvent je me dis que si je n'avais pas tiré dans la vitre, si j'avais suivi ses ordres, peut-être que…

— Désobéir à ses ordres t'a permis de me sauver la vie, lui fit remarquer sa sœur.

Kathleen hocha la tête puis, se mordant la lèvre, fouilla dans son sac en quête d'un mouchoir, avec lequel elle se moucha bruyamment.

— Je suis une idiote, Jen. Nous n'étions que des pions, toutes les deux. Mon erreur a été de tomber dans le panneau et, maintenant, je suis amoureuse de lui !

Elle carra les épaules, décrétant :

— Mais je vais aller de l'avant, maintenant !

Le regard de sa sœur soutint le sien, et Kathleen vit qu'elle en doutait. Mais, avant qu'elle ait pu objecter, l'appel d'embarquement du vol retentit.

Jennie se redressa.

— C'est pour moi.

Une vive tension s'empara de Kathleen. Elle se redressa à son tour, étreignit vivement son aînée.

— Tu vas me manquer horriblement.

— Je t'aime, sœurette, répondit Jennie. Merci. Merci d'être venue me chercher, et de ne pas avoir abandonné.

Les larmes affluèrent aux paupières de Kathleen, qui fut incapable d'articuler un mot. Elle se contenta de hocher la tête, étreignit sa sœur une dernière fois, puis la regarda s'éloigner. Jamais elle ne s'était sentie plus perdue et seule de sa vie.

Le Sahara l'avait changée, ouverte à d'autres horizons, et elle n'était plus sûre d'être à sa place dans sa propre vie. Elle se demanda si elle serait jamais de nouveau heureuse ici. Même le travail qu'elle adorait autrefois lui paraissait aujourd'hui frustrant, l'atmosphère de la bibliothèque trop confinée, trop sombre. Peut-être Jennie avait-elle raison, peut-être avait-elle besoin de partir, de songer à recommencer une nouvelle vie ailleurs.

Elle quitta l'aéroport et, au lieu de retourner travailler, appela sa collègue pour l'informer qu'elle ne reviendrait pas aujourd'hui. Puis elle conduisit jusqu'au front de mer. Une promenade au bord de l'océan l'aiderait certainement à y voir plus clair.

Il était tard en ce vendredi après-midi, et le ciel virait au déprimant gris anthracite des porte-avions. L'océan était houleux. Une fine brume humidifiait sa peau et ses cheveux, et elle sentit que les premières gouttes de pluie étaient imminentes. La corne de brume d'un navire retentit au loin. Kathleen resserra les pans de son manteau autour d'elle, songeant au soleil, à la chaleur. Au désert et aux ciels sans fin.

A lui.

C'était là toute l'histoire de sa vie, songea-t-elle : des rêves idiots ! Des notions idéalistes, et bien trop romantiques pour se concrétiser dans la réalité !

Alors qu'elle atteignait l'extrémité de la promenade, une sombre silhouette émergea de la brume. Son pouls s'accéléra. L'endroit était désert à cette heure tardive, et le crépuscule tombait. Elle s'apprêtait à tourner vivement les talons, lorsque quelque chose, à propos de cette silhouette, l'incita à se figer.

L'homme s'approcha, et son cœur s'emballa. Cette silhouette lui était… familière. Il marchait comme Rashid, était de la même taille…

Assaillie par ses souvenirs, ressuscités dans cette étrange vision, elle demeura comme tétanisée. Les pans de son long manteau noir plaqués sur ses mollets par le vent, tête nue, l'homme s'approchait toujours. Droit sur elle.

Et une onde de choc l'électrisa.

C'était bien lui. C'était bien Rashid Al Barrah qui émergeait de la brume comme dans un rêve !

Sa gorge se noua. Son cœur manqua un battement, puis se remit à battre sourdement. Elle n'osa plus respirer, de crainte de dissiper la vision qu'elle paraissait avoir fait sortir de la brume par sa seule volonté.

Si ce n'est que… ce n'était pas une vision. Il était réel. Et elle entendit sa voix — sa riche, profonde voix ondulante de baryton.

— Kathleen.

Elle ouvrit la bouche, mais ne put parler. Il lui effleura la joue.

— Kathleen, est-ce que tu vas bien ?

Elle secoua la tête, les larmes se déversant brusquement sur ses joues. Il la prit alors dans ses bras, et l'étreignit pendant ce qui lui parut être une éternité.

— Ils m'ont dit, à la bibliothèque, que je te trouverais là, chuchota-t-il au bout d'un long moment à son oreille.

Puis il s'écarta, et plongea intensément son regard dans le sien.

— Je suis tellement désolé, reprit-il. Après ton évacuation, j'ai été renvoyé immédiatement sur le terrain. Ils avaient un indice sur l'identité du Maure, et ils avaient besoin de moi. Nous l'avons eu, Kathleen. Nous avons mis le Maure hors d'état de nuire. C'est un vieil homme, mais un vieil homme particulièrement dangereux.

— Qui est-ce ?

— Le père de Bakkar et de Marwan.

— Ton grand-père ! s'exclama-t-elle dans un souffle.

— Mon grand-père, oui.

— Et Bakkar, et Marwan, Qasim… tous les autres ?

— Marwan et Qasim ont été tués au cours du raid.

Bakkar a été capturé et, quand il a appris qui j'étais, s'est résigné à parler. C'est ainsi que nous avons fait notre première percée, pour le Maure.

— J'en suis heureuse, Rashid. Tu… tu m'as tellement manqué. J'ai laissé des messages…

Kathleen se sentit stupide. Evidemment qu'il savait qu'elle avait saturé son répondeur de messages !

Il prit son visage entre ses mains.

— J'ai eu *tous* tes messages.

— Ah ? Désolée, je n'aurais pas dû…

— Kathleen, je ne les ai eus qu'hier. Je viens juste de rentrer, et j'ai appris qu'à cause de la nature hautement sensible de ma mission ils avaient pris la décision de ne pas te dire où j'étais. Pourtant, j'avais spécifiquement requis qu'ils te le fassent savoir, Kathleen, crois-moi !

— J'ai cru…

De nouvelles larmes embuèrent ses yeux.

— Je suis navré, vraiment.

Il leva le visage en direction de la brume, des étincelles de fureur dans ses yeux noirs. Puis il s'empara farouchement de sa bouche. Une vive chaleur crépita en Kathleen, qui sentit ses genoux faiblir.

— Je suis de retour, Kathleen, murmura-t-il tout contre ses lèvres. Et je veux te prouver que ton rêve peut se concrétiser. Si tu me le permets.

Et l'univers tout entier de Kathleen tournoya autour d'elle. Ses rêves d'enfant de trouver son propre, ténébreux prince du désert, son fringant chevalier en armure étincelante, se réalisaient enfin.

— Me le permettras-tu, Kathleen ?

Elle acquiesça d'un hochement de tête, pleurant et riant en même temps puis, les bras noués autour de la nuque de Rashid, se haussa sur la pointe des pieds et embrassa son prince.

Et tout à coup, la brume et la pluie ne lui semblèrent plus froides, et son monde reprit l'éclatante clarté du désert.

CATHERINE MANN

La revanche du prince

Traduction française de
CAROLE MASSEAUT

HARLEQUIN

Titre original :
THE ROYAL COUSIN'S REVENGE

Ce roman a déjà été publié en 2013.

1.

Javier Cortez pénétra dans le jet privé avec cet air détaché qu'il avait déjà eu un an auparavant, lors de sa rupture avec Victoria Palmer.

En le voyant entrer, celle-ci recula et agrippa son accoudoir, en plantant ses ongles dans le cuir souple du siège. A l'exception du pilote, enfermé dans son cockpit, ils seraient visiblement les uniques passagers du luxueux avion.

Pourquoi n'avait-elle pas été prévenue de la présence de Javier sur ce vol ?

Elle se sentait totalement prise au dépourvu et, instinctivement, elle se tint sur la défensive. Elle devait apprendre à se protéger si elle souhaitait pouvoir l'affronter…

A son tour, il remarqua sa présence et se mit à la fixer, aussi inexpressif qu'à son habitude. Javier ne montrait jamais ses émotions…

Sauf lorsqu'ils faisaient l'amour.

Les yeux rivés sur lui, elle le regarda avancer dans sa direction.

Pourquoi était-il ici ? Pourquoi se trouvait-il à Boston et non chez lui, à Martha's Vineyard ?

En tant qu'infirmière, elle avait été engagée pour

veiller sur l'oncle de Javier, qui habitait sur une île privée, au large de la Floride. Elle occupait déjà cet emploi lorsqu'elle avait rencontré le jeune homme, quelques mois plus tôt. Et elle avait seulement accepté ce nouveau contrat en raison de sa durée — une semaine —, un délai amplement suffisant étant donné son peu d'enthousiasme à retourner dans cette famille… et puis, son employeur lui avait proposé une coquette somme qu'elle n'était pas vraiment en mesure de refuser. Elle avait trop besoin de cet argent pour payer les honoraires d'avocat de son frère.

Javier posa sa mallette en cuir, ornée du monogramme de sa famille, à côté d'un des sièges. Elle vit ses muscles rouler sous son pull en cachemire et se rappela la douceur de la laine sous ses doigts lorsque, brûlante d'impatience, elle lui retirait ses vêtements.

Elle ne pouvait pas le quitter des yeux. Coiffés en arrière, ses cheveux de jais dévoilaient son large front et soulignaient les traits masculins et aristocratiques de son visage. Du sang royal ibérique coulait dans ses veines. Son oncle avait régné sur une petite île indépendante non loin de l'Espagne, avant d'en être chassé par un coup d'Etat, vingt-cinq ans plus tôt.

Sa famille proche, la lignée des Medina et des Cortez, avait alors vécu dans l'anonymat, jusqu'à ce que la presse révèle très récemment leurs véritables origines.

Elle se fichait de son sang bleu. Elle s'en moquait aujourd'hui comme hier : elle était seulement intéressée par l'homme. Et même si ses proches s'étaient installés aux Etats-Unis, il restait en lui des traces de la royauté castillane, notamment ce magnétisme presque animal…

A ce moment, elle remarqua les rides au coin de ses yeux. Jamais elle n'avait vu ces marques au temps de leur rencontre, sans doute apparues après les révélations des médias… même si, bien sûr, il refuserait toujours d'admettre la moindre faiblesse.

Elle frissonna, partagée entre méfiance et désir. Comment allait-elle réussir à maintenir la distance nécessaire entre eux jusqu'à leur arrivée en Floride ?

Elle sentit sa bouche s'assécher lorsqu'il s'arrêta à côté d'elle, l'enveloppant dans les effluves épicés de son parfum.

— Que fais-tu là ? demanda-t-il.

— Tu te souviens de moi ?

Elle n'avait pas pu résister à cette petite pique, après la façon dont il l'avait quittée.

— Ne sois pas idiote, répondit-il, avec un haussement d'épaules. Et, je t'en prie, ne joue pas les fausses timides avec moi. Alors, que fais-tu là ?

Elle devina l'irritation dans sa voix.

— J'habite à Boston. Ce serait plutôt à moi de te poser cette question.

— Nous sommes dans un avion Medina… et tu ne fais pas partie de la famille jusqu'à nouvel ordre.

— Non, mais je fais encore partie des employés. Ton oncle m'a engagée comme infirmière particulière. Il attend la visite de ses fils et voulait s'assurer d'être au mieux de sa forme pour pleinement en profiter.

Enrique Medina se mourait lentement d'une maladie du foie, causée par une blessure infligée lors de sa fuite de San Rinaldo par les rebelles. Le roi déchu menait dorénavant une existence recluse sur une île, au large de la Floride. Elle avait commencé son travail pour lui là-bas.

Et elle y avait rencontré Javier.

Ce dernier, fils de la sœur d'Enrique, travaillait pour l'aîné des fils Medina en tant que responsable de la sécurité du complexe hôtelier que la famille possédait à Martha's Vineyard. Un an plus tôt, il avait passé quelque temps chez son oncle pour vérifier la parfaite protection de l'île.

Victoria n'avait eu besoin que d'un regard pour tomber éperdument amoureuse du sombre et mystérieux Javier. Elle avait même changé de métier pour pouvoir vivre à ses côtés. Mais leur histoire n'avait duré que quatre mois. Elle avait été si aveuglée par son attirance sexuelle pour lui qu'elle n'avait pas mesuré à quel point ils étaient incompatibles. Elle n'avait même pas remarqué combien il pouvait se montrer arrogant et inflexible.

Il lui avait brisé le cœur. Il avait détruit sa famille.

Elle n'allait pas retomber dans son piège une seconde fois.

— Tu devrais t'asseoir pour le décollage, dit-elle du ton le plus neutre possible.

Elle saisit alors le roman posé sur le siège voisin, en espérant qu'il comprendrait le message et la laisserait tranquille.

Elle sentit une bouffée de sa fragrance épicée lorsqu'il passa devant elle pour s'installer dans le fauteuil d'en face. Il était si proche que leurs genoux se frôlaient.

Sans se presser ni la quitter des yeux, il attacha sa ceinture de sécurité.

— Pourquoi ne m'a-t-on pas averti de ton arrivée ? demanda-t-il, d'une voix sourde.

— Ton oncle n'avait peut-être pas envie d'entendre tes récriminations pour le convaincre de ne surtout pas me laisser venir ? répondit-elle, avec un sourire froid.

Elle reconnut l'air suffisant sur son visage.

— Il m'a demandé de prendre en charge sa sécurité. Je suis donc supposé connaître tous les noms de ceux qui viennent sur cette île. Mes sentiments n'ont aucune importance.

Elle eut la désagréable impression d'avoir été remise à sa place et réprima une violente bouffée de colère. Elle en avait presque mal au ventre. Sa mise au point était claire : elle ne l'intéressait en aucune façon.

— Eh bien maintenant, tu es au courant. Je me rends sur l'île, dit-elle, en enfilant ses écouteurs sur ses oreilles et en ouvrant son livre.

Elle faillit s'étouffer en découvrant les premières lignes de sa lecture — une scène d'amour particulièrement suggestive.

Javier Cortez détestait les surprises. Il les exécrait depuis sa petite enfance, depuis le jour où il avait été brutalement chassé de sa terre natale par les rebelles, suite à l'assassinat de sa tante et ses grands-parents.

Il se cala confortablement dans son siège pendant que le pilote faisait rugir les moteurs de l'avion, prêt à décoller, et observa son ancienne maîtresse, occupée à lire devant lui — ou du moins le prétendait-elle, vu la vitesse surprenante à laquelle elle tournait les pages.

Il aimait garder le contrôle en permanence, or Victoria

Palmer avait court-circuité son système, brouillant à la fois son intuition et son entendement… et elle était toujours aussi incroyablement désirable. Au risque de lui montrer sans équivoque combien elle lui plaisait, il ne devait se lever sous aucun prétexte. Il brûlait de défaire le lien qui retenait ses longs cheveux blonds en queue-de-cheval, pour les laisser se répandre sur ses épaules. Il rêvait de sentir leur douceur sous ses doigts.

Elle se mit à respirer de plus en plus vite, sa poitrine tendant son chemisier en coton blanc. Même vêtue d'un treillis et d'une chemise toute simple, elle restait élégante. Elle avait un petit quelque chose de Scarlett Johansson… Manifestement, en un an, il n'avait pas perdu son attirance pour elle.

Peut-être devait-il incriminer l'abstinence dont il avait fait preuve au cours de ces derniers mois ?

Pressé par l'urgence de penser à autre chose, il chercha un sujet de conversation capable d'étouffer la tension sexuelle qui montait entre eux et risquait de les entraîner plus loin qu'ils ne l'auraient voulu.

— Comment va ton frère ? demanda-t-il, en élevant suffisamment la voix pour qu'elle l'entende malgré la musique.

Elle avait mis le volume si fort qu'il distinguait clairement la mélodie.

Elle releva la tête de son livre et planta ses yeux bleu-violet dans les siens. Puis, d'un geste vif, elle ôta les écouteurs de ses tympans.

— Je vois que tu n'as pas perdu ton sens de l'humour, répondit-elle, froidement. Il est toujours dans le centre de détention pour mineurs où tu l'as placé.

Ses parents lui avaient confié leur fils après avoir

abandonné tout espoir de le maintenir dans le droit chemin. Hélas, ce changement d'environnement n'avait eu aucun effet sur les mauvaises habitudes de Timothy. Il avait continué à flirter avec la criminalité, allant toujours plus loin. Et le jour où il avait tenté d'exercer ses talents dans l'un des hôtels surveillé par Javier, ce dernier n'avait eu d'autre choix qu'alerter la police.

Il était sûr d'avoir pris la bonne décision, même s'il avait provoqué le courroux de la jeune femme. Et visiblement, elle ne lui avait toujours pas pardonné… mais n'était-elle pas particulièrement sexy quand elle était en colère ?

— Ton frère a choisi *lui-même* d'aller en centre de détention, répondit-il. Il s'est fait passer pour un voiturier dans mon hôtel afin de pouvoir se promener dans des voitures de luxe. Tu appelles ça « une bêtise », j'appelle ça un crime. Et je pense aussi que lui chercher continuellement des excuses ne l'aide pas à avancer.

— Insinuerais-tu que je suis responsable de son emprisonnement ? demanda-t-elle d'un ton glacé, en posant son livre à côté d'elle. Tu as la mémoire courte. J'ai pris ce travail à Boston pour être avec toi et, maintenant, j'y suis coincée parce que mon petit frère est enfermé dans un centre de détention. Que penses-tu de cela ?

— Mon opinion n'importe pas, répliqua-t-il sèchement.

Comme elle se penchait en avant pour écouter sa réponse, révélant au passage la dentelle délicate de son soutien-gorge blanc, il sentit son corps s'embraser.

— Je suis ici pour faire mon travail, comme toi.

— Ton travail ?

D'une main rapide, elle retira sa ceinture de sécurité et se leva. Ses yeux lançaient des éclairs.

— Alors puisque tu es là pour ton travail, que dirais-tu de ne plus parler de ma famille et de nous en tenir à des relations strictement professionnelles ?

Il hocha la tête. Elle avait raison. Pourquoi l'avait-il provoquée en évoquant son frère ? Il était incapable de répondre à cette question, d'autant qu'il sortait généralement de ses gongs à la seule évocation de Timothy Palmer : il songeait à tous les ennuis qu'il avait attirés à sa sœur, aux situations dangereuses où il l'avait mise et celles où il aurait pu l'impliquer.

Et il songeait à tout le tort que ce garçon leur avait causé.

Victoria avait rejoint l'allée, à la recherche d'une issue pour fuir. Mais, même dans un avion de luxe, elle ne trouverait aucun refuge.

— Il y a un lit, si tu veux te reposer, dit-il alors, en désignant d'un doigt l'arrière de l'appareil.

Un lit ? Il n'avait sans doute pas dit la chose la plus intelligente en un tel moment…

Elle écarquilla les yeux et il attendit sa réponse cinglante lorsque l'avion pénétra dans une zone de turbulences qui la déstabilisa. Il tendit la main vers elle, mais elle trébucha et s'agrippa au dossier en cuir de son siège.

Déséquilibrée par une autre secousse, elle fut projetée vers leurs sièges et tomba… assise sur ses genoux.

2.

Elle sentit son estomac descendre dans ses talons lorsque l'avion fit une nouvelle embardée. Elle s'accrocha à l'épaule de Javier pour ne pas glisser à terre et, projetée en avant par un trou d'air, elle se cogna à son torse large et musclé.

Frôlant son bassin, elle devina au passage une forme dure à travers son pantalon.

Oh ! Mon Dieu.

Elle chercha ses yeux bruns et frissonna en les voyant flamboyer. Puis elle huma l'odeur de sa peau, si délicieusement masculine, et renoua brusquement avec le souvenir de leurs deux corps, nus et emmêlés dans un lit. Elle n'ignorait rien du plaisir qui l'attendrait si elle s'abandonnait à enlever son pantalon, son caleçon, et s'asseyait à califourchon sur lui.

Un an plus tôt, elle l'aurait déshabillé sans hésiter. Après tout, ils étaient seuls dans la cabine — le pilote se trouvait dans le cockpit — et Javier lui avait souvent répété combien il appréciait sa spontanéité. Elle, en revanche, ne lui avait jamais avoué son secret : il était l'unique homme à la rendre si audacieuse en amour, à provoquer en elle ce désir ardent. Aucun autre n'avait jamais su l'embraser.

Ils avaient vécu une relation faite de longues étreintes impulsives et passionnées. Lorsqu'ils s'aimaient, Javier perdait son calme et son détachement aussi vite qu'il retirait ses vêtements. Ils avaient partagé une telle attirance mutuelle qu'ils en avaient oublié leurs différences… à moins qu'ils ne les aient volontairement ignorées.

Mais ils avaient été rattrapés par ces divergences. Et elle en avait eu le cœur brisé.

Elle se tortilla pour essayer de lui échapper, de se soustraire à la tentation. La retenant alors par les hanches, il l'empêcha de se lever.

— Victoria, s'il te plaît, reste tranquille, dit-il d'une voix sourde.

Elle sentit ses genoux trembler un peu plus à cet ordre. La bouche de Javier était à quelques centimètres de la sienne. Elle n'avait qu'à pencher un peu son visage pour que la flamme renaisse.

A peine était-elle à ses côtés depuis une demi-heure qu'elle s'apprêtait déjà à reproduire la même erreur que par le passé.

Elle posa sa main sur son torse pour le repousser.

— Laisse-moi partir, dit-elle.

— J'essaie, Victoria. Crois-moi, j'essaie, répondit-il, en tapotant ses doigts contre sa peau.

Eprouvait-il de l'agacement ? Du désir frustré ?

Lorsqu'il avait parlé, elle avait senti son souffle envelopper son visage et pénétrer son âme. Elle avait eu follement soif de lui durant cette dernière année et elle avait passé son temps à redouter autant qu'à espérer une nouvelle rencontre dans les rues de Boston

— Martha's Vineyard ne se trouvant pas si loin… aussi pourquoi le retrouvait-elle ici et maintenant ?

Alors qu'ils étaient séparés depuis presque douze mois, elle avait soudain pris une décision : elle devait le chasser de son cœur et de son esprit une bonne fois pour toutes. Elle avait trop perdu de temps. Elle avait considéré le contrat de courte durée proposé par Enrique Medina pour être son infirmière comme une opportunité et un signe : elle avait enfin l'occasion de se prouver qu'elle avait définitivement tourné la page et qu'elle pouvait retourner dans cette famille sans souffrir… Avec ce voyage en avion, elle mesurait l'étendue de son erreur.

Sauf qu'elle n'avait plus la possibilité de faire marche arrière. Elle avait trop besoin du salaire offert par Enrique. Grâce à cet argent, elle pourrait payer à son frère un avocat prêt à faire appel pour demander une réduction de peine et ainsi lui permettre de sortir le jour de ses dix-huit ans, et non à vingt et un.

Mais surtout, elle ne devait pas oublier que Javier était l'homme qui avait envoyé son frère derrière les barreaux, pour un délit qu'elle ne jugeait pas si grave.

Elle sentit ses yeux la piquer mais, avant qu'elle ne se détourne pour cacher ses pleurs, il essuyait, avec une infinie tendresse, une larme roulant sur sa joue. Seigneur ! Comme ses doigts sur sa peau étaient doux.

A cet inslant, lcs haut-parleurs crépitèrent et la voix du pilote s'éleva dans la luxueuse cabine.

— Le temps n'est pas très clément, aujourd'hui, déclara-t-il. Nous aurons des orages pendant presque toute la durée du vol. Aussi, je vous demande de rester assis et de boucler vos ceintures.

Elle sentit la main de Javier glisser le long de son bras, s'arrêter sur ses hanches. Mais plutôt que l'aider à se lever, il la maintint assise sur lui.

Elle posa de nouveau sa paume sur son torse dur pour le repousser mais il demeurait inflexible.

— Lorsque nous serons arrivés sur l'île, nous ferions mieux de ne plus nous voir, dit-elle d'une voix ferme.

— Si tu ne ressens plus rien pour moi, alors nous côtoyer ne devrait poser aucun problème, répondit-il, tout en exerçant une légère pression sur son dos pour qu'elle se rapproche de lui.

— Qui a dit que je n'éprouvais plus rien pour toi ? répondit-elle, glaciale, en continuant à le maintenir d'une main à bonne distance. Tu peux me mettre hors de moi, je souffre quand je te regarde, et je déteste mon corps, qui te désire encore malgré tout ce qu'il s'est passé. Cela dit, en tant qu'infirmière, je veux croire que je suis victime d'une réaction purement biologique.

— Je parlerais plutôt d'une réaction chimique, corrigea-t-il, d'une voix rauque.

— Appelle cela comme tu veux, je ne veux pas de toi dans ma vie. J'apprécierais donc énormément que tu me laisses tranquille, maintenant et pendant tout mon séjour sur l'île.

Il la fixa un moment en silence et elle s'attendit à une repartie cinglante. Ou peut-être à un baiser, qu'elle n'esquiverait probablement pas. Sans doute voudrait-il démontrer avec quelle facilité elle capitulerait toujours face à lui ?

Mais il déjoua toutes ses attentes en desserrant son étreinte pour l'aider à se lever.

— L'île est grande, dit-il calmement, et la propriété du roi est immense. Nous devrions réussir à nous éviter sans problème… mais si tu as la moindre envie de me voir, n'hésite pas à me le faire savoir.

Elle ne répondit pas et traversa l'allée. Avant de s'asseoir, elle posa un regard sur lui. Il était tranquillement en train de sortir un ordinateur de sa mallette, comme si elle n'existait plus. Comment pouvait-il cloisonner ses émotions avec une telle aisance ?

Elle devina ses jambes prêtes à se dérober sous elle et se laissa tomber dans un siège, le corps brûlant d'avoir senti les mains de Javier se promener sur elle.

Il avait allumé son ordinateur mais son attention était accaparée par la jeune femme, assise de l'autre côté de l'allée. Elle avait abandonné l'idée de lire et dormait à présent d'un sommeil agité. Il remarqua que la délicate peau sous ses yeux était cerclée de noir, signe d'une tension extrême. Sans doute était-elle bouleversée par son inconséquent de frère. En l'envoyant en centre de détention pour mineurs, il avait espéré alléger un peu la pression qui pesait sur elle. D'après les nouvelles qu'il recevait régulièrement depuis que Timothy était enfermé, le garçon se conduisait sagement.

Or, s'il surveillait les agissements de son frère, il s'informait aussi de la vie de la jeune femme. Pour cette raison, il avait été très surpris de la trouver dans cet avion, alors qu'il aurait dû être le premier au courant.

Il eut alors une intuition. Son oncle lui aurait-il tendu un traquenard ? Car si le corps du vieux roi était malade, son esprit restait toujours aussi alerte.

En ce cas, il n'appréciait guère cette tentative de manipulation. S'il avait voulu que Victoria revienne dans sa vie, il aurait agi lui-même.

Il entendit alors une petite voix insidieuse lui rappeler tout le temps passé à l'observer en secret, notamment au cours du dernier mois. Il en avait perdu tout contrôle sur sa vie, une chose plutôt inhabituelle pour lui… aussi inhabituelle que ses sentiments pour elle.

Il ne nourrissait aucun doute : sa relation avec elle était encore en suspens. Et il avait une semaine sur l'île de son oncle pour mettre un point final à cette histoire…

Ou pour la mettre dans son lit.

3.

Elle avait les yeux rivés au hublot au moment où le vol s'achevait. Enfin ! Entre les caprices du temps et la présence de Javier de l'autre côté de l'allée, elle avait eu les nerfs mis à rude épreuve. Elle était impatiente d'arriver pour pouvoir se plonger dans son travail et ne plus penser à lui.

Au loin, elle distinguait déjà l'île, posée au milieu de l'océan. Un front orageux l'enveloppait d'une sorte de brume qui s'épaississait à mesure que la nuit tombait. Dressés dans le ciel, des palmiers luxuriants contrastaient très nettement avec les arbres sans feuilles et couverts de neige de Boston.

Elle ne venait pas pour la première fois, mais la beauté de l'île lui coupa, comme toujours, le souffle. Le domaine des Medina ressemblait à une petite ville, comme une brusque explosion de lumières au milieu du vaste océan.

Les détails de la péninsule apparurent plus nettement à l'instant où l'avion se rapprochait. Une dizaine de dépendances entouraient le bâtiment principal, une magnifique demeure blanche en forme de U et richement éclairée. L'édifice faisait face à la mer, au milieu d'un parc où trônait une splendide piscine.

Elle n'arrivait pas à discerner grand-chose à cause de l'obscurité, mais elle se souvint à quel point l'endroit était étroitement surveillé — une vraie prison dorée pour les fils d'Enrique Medina. Gigantesque, certes, mais une prison quand même.

Elle allait rester une semaine dans cette luxueuse cage, auprès d'un homme bien décidé à se passer du matériel médical de pointe qu'il pouvait pourtant s'offrir avec sa fortune. Même si elle comptait le soigner le mieux possible, elle savait que la condition du vieux souverain nécessitait évidemment des soins dans un hôpital… et elle avait la ferme intention de le lui dire. Poliment mais fermement. Et aussi souvent qu'il le faudrait.

Elle se sentit mieux en pensant à la tâche qui l'attendait. Si elle était sur l'île, c'était seulement pour s'occuper d'Enrique Medina. Elle ne devait plus songer à ses déboires avec le neveu du souverain. Elle devait oublier jusqu'à ses *hormones*.

Les haut-parleurs grésillèrent de nouveau.

— Votre attention, s'il vous plaît, déclara le pilote. Nous allons effectuer un atterrissage forcé. Les conditions de vol se sont trop détériorées à cette altitude et je vous demande de vous préparer pour une descente accélérée.

La jeune femme sentit son cœur monter dans sa gorge. Sans même s'en rendre compte, elle tendit la main vers Javier.

Javier avait encore la main tout endolorie tant elle l'avait serrée avec force durant la descente et l'atterrissage chaotiques.

Même s'il n'en avait rien montré, il avait nourri une vive inquiétude à l'idée qu'elle coure un danger.

Maintenant, ils étaient tous deux en sécurité, sur le sol, au pied de l'avion. Comme la pluie tombait à verse, il déploya un parapluie au-dessus de leurs têtes et adressa un petit signe au garde armé pour que l'on rapproche leur véhicule. Un 4x4 Porsche Cayenne les attendait, un peu plus loin.

A cet instant, un éclair déchira le ciel, suivi de très près par le grondement du tonnerre. Trop près à son goût. Il saisit Victoria par la taille et la conduisit d'un pas rapide à la voiture. Leurs vêtements trempés en quelques secondes par la violence de l'averse, il ouvrit la porte côté passager et l'invita à monter. Puis il fit le tour de l'habitacle et s'installa derrière le volant pendant que le garde chargeait leurs bagages dans le coffre. Une minute après, il quittait le parking et s'engageait sur l'étroite route à deux voies bordée de palmiers en direction de la propriété.

— Je me sens plutôt gênée de salir une si belle voiture avec mes vêtements mouillés, dit-elle, en baissant les yeux sur son pantalon ruisselant.

Il alluma le chauffage. Une certaine fraîcheur régnait dans l'air malgré le climat tropical, encore accentuée par le déluge de pluie.

— Ne t'inquiète pas pour l'eau dans la voiture, la rassura-t-il. Ce n'est qu'un objet.

— Pour toi, peut-être. Pour moi, cet « objet » représente plus d'une année de salaire.

— Je pense que les sièges pourront survivre à un peu d'humidité.

Lui, en revanche, n'était pas certain de se remettre

du spectacle qu'elle lui offrait. Rendu transparent par la pluie, son chemisier blanc lui collait à la peau, révélant sa poitrine dressée dans son affriolant soutien-gorge en dentelle.

— Regarde devant toi, ordonna-t-elle d'un ton ferme, en sentant son regard appuyé sur elle.

Il obéit et reporta immédiatement son attention sur la route, surpris par sa propre attitude. Comment pouvait-il se laisser distraire alors qu'ils se trouvaient tous deux en proie à une tempête désastreuse ? Même la suspension ultramoderne de la Porsche était éprouvée par les branches, arrachées des arbres, qui jonchaient la route.

Il songea alors à sa remarque sur le prix de la voiture. Il n'avait jamais imaginé que l'argent de sa famille pouvait la mettre mal à l'aise, et ce pour une simple raison : même si l'héritage de son oncle se chiffrait en millions de dollars, il avait choisi de gagner sa vie par lui-même. Il avait voulu exercer une profession, montrer l'importance qu'il accordait au travail. Il avait cru partager cette vision de la vie avec Victoria… mais elle n'avait sans doute jamais pensé comme lui.

Un éclair zébra de nouveau le ciel.

Trop accaparé par l'intensité de leur vie intime pour creuser plus loin, avait-il manqué d'autres choses ?

Le ciel s'illumina et un craquement proche retentit.

Poussant un juron, il donna un brusque coup de volant sur la gauche, à l'instant où, devant eux, un arbre coupé en deux commençait à vaciller. La Porsche dérapa sur plusieurs mètres avant de s'arrêter et, dans un fracas épouvantable, le tronc calciné s'abattit violemment sur le sol, à quelques centimètres de la carrosserie.

Un lourd silence tomba entre eux, seulement troublé par la pluie qui martelait le toit du 4x4.

— Victoria ? demanda-t-il, en se tournant prestement vers elle.

— Je vais bien, répondit-elle, livide mais visiblement indemne. Heureusement que tu as réagi vite. Je suppose qu'il ne nous reste plus qu'à prendre une autre route.

Une autre route ? Si seulement les choses étaient si simples. Chargé d'assurer la sécurité de la famille Medina, il connaissait l'île comme sa poche.

— Il n'y a pas d'*autre* route, Victoria. Nous allons devoir faire demi-tour.

— Mais le roi ? Il m'attend.

— Il va devoir se débrouiller avec une maison remplie de domestiques dévoués et son ancienne infirmière, qui ne partira pas avant que tu sois arrivée.

Il laissa alors une idée germer dans sa tête. N'avait-il pas cherché un moyen d'en finir avec elle ? Peut-être avait-il une solution pour la chasser définitivement de son esprit.

— Nous devrions aller nous sécher quelque part, dit-il.

— Où ? s'enquit-elle avec méfiance.

— Ne t'inquiète pas.

Il savait exactement où l'emmener pour l'avoir à lui tout seul.

4.

Malgré le chauffage, Victoria frissonna. Peut-être était-ce à cause de Javier, qui l'avait littéralement dévorée des yeux dans ses vêtements mouillés ? Ou à cause de la nuit qu'ils s'apprêtaient à passer ensemble, sans même qu'elle ait son mot à dire ?

Elle lui lança un regard en coin. Il était en train de téléphoner pour prévenir la résidence de leur situation, de sorte que le roi ne s'impatiente pas.

— Absolument, dit-il à son interlocuteur, son oreillette *Bluetooth* dans l'oreille. La route est bloquée. Nous allons trouver refuge dans la serre et y rester cette nuit. Inutile d'envoyer des secours, l'orage est trop fort… Bien sûr… Je m'occuperai de cela dès demain matin.

Et il raccrocha, comme si ce coup de téléphone n'avait été qu'une simple formalité — et non un acte qui scellait leurs destins. Ils étaient tous deux, *seuls*, pour les douze prochaines heures. Comment parviendrait-elle à lui résister si longtemps ? Brusquement, elle trouva l'air irrespirable autour d'elle alors qu'elle brûlait, dévorée par un désir étouffé durant de longs mois.

Un moment plus tard, Javier ralentit et quitta la

route bordée de palmiers pour s'engager sur un chemin boueux durant quelques centaines de mètres. Les phares de la voiture éclairèrent alors un kiosque, un gigantesque chêne centenaire et, en arrière-plan, un bâtiment de verre et de métal, en plein cœur d'une clairière. C'était la serre.

Il roula jusqu'à l'entrée principale, éteignit le moteur et se tourna vers elle.

— Nous sommes arrivés, déclara-t-il, simplement. Il y a une petite cuisine, nous y trouverons sans doute du café et de quoi manger. Il y a aussi une douche et un canapé dans le bureau, au fond.

Elle inspira profondément, avant de poser une main sur la poignée de la portière.

— Peut-être devrions-nous y aller ? dit-elle, faussement détendue.

Elle sortit de la voiture et, sans attendre qu'il la rejoigne avec un parapluie, se précipita vers la porte d'entrée. Elle était ruisselante d'eau lorsqu'il arriva en haut des marches en pierre du perron. Il ouvrit les deux battants de la porte — ce qui provoqua l'envol d'un moineau égaré dans le bâtiment désert — et s'effaça pour qu'elle entre.

Une fois la porte close, elle sentit l'obscurité et l'air, lourd de parfums, peser sur elle.

Elle eut besoin d'un petit moment pour habituer ses yeux à la pénombre et enfin découvrir un endroit qui évoquait un parc floral intérieur. Il ne ressemblait pas aux serres surchargées qu'elle avait eu l'occasion de visiter par le passé. Elle remarqua des endroits pour se reposer et des bancs pour lire ou simplement rêvasser. De foisonnantes fougères se balançaient au-dessus de leurs têtes, tandis qu'un mur entier était chargé de vases pleins de fleurs coupées. Des palmiers et des cactus en pot ajoutaient encore à l'impression de hauteur du bâtiment. Dans un angle, une fontaine en marbre italien laissait couler un filet d'eau.

Elle avança lentement dans l'espace immense. Des plantes grimpaient le long des vitres tandis que la lune filtrait à travers le toit de verre. Elle entendit les gouttes de pluie résonner contre les parois.

Elle était médusée.

— On trouve vraiment tout sur cette île, dit-elle, dans un souffle.

Elle n'aurait pourtant pas dû être étonnée — l'île était dotée d'une clinique dentaire et médicale pour pallier aux urgences, d'une église, d'étables et de pavillons d'amis. Pourquoi pas une serre de cette dimension ?

Un rayon de lune éclaira à cet instant les larges épaules de Javier et ses cheveux sombres, humides de pluie. Elle eut soudain envie d'y passer ses doigts, comme autrefois.

— Tout ? C'est presque ça. Après avoir été chassé de San Rinaldo, mon oncle a tenu à ce que mes trois cousins reçoivent une éducation « classique ». Or, sachant qu'il ne pouvait les autoriser à quitter cette île, il s'est arrangé pour que le monde vienne à eux. Il ne voulait pas qu'ils soient tentés d'aller voir ailleurs.

— Et toi ? demanda-t-elle, en ralentissant le pas pour s'arrêter et lui faire face.

— J'ai grandi en Argentine, répondit-il, impassible. Nous étions la famille qui servait d'« appât ». Nous sommes seulement cousins, mais nous ressemblons suffisamment aux Medina pour que le roi nous envoie là-bas, afin de détourner l'attention.

— Mais c'est horrible.

— Tu sais, ma famille a uniquement survécu grâce à l'argent qu'il nous a versé durant notre exil… et le danger que nous courions en Argentine était minime par rapport à celui que nous aurions pu affronter ici, ajouta-t-il, en effleurant une fleur d'hortensia du bout des doigts.

Elle se rapprocha de lui avec prudence. Pourquoi ne connaissait-elle rien de cette partie de sa vie ? Elle regrettait de ne pas lui avoir posé plus de questions du temps où ils étaient ensemble. Il était terriblement secret avec sa famille. Il lui avait même déclaré un jour qu'il se taisait pour son propre bien et elle n'avait jamais osé insister.

Mais aujourd'hui, Alys, une cousine de Javier, avait révélé au monde entier la vérité sur la famille Medina et elle pourrait sans doute aborder les choses plus simplement. Peut-être même réussirait-elle à mieux le comprendre, voire à porter un regard apaisé sur cette relation qui l'avait tant fait souffrir ?

— Je saisis mieux pourquoi Alys a eu besoin de raconter votre histoire. Après avoir été forcée à l'exil et utilisée pour déjouer le danger, elle avait de bonnes raisons d'en vouloir aux Medina.

— Ne lui cherche pas d'excuses, rétorqua-t-il sèchement, en serrant si fort son poing qu'il arracha les pétales de la fleur. Elle a trahi les Medina. Alys n'est pas aussi proche que moi du roi et de ses fils et elle ne songe qu'à une chose : épouser un prince et avoir tous les avantages dus à ce rang. Elle n'a pas hésité à jeter sa famille en pâture à la presse pour arriver à ses fins. Les personnes prêtes à tout pour de l'argent sont absolument dénuées de tout sens moral.

A ces mots, elle sentit le sang refluer de son visage.

— Comme mon frère ? demanda-t-elle en avançant vers lui avec une voix tremblante de colère. C'est ce que tu sous-entends ?

— Comprends ce qu'il te plaira, répondit-il, imperturbable, en relevant légèrement le menton.

— J'ai horreur quand tu fais ça.

— Quand je fais *quoi* ?

Bien qu'elle ne risquait pas de subir le même sort que le malheureux hortensia, elle hésita.

— Quand tu fais semblant de ne pas comprendre mes questions, lança-t-elle, en plantant ses yeux dans ceux de Javier. Pourquoi n'abandonnes-tu pas tes airs supérieurs pour simplement me répondre ?

Il l'observa sans rien dire pendant un très long moment. Etait-il en train de songer à partir et la laisser là ?

Mais, brusquement, elle vit son expression changer et une lueur adoucir ses yeux.

— Parce que…, dit-il, en posant une main encore pleine des pétales de la fleur sur son délicat visage… parce que, quand tu es près de moi, je n'ai qu'une envie. T'embrasser.

5.

Il avait admis cette évidence au moment où elle s'était retournée pour lui faire face, baignée par les rayons de lune qui passaient à travers les vitres de la serre. Elle avait une faculté de croquer la vie à pleines dents qui la rendait irrésistible. Et maintenant, elle se tenait là, à seulement quelques centimètres de lui.

Elle passa sa langue sur ses lèvres et Javier y lut une invitation. Soulevant délicatement son menton, il l'obligea à lever le visage et l'attira à lui. Après un an de séparation, un an à rêver d'elle, il la prenait enfin dans ses bras.

Il approcha lentement sa bouche de la sienne, et elle poussa un de ces inimitables soupirs de plaisir. Lorsque leurs lèvres se touchèrent, elle sentit une explosion de désir envahir tout son corps.

Elle passa alors ses bras derrière son cou, pour se cambrer contre lui. Sous ses vêtements humides, il pouvait deviner son corps brûlant de passion.

Il prolongea son baiser, redécouvrant la douceur de sa bouche, son goût et ses frémissements. Il sentit ses seins fermes et gonflés pressés contre son torse, ravivant le souvenir de leurs anciennes caresses. Le tonnerre gronda au-dessus d'eux sans parvenir à couvrir les battements de leurs cœurs.

Lentement, il laissa ses doigts glisser le long du dos de la jeune femme. D'abord ses hanches, puis ses fesses, qu'il prit entre ses mains pour mieux la serrer contre lui, contre son sexe dur.

— Seigneur, Victoria, dit-il, haletant. J'ai tellement envie de toi… c'est presque douloureux.

— Je sais, murmura-t-elle, contre sa bouche. Je sais. Moi aussi. Cela fait si longtemps. Une année entière sans toi, sans *ça*…

Glissant sa main entre eux deux, elle descendit vers sa braguette pour le caresser. Il éprouva un plaisir si intense qu'il rejeta la tête en arrière. Les yeux fermés, il se mordit la lèvre pour ne pas succomber et prit une grande inspiration : l'odeur de la jeune femme mêlée aux senteurs des fleurs l'enivrait.

Il n'avait pas choisi la serre par hasard. Face à l'urgence de la situation, il avait songé à de nombreux endroits… mais celui-ci était certainement le plus intime et le plus romantique de tous. Bien sûr, il aurait pu exiger qu'un des membres de la sécurité vienne à leur secours, mais il n'avait pas voulu perdre une belle occasion de se retrouver isolé avec elle.

Brusquement, il éprouva un léger malaise… Pour satisfaire son envie d'être seul avec elle, il n'avait pas hésité un instant à la manipuler. Il l'avait amenée ici sans même l'informer des autres possibilités, sans lui laisser le choix. Il n'avait pas été correct. S'il s'avouait volontiers autoritaire, il avait néanmoins à cœur de rester honnête et intègre. Même si, pour cette raison, il l'avait déjà perdue un an auparavant. Même s'il risquait de la perdre une seconde fois aujourd'hui.

La prenant par les épaules, il la repoussa doucement, non sans regret. Elle ouvrit des yeux pleins de désir et d'incompréhension.

— Javier ? demanda-t-elle, en posant les mains sur le revers de son manteau trempé.

Il approcha sa main de son visage et repoussa une mèche blonde, avant de répondre.

— Nous n'avons jamais eu à douter de notre incroyable attirance réciproque. Mais je crois qu'il est temps pour nous d'avoir une petite conversation.

— Tu veux parler ? *Maintenant ?*

Incrédule, la jeune femme monta d'une octave et il sentit son intégrité vaciller. Mais il se ressaisit vite. S'ils voulaient de nouveau vivre une histoire ensemble, il devait se montrer sincère.

— Nous ne sommes pas obligés de rester dans cette serre, ce soir, dit-il. Je peux passer un coup de fil et demander à ce qu'on vienne nous chercher.

— Mais l'orage ? N'as-tu pas dit que la seule route praticable était bloquée ?

— C'est vrai, il n'y a qu'une route principale… mais il existe plusieurs chemins de traverse que l'on peut emprunter en Jeep. Et si la météo nous ralentit, elle ne nous empêche pas d'avancer.

— Si je comprends bien… tu as fait exprès de m'amener ici ? demanda-t-elle, les yeux agrandis par la surprise.

Si elle était étonnée, elle ne semblait pas en colère et ne l'avait pas repoussé, ce qui était plutôt bon signe.

— Oui, avoua-t-il, j'ai choisi cet endroit pour être

tranquille avec toi. J'avais l'intention de te séduire avec des fleurs, mais j'ai brusquement cédé à une irrépressible envie de t'embrasser et…

— Moi aussi, dit-elle avec une note d'ironie dans la voix.

— Pour être honnête, je n'avais pas envisagé que les choses iraient si vite entre nous, répondit-il en souriant, avant de prendre son visage entre ses larges mains et de plonger ses yeux dans les siens. Mais j'aurais dû le prévoir vu notre passé… Si nous prolongeons ce baiser, si nous restons ici ce soir, je veux être absolument certain que tu en as envie.

Elle l'observa longtemps, si longtemps qu'il songea très sérieusement qu'elle allait refuser de rester. Qu'il risquait cette fois de la perdre pour de bon. Car il n'aurait pas d'autre chance avec cette femme qui risquait de le hanter jusqu'à la fin de ses jours avec ses magnifiques yeux bleus, son parfum et ses caresses trop douces.

Il suivait le cours de ces pensées lorsqu'elle lâcha le revers de son manteau. Il devina ses genoux prêts à fléchir sous l'effet d'une grande contrariété. Allait-il la laisser filer, sans même tenter de la retenir ?

Elle entreprit alors d'épousseter son manteau, retirant les pétales accrochés dans la laine, et il comprit qu'elle ne comptait pas le repousser. Au contraire, elle s'était rapprochée et appuyait maintenant ses hanches contre lui.

— Javier…, dit-elle, en promenant lentement sa fine main sur sa joue, je pense que nous serions en danger à conduire sous un tel déluge alors que nous nous trouvons dans un abri sûr. Je pense aussi que je suis exactement à ma place, là où j'ai envie d'être.

Brusquement, il sentit un poids tomber de ses épaules avec un vif soulagement. Mais ils devaient encore régler beaucoup de choses… par exemple évoquer son rôle dans l'arrestation de Timothy.

Elle effleura ses lèvres du bout des doigts, pressant doucement son index sur sa bouche.

— Ne parlons plus et profitons de cette nuit, murmura-t-elle, comme si elle avait deviné ses pensées. Nous y verrons plus clair demain, quand l'orage sera calmé.

Elle avait parlé d'une voix douce mais ferme.

Il se posa une question, l'espace d'un instant : pouvaient-ils accorder au sexe autant de place que par le passé sans être imprudents ? Il l'éluda très rapidement :

— Je crois que nous devrions retirer nos vêtements mouillés, dit-il, en tendant la main à Victoria.

6.

Elle n'hésita pas une seconde à saisir la main de Javier, comme dans ces rêves douloureux où elle lui confiait à la fois son cœur et sa vie avant de se réveiller seule.

Ce soir, ils allaient de nouveau faire l'amour, et même si elle n'avait ni oublié, ni pardonné son attitude envers son frère, elle souhaitait profiter de cette occasion unique. Elle allait enfin alléger la souffrance qui la taraudait depuis un an. Elle avait besoin d'une « dernière fois » avec lui… et elle se moquait que l'endroit ne soit pas particulièrement approprié.

— Où allons-nous ? demanda-t-elle, comme il l'entraînait vers l'arrière de la serre.

Il se retourna et la regarda en souriant, avec dans ses yeux noirs une lueur malicieuse et familière.

— Le bureau est équipé d'une salle de bains que j'ai fait installer récemment… et comme je garde un souvenir ému de nos douches à deux…

— Il y a une vraie douche ici ?

— S'occuper des plantes est un métier très salissant, répondit-il, en entourant ses épaules pour la guider sur le côté.

Elle aperçut alors un espace dédié au rempotage,

avec de grandes jarres remplies de terreau et des sacs d'engrais alignés sous une longue table de bois.

— Je comprends mieux l'intérêt d'une salle de bains, dit-elle, en se retournant vers lui. Et je trouve que tu es très attentionné d'avoir pensé à l' installer.

— Si j'étais aussi attentionné que tu le penses, je l'aurais fait depuis déjà longtemps.

— Chut, répondit-elle, en posant un doigt sur sa bouche, comme ils arrivaient devant l'entrée du bureau. Ne parle plus.

Avec un sourire, il ouvrit la porte, s'esquiva pour qu'elle entre et la reprit dans ses bras, une fois à l'intérieur. De ses doigts habiles, il défit prestement les boutons de son chemisier tandis que, tout aussi impatiente, elle lui ôtait sa veste. Elle n'eut besoin que d'une demi-seconde pour se souvenir des gestes les plus efficaces pour le déshabiller. Un instant plus tard, leurs vêtements gisaient tout le long du chemin vers la salle de bains.

Ils étaient maintenant peau contre peau. Elle se serra contre lui pour épouser parfaitement son corps. Elle soupira de plaisir à ce contact merveilleux, tout en rejetant la tête en arrière, les yeux à demi clos. Lorsqu'elle les rouvrit, elle découvrit la pièce qui l'entourait…

Eh bien… ce n'était pas exactement ce qu'elle appelait une petite salle d'eau !

Elle nota d'abord les carreaux en travertin couleur sable, puis les épais draps de bain et la spacieuse douche digne d'une balnéothérapie avec ses étagères creusées dans le mur. Celles-ci étaient remplies de savons naturels, mouchetés de lilas, de gardénia, de jasmin ou de chèvrefeuille. Des roses apportaient la touche finale à la décoration.

— Je n'aurais jamais soupçonné un tel luxe dans la salle de bains d'une serre.

— Mon oncle ne lésine généralement pas sur les dépenses.

Il la conduisit doucement vers la douche dont il tourna les robinets d'eau, et l'attira de nouveau contre lui.

— Je ne m'en plains pas, dit-elle alors, en caressant de l'index les muscles saillants de son torse. J'ai juste une question… As-tu un préservatif ? Car nous n'avions pas prévu que les choses tourneraient ainsi et…

— Je m'en suis occupé, répondit-il avec un sourire plein de promesses. J'en ai trouvé dans la salle de bains du jet, et je n'ai eu qu'à me servir durant le vol.

Il se pencha pour attraper son pantalon abandonné sur le sol et fouilla dans une de ses poches.

— Je ne voulais prendre aucun risque.

— Dieu merci, soupira-t-elle, en s'adossant au mur de la douche. Et combien en as-tu pris ?

Il la dévora des yeux avant de la frôler pour poser la boîte sur l'une des étagères derrière elle.

— Disons que j'ai vu grand.

Elle se détendit sous l'ondée d'eau tiède qui pleuvait sur son corps, totalement chavirée par l'assurance virile de Javier.

— Pour une fois, j'apprécie ton arrogance.

Il la prit alors dans ses bras et leurs corps se mêlèrent. Elle lui embrassa le cou, le mordilla, le lécha tandis qu'il laissait courir ses mains sur sa peau. Lorsqu'il caressa ses seins, elle comprit qu'elle n'avait pas oublié une seule des secondes qu'ils avaient passées ensemble.

Il prit un des savons pour le faire mousser dans ses mains humides et le reposa. Une forte odeur de lilas se répandait dans la cabine. Elle eut l'impression de respirer un bouquet de fleurs fraîches… puis elle cessa de penser au moment où Javier glissait ses doigts entre ses jambes.

Elle redécouvrit son corps viril avec ferveur tandis qu'il explorait le sien, bientôt submergée par la sensation qu'elle allait défaillir là, entre ses bras.

— Je ne peux plus attendre. Je t'en prie, dit-elle, dans un souffle.

Il émit un grognement d'approbation qui résonna dans toute la pièce. Il fut si rapide à mettre son préservatif qu'elle s'en rendit à peine compte. Un instant plus tard, alors qu'elle était toujours adossée au mur de carreaux, il la souleva pour qu'elle enroule ses jambes derrière sa taille, jusqu'à ce qu'ils s'emboîtent parfaitement.

Elle noua alors les mains derrière sa nuque et se colla à lui, enfonçant profondément ses talons dans le bas de son dos. Il n'eut qu'à bouger à peine et il fut en elle. Lentement, leurs corps commencèrent à onduler, trouvant petit à petit leur rythme. Elle sentit le désespoir de ces douze derniers mois s'évaporer en même temps que la vapeur d'eau autour d'eux. Comme si elle n'avait jamais passé toutes ces nuits à mordre son oreiller tant il lui manquait. Comme si elle n'avait pas nourri ces rêves de le retrouver un jour.

Elle détestait ces fantasmes qui l'enchaînaient au passé. Elle se réveillait chaque fois frustrée, solitaire, hantée par tous ces merveilleux moments qu'ils avaient passés ensemble…

Puis elle fut assaillie par le souvenir de son frère

et la terrible dispute qui l'avait opposée à Javier. Elle repoussa rapidement cette pensée, ne songeant qu'au plaisir éprouvé entre ses bras, aux mots passionnés qu'il murmurait.

Elle était de plus en plus excitée par son torse musclé frottant contre sa poitrine.

Elle perçut soudain un picotement monter du plus profond de son ventre, puis se propager dans tout son corps, à chaque seconde plus intense. Elle se mit à bouger plus vite, plus fort… et, submergée par une vague de plaisir, elle se laissa engloutir.

Javier émit un grondement en écho à son cri d'extase et elle crut voir les murs vibrer autour d'eux. Peut-être était-ce simplement dû à l'orage… ou à l'étourdissement du plaisir ? Elle sentit tout son corps trembler.

Lentement, elle reposa les pieds à terre, incapable de tenir sur ses jambes toute seule. Elle garda ses mains accrochées au cou de Javier, enfouissant son visage dans son épaule comme il la tenait serrée contre lui.

Elle ne pouvait plus se mentir. Il était un homme différent, spécial, un homme dont elle aurait toujours envie.

Un homme qui lui avait pourtant demandé d'accomplir la seule chose qu'elle ne pouvait faire…

Tourner le dos à son frère.

7.

Etourdi par la passion, par le parfum des fleurs et de Victoria, Javier ferma les yeux et se blottit contre la jeune femme. Il avait arrangé un lit improvisé sur le sol, à l'aide de couvertures et des coussins du canapé. Ils avaient fait l'amour toute la nuit, s'interrompant seulement pour de courts moments de sommeil.

Enfin, elle s'était assoupie et il l'avait regardée dormir — un plaisir qu'il n'avait plus connu depuis une interminable année.

Maintenant, la nuit touchait à sa fin et il devait agir vite pour la décider à rester avec lui… parce qu'il n'admettrait jamais qu'elle lui échappe une seconde fois.

Au-dessus de leurs têtes, les étoiles commençaient à pâlir. La pluie violente s'était transformée en crachin et le soleil pointait à l'horizon.

Délicatement, il embrassa Victoria sur le front, respirant l'odeur de ses cheveux. Elle remua légèrement, avant d'ouvrir les yeux.

— Il va falloir s'habiller, dit-elle dans un soupir, après avoir jeté un coup d'œil à ses valises.

— Oui, nous n'y couperons pas.

Un peu avant l'aube, il avait enfilé son pantalon et était parti chercher leurs bagages dans la Porsche, puis il s'était tout aussi rapidement dévêtu pour se recoucher, nu, à côté d'elle.

Il promena un doigt sur son bras à la peau soyeuse.

— Mais ce n'est pas parce que nous quittons cette serre que je te laisserai me quitter, ajouta-t-il.

Elle glissa une jambe entre les siennes avant de la faire lentement remonter.

— Parlons d'autre chose, dit-elle, en évitant son regard. *Faisons* autre chose.

Posant une main sur sa cuisse fuselée, il la força à s'arrêter pour éviter de perdre tout de suite le contrôle. Il lui prit alors le menton, l'obligeant à le regarder.

— Quelles sont tes *véritables* motivations pour revenir sur cette île ? demanda-t-il, ses yeux plantés dans les siens. Tu devais bien te douter que, même sans me croiser, j'aurais fini par découvrir ta présence.

— Serais-tu en train de me soupçonner d'avoir tout manigancé ? répondit-elle, en se dégageant brutalement.

— Tu n'as pas besoin de sortir les griffes. Je suis très heureux d'avoir passé cette nuit avec toi.

S'enroulant dans une des couvertures, elle quitta leur couche sommaire et se dirigea vers la fontaine, près de laquelle il avait posé les valises.

— Si je suis ici, c'est parce que je n'ai pas trouvé d'autre moyen pour payer l'avocat capable de faire sortir mon frère de prison, dit-elle d'un ton sec, sans se retourner.

A ces mots, il sentit un frisson lui parcourir l'échine. Il se redressa dans le lit, sans cesser de la suivre des yeux.

— Tu es là pour ton frère ?

— Ton oncle m'a proposé un remplacement d'une

semaine, continua-t-elle, en ouvrant son bagage pour en extraire, d'un geste rapide, quelques vêtements. Il m'a dit qu'il ne trouvait pas beaucoup d'infirmières de confiance depuis que le secret des Medina avait été éventé par la presse.

— Ne crois-tu pas que ton père et ta mère ont le devoir de prendre en charge les dépenses occasionnées par leur fils ? demanda-t-il.

Il songea un instant à quel point leur vie aurait pu être différente si M. et Mme Palmer n'avaient pas reporté sur Victoria leurs responsabilités de parents.

— Je ne dis pas ça pour être désagréable, mais j'essaie simplement de te protéger.

— Timothy est mon frère, répondit-elle, en extirpant un soutien-gorge et une culotte roses d'une main rageuse. Et figure-toi que le mot « famille » a un sens pour moi.

— Ferais-tu allusion à ma cousine, par hasard ?

Il aurait voulu se lever pour la rejoindre mais elle lui faisait bien trop d'effet en s'habillant ainsi devant lui.

— Je ne lui fais pas confiance et je n'ai pas à m'en justifier auprès de toi.

Elle enfila un nouveau chemisier blanc et un pantalon en toile kaki puis se laissa tomber sur le banc accolé à la fontaine. En soupirant, elle cacha son visage derrière ses mains.

— Pourrais-tu t'habiller, s'il te plaît ? demanda-t-elle, d'une voix plaintive. Mon cerveau n'arrive pas à fonctionner correctement quand je te vois nu.

Au moins, c'était une victoire. Il sortit du lit et rejoignit silencieusement la fontaine pour chercher ses vêtements dans son sac. Il choisit rapidement un pantalon et une chemise.

— C'est bon, tu peux ouvrir les yeux, dit-il, lorsqu'il fut prêt.

Elle écarta d'abord les doigts, comme pour s'en assurer, avant de complètement retirer ses mains.

— D'accord, tu as raison de te méfier de ta cousine. En exposant vos secrets au public, elle a mis toute ta famille en danger. Mais elle est adulte, contrairement à Timothy. Ce n'est qu'un adolescent.

Elle se redressa pour lui faire face.

— Si toute sa famille l'abandonne, vers qui pourra-t-il se tourner ? ajouta-t-elle sur un ton de défi.

— C'est exactement ce que je veux te faire comprendre ! s'exclama-t-il, en lui attrapant le bras.

— Comment ça ?

Il se mordit la lèvre, conscient d'en avoir trop dit, et la relâcha.

— Oublie ça.

— Je ne peux pas, répondit-elle, en plantant les poings sur ses hanches, le menton relevé. Mais ça n'a aucune importance : je n'abandonnerai jamais mon frère, quoi que tu dises et quoi qu'il fasse.

Il vit combien elle pensait chacun de ces mots, même si son dévouement ne lui avait causé que des problèmes. Et pour la première fois, il comprit qu'il avait sans doute joué un rôle dans son aveuglement, en lui cachant toutes les raisons de l'arrestation de Timothy. Il avait cru la protéger en se taisant… et il s'était trompé sur toute la ligne.

Il devait mettre les choses au point. Tout de suite.

— Ton frère n'a pas été arrêté pour simple vandalisme, dit-il prudemment, en sachant combien ces révélations risquaient de la blesser… mais aussi de l'aider. Victoria, ton frère faisait partie d'un gang.

— Un gang ?

La jeune femme écarquilla les yeux sous le choc, mais très vite elle se ressaisit et haussa les épaules.

— Ce n'est pas vrai.

— Bien sûr que si !

Il voulut la prendre dans ses bras pour la réconforter mais elle lui lança un regard noir qui l'arrêta net. Ne sachant plus que faire, il enfouit les mains dans ses poches.

— Son avocat le sait, je lui ai fourni toutes les preuves. Ce sont les bandes-vidéo des caméras de surveillance. Ton frère a été obligé de commettre ces délits, Victoria. Il a été contraint de voler des voitures et des bijoux. Cela faisait partie du rituel d'initiation pour être admis dans la bande.

— Et pourquoi ne m'en a-t-il jamais parlé, alors qu'il a toujours pu compter sur moi ? demanda-t-elle, les yeux flamboyants de colère. Je suis sa sœur, tout de même !

Conscient qu'il attiserait sa colère quelle que soit sa réponse, il décida de biaiser.

— Victoria, l'avocat de Timothy et moi avons passé un accord. Je voulais que ton frère soit en sécurité. Au moment où il a été arrêté, tu commençais à être dépassée, tout comme tes parents. Plus personne n'arrivait à le contrôler. Et le centre de détention m'a paru être le seul endroit où il serait en sûreté, sans parler du fait qu'il méritait d'être puni pour ses délits.

La jeune femme pinça la bouche en contractant tous les muscles de son corps.

— De quel droit t'es-tu permis de décider pour tout le monde sans même me consulter ? demanda-t-elle, d'une voix tremblante de rage contenue. Je suppose que tu ne me faisais pas assez confiance… Mais cela m'est égal. Remettons cette conversation à plus tard, si tu veux bien. Tout va trop vite, je ne sais plus quoi penser et je suis trop… furieuse pour en discuter avec toi. Il ne pleut plus. Alors partons.

Elle montrait une telle détermination, jusque dans son regard, qu'il ne put s'empêcher de l'admirer. Elle défendait son frère avec une telle virulence… Elle n'hésitait pas à monter au créneau pour protéger ceux qu'elle aimait, elle était fière et courageuse, impulsive et idéaliste. Comment n'aurait-il pas succombé à toutes ses qualités, même si elles leur attiraient des ennuis… à tous les deux ?

Mais il savait aussi lire dans ses yeux. Et si elle était prête à tout pardonner à son frère, il comprit qu'elle n'était pas prête à tout *lui* pardonner.

Il n'aurait pu choisir pire moment pour réaliser à quel point il l'aimait.

8.

Victoria retint ses larmes durant tout le trajet jusqu'au domaine des Medina. Elle se sentait blessée, en colère et trahie.

Devant la lourde porte d'entrée, elle se posait encore maintes questions. Comment Javier avait-il pu garder pour lui, et pendant si longtemps, une information aussi grave et importante ?

Quant à son frère, comment avait-elle pu ignorer qu'il fréquentait à l'époque des gens dangereux ?

Elle était si accaparée par ses pensées qu'elle n'avait prêté aucune attention à la luxuriance du parc qu'ils venaient de traverser. Elle n'avait pas non plus jeté un regard à la demeure de style espagnol où elle était venue pour la première fois un an plus tôt. Elle ne s'intéressait qu'à l'homme stoïquement debout à ses côtés. Comment pouvait-elle envisager de renouer une relation avec lui quand il se montrait plus intraitable que jamais ?

En même temps, elle avait envie de sangloter à la simple idée de le quitter une nouvelle fois.

Le majordome, qui était venu à leur rencontre, les conduisait maintenant jusqu'à la véranda, ouverte sur la plage, où les attendait le roi.

Elle marcha près de Javier dans l'allée bordée de citronniers et d'orangers qui embaumaient l'air. Puis ils empruntèrent un petit sentier, passant devant des gardes armés avant de pénétrer dans la verrière.

Assis dans un fauteuil roulant, Enrique Medina, très aminci, paraissait épuisé. Pourtant, malgré la pâleur de son visage et sa silhouette frêle, le vieil homme possédait toujours une distinction royale et fière. Ses traits témoignaient encore du passé guerrier de ses ancêtres. Et si sa robe de chambre bleu nuit, rehaussée d'un col de soie vert émeraude, ne semblait pas adaptée à un homme de son rang, la qualité du tissu et le cuir souple de ses pantoufles trahissaient l'étendue de sa fortune.

Il les accueillit d'un petit hochement de tête, avant de s'adresser à son neveu.

— Javier, voudrais-tu aller te promener sur la plage ? demanda-t-il sur un ton sans appel, son accent espagnol plus prononcé que jamais. Je souhaiterais m'entretenir en privé avec Victoria. Toi et moi, nous nous verrons un peu plus tard.

Javier observa son oncle un court instant, un peu surpris, puis tourna les talons pour gagner la plage — la laissant seule avec le vieux roi déchu. Elle fut troublée par sa rapidité. Vu la façon dont il avait obéi à son oncle sans discuter, elle avait l'impression qu'il était prêt à lui laisser tout le temps dont elle avait besoin pour réfléchir.

S'avançant alors vers l'ancien souverain, elle porta sur lui un regard professionnel. Elle n'avait pas encore lu le compte rendu de la précédente infirmière, mais elle constatait déjà, aux veines saillantes sur le dos de sa main, qu'il avait subi de nombreuses piqûres.

— Comment vous sentez-vous, Votre Altesse ? demanda-t-elle.

— Je vois que vous refusez toujours de m'appeler Enrique.

Si son corps était affaibli, il usait encore de cette voix grave et posée qui imposait le respect.

— Je vous remercie d'avoir accepté mon invitation sur l'île.

— C'est un plaisir, Votre Altesse, répondit-elle, en se forçant à regarder le vieil homme pour éviter de chercher Javier sur la plage. Même si je préférerais ne pas être là pour vous soigner.

Il balaya d'un geste ses mots de compassion.

— Vous êtes-vous réconciliée avec mon neveu ? demanda-t-il, abruptement.

— Pardon ?

— Après un voyage en avion et toute une nuit passée ensemble, j'aimerais croire que vous avez discuté et décidé d'arrêter de vous bagarrer comme deux idiots, pour enfin donner une autre chance à votre relation.

Brusquement, elle nourrit un soupçon à son encontre.

— M'avez-vous appelée juste pour que je retourne avec Javier ?

Elle était consciente de l'impertinence de sa question, mais elle n'avait pu la retenir tant ses nerfs étaient mis à rude épreuve.

Enrique fronça ses sourcils gris.

— Il y a des choses que même un roi ne peut décider, répondit-il gravement. Mais oui, je me suis arrangé pour que vous soyez dans le même avion. Je n'ai plus beaucoup de temps devant moi, et j'aimerais, avant de mourir, voir mes neveux fonder un foyer. Je devais réagir.

A ces paroles, elle sentit une brusque bouffée de colère monter en elle. Elle en avait assez de cette famille royale qui décidait de sa vie sans même la consulter.

— Et pourquoi avez-vous cru être le mieux placé pour vous occuper de cette histoire, Votre Altesse ?

S'agrippant aux accoudoirs du fauteuil roulant, il se redressa dans son siège.

— Parce que j'ai été jeune et stupide moi aussi. J'ai cru que je passerais ma vie auprès de la femme que j'aimais, répondit-il, en l'observant de cet œil brun et acéré qui était la marque de la dynastie. Maintenant, asseyez-vous et cessez de me prendre pour votre ennemi.

Elle dut se contraindre, comme l'année précédente, à accepter son ton autoritaire, et elle obtempéra en apercevant la lueur de sincère affection dans son regard. Le vieil homme se mourait, et il voulait simplement s'assurer que ses proches seraient heureux après sa disparition.

Lentement, elle s'installa dans le fauteuil à côté de lui.

— Je vous écoute.

— Bien. Si vous et Javier n'éprouvez plus rien l'un pour l'autre, alors je vous aurai, au pire, donné une occasion d'évoquer ensemble votre ancienne romance.

Tout en l'écoutant, elle chercha des yeux l'homme qu'il venait d'évoquer. Il se tenait debout, face à la mer, les mains dans les poches, sa silhouette se détachant dans la lueur de l'aube.

— Je… J'ai toujours des sentiments pour lui, dit-elle.

Non, elle n'éprouvait pas des sentiments : elle l'aimait. Elle l'aimait plus que tout. Elle l'aimait tant qu'il n'avait pas cessé de la hanter durant toute cette année.

— Vous savez, il s'inquiète, non sans raison, pour votre sécurité.

— Mon frère…

— Cela dépasse le problème de votre frère. Si Javier est aussi protecteur, c'est à cause de son enfance. Depuis qu'il est petit, il a toujours dû regarder par-dessus son épaule. Pendant très longtemps, notre famille a été en fuite, nous avons vécu cachés, sous des noms d'emprunt. Comment se débarrasser de tant d'années de méfiance et d'angoisse du jour au lendemain, même si le monde connaît désormais notre existence ?

Immédiatement, elle fut envahie par des images de Javier s'exposant au danger pour l'amour de sa famille… et elles ne correspondaient nullement à l'homme auquel elle avait reproché son manque de sensibilité dans ses relations. Elle regretta si amèrement ce commentaire qu'elle s'en mordit la lèvre de contrariété.

Elle éprouva alors une infinie tendresse pour le jeune homme qu'il avait été, pour l'histoire qu'il avait vécue et qui avait forgé son caractère. Son cœur se serra.

— Mais comment faire pour percer la carapace derrière laquelle il s'est réfugié ?

Le vieux roi lui tapota le bras.

— Ma chère, soyez patiente avec lui, exactement comme avec votre frère.

Brusquement, elle réalisa à quel point elle s'était battue pour Timothy, toujours prête à tout pardonner, même son comportement criminel… alors qu'elle n'avait même pas donné une seconde chance à Javier, le seul homme qui s'était occupé d'elle.

Elle n'avait compté que sur elle-même pendant si longtemps. Sa famille l'avait abandonnée — elle et son frère — si souvent, qu'elle ne savait plus accorder sa confiance, encore moins travailler en équipe.

Elle chercha de nouveau Javier des yeux. Elle devait se montrer forte et patiente, et se battre enfin pour lui.

Debout sur le rivage, Javier regarda Victoria venir vers lui. Elle portait ses chaussures à la main, ses longs cheveux dorés soulevés par la brise du matin. Seigneur, comme il aurait voulu la retenir près de lui tout le temps ! Jamais il ne cesserait de lutter pour la récupérer même si, au final, elle seule déciderait. Et s'il avait toujours réussi à obtenir ce qu'il voulait dans la vie, les choses étaient différentes avec cette femme. Il savait qu'en la bousculant, il n'avait pas la moindre chance de la reconquérir.

Elle s'arrêta à sa hauteur et il la détailla un instant, en quête d'un signe qui trahirait son état d'esprit. Faute d'indice, il finit par demander :

— Alors, que t'a dit mon oncle ?

— Il nous a fait venir ici tous les deux pour résoudre nos problèmes, répondit-elle, un sourire aux lèvres.

Il ne parut pas étonné. Le roi continuait à bâtir son monde et mettait tout en œuvre pour protéger les siens.

— Je m'en doutais un peu. Je suis désolé pour toutes ces intrusions royales dans ta vie, mais visiblement, c'est dans notre sang.

— Il n'y a que toi pour t'excuser d'être le parent d'un roi, dit-elle, en riant.

— Et il n'y a que toi pour te moquer de mon rang et de l'indécente fortune de ma famille, répondit-il, en songeant qu'elle n'avait jamais été intéressée par sa filiation.

— A dire vrai, je suis contente de son initiative, ajouta-t-elle, les yeux brillants.

Il était surpris, en revanche, par cet aveu.

— Même si je suis toujours un homme dénué de cœur ?

Elle se tourna alors vers lui, retenant d'une main ses cheveux qui voletaient autour d'elle.

— Tu n'es pas dénué de cœur. Tu peux être autoritaire parfois, mais je commence à comprendre que tous tes actes sont dictés par ton amour des autres.

Bien qu'il ne fût pas certain de correspondre à ce portrait idyllique, il décida de remettre à plus tard les explications.

— Victoria…, répondit-il d'une voix enrouée. Victoria, j'ai besoin de toi dans ma vie.

— J'espère bien ! rit-elle, en prenant sa main. Et je m'aperçois que tu as autant souffert que moi de notre séparation. Il y a un an, jamais tu n'aurais avoué m'avoir délibérément tendu un piège dans la serre.

— Ce n'était pas un aveu facile, dit-il, en l'attirant contre lui. Victoria, je ne veux plus passer la moindre seconde loin de toi. Et même si j'aime mon travail à Martha's Vineyard, je n'en ai pas besoin pour vivre, alors si tu souhaites rester à Boston…

Elle le fit taire en posant un doigt sur sa bouche.

— Moi aussi, je veux rester près de toi, et comme

je suis infirmière, je peux travailler n'importe où. Et puis, Martha's Vineyard n'est pas si éloignée de la maison d'arrêt où réside Timothy…

Timothy, qui devenait maintenant un membre de sa famille à cause d'elle.

Il lança un regard vers la majestueuse demeure qui leur faisait face. Dans ce cocon familial, ils pourraient apprendre à dépasser leurs différends pour trouver le bonheur auquel ils aspiraient. Etre un Medina supposait un certain nombre de liens, mais il y voyait plus des attaches que des entraves. C'était son ancrage.

Elle enroula les bras autour de sa taille et appuya sa joue contre son torse.

— Qu'allons-nous faire avec mon frère ? demanda-t-elle.

— *Nous ?* répéta-t-il, en relevant le menton de Victoria pour qu'elle le regarde. Sais-tu que tu me demandes de l'aide pour la première fois ?

— Je ne peux pas l'abandonner mais je suis prête à admettre que ma solution n'était pas la bonne, dit-elle, en nouant les bras derrière son cou. Peut-être pourrions-nous lui donner toute l'affection qu'il réclame sans pour autant oublier l'autorité dont il a besoin ? Et nous pourrions nous en occuper ensemble. Tu n'as pas à porter le monde sur tes épaules, et moi non plus, grâce à toi. Merci.

Il la regarda en souriant.

— Je veux bien accepter cette offre mais à une condition…

— Laquelle ?

Plongeant les yeux dans ses pupilles d'un bleu-violet,

il prit son temps pour prononcer les mots qu'il avait rêvé de dire dès leur première rencontre.

— Epouse-moi. Deviens ma femme, ma maîtresse, la mère de mes enfants. Partage ma vie pour que, chaque jour, je puisse te prouver à quel point je t'aime.

Elle lui dédia un sourire encore plus lumineux que le soleil qui montait sur l'océan.

— Oui, oui, oui, mille fois oui ! Je t'aime et je veux me réveiller tous les matins, toute ma vie, à côté de toi.

Le baiser qu'ils échangèrent avait un goût d'éternité.